한숨우리
소설쓰는법

한승원의 소설쓰는 법

1판 1쇄 발행 2009년 3월 9일
1판 6쇄 발행 2017년 8월 28일

지은이 한승원

발행인 양원석
본부장 김순미
편집장 김건희
디자인 RHK 디자인팀 남미현, 김미선
해외저작권 황지현
제작 문태일
영업마케팅 최창규, 김용환, 이영인, 정주호, 양정길, 이선미, 신우섭, 이규진, 김보영, 임도진

펴낸 곳 ㈜알에이치코리아
주소 서울시 금천구 가산디지털2로 53, 20층 (가산동, 한라시그마밸리)
편집문의 02-6443-8902   **구입문의** 02-6443-8838
홈페이지 http://rhk.co.kr
등록 2004년 1월 15일 제2-3726호

ISBN 978-89-255-3215-8 (03810)

한승원의 소설 쓰는 법

한승원 글

작가의 말

한국 소설문학의 판도를
바꿀 수 있는 사람은, 당신이다

당신도 소설 한 편을 써서 대박을 터뜨릴 수 있고, 한국 소설문학의 판도를 바꾸어놓을 수 있다. 지금 이 책을 손에 든 당신은 이미 소설을 써서 대박을 터뜨릴 수 있는 자질을 넉넉하게 지니고 있는 사람이고, 동시에 한국 소설문학의 판도를 바꿀 수 있는 사람이다.

한국문학 시장은 당신 같은 인재를 기다리고 있다.

언제부터인가 세상에는 눈먼 대박들이 굴러다니고 있다. 이 나라의 두 신문사는 해마다 1억 원씩을 원고료로 내걸고 장편소설을 모집하고 있다. 원고 길이는 책 한 권을 낼 수 있는 200자 원고지로 1천 장 내외(A4용지에 11포인트 크기로는 160장 내외)면 넉넉하다.

그 분량의 소설에 1억 원을 준다는 것은 원고지 한 장에 10만 원씩을 준다는 것이다. 다른 어떤 신문에서는 5천만 원을 내걸었다. 한 잡지사에서는 1억 5천만 원을 내걸고 있다. 그 밖에 5천만 원을 내걸고 작품을 공모하는 잡지사들은 너무 많아 손가락으로 다 헤아릴 수 없을 지경이다. 이 세상이 이렇듯 경천동지할 신인 소설가를 기다리고 있는 것은 이 땅의 요구다.

또 이 나라의 모든 신문사에서는 해마다 '신춘문예 소설작품'을 모집한다. 거기에 당선한다면 당신은 신인 소설가가 된다. 일차적으로 신인 소설가가 되고 나면 대박을 움켜잡는 데 훨씬 유리한 고지를 선점하게 될 수도 있을 터이다.

이 책은 당신이 그 대박을 단박 움켜잡는 데 착실하게 길안내를 할 것이다. 꿈꾸는 자는 반드시 그 꿈을 이룰 수 있다.

미국의 한 여인은 『바람과 함께 사라지다』라는 단 한 편의 소설로 세상을 놀라게 했다. 영국의 한 작가가 쓴 『해리포터』는 한국 최고의 재벌이 벌어들인 돈보다 더 많은 돈을 벌어들였다.

소설쓰기 비법을 통해 당신의 운명과 한국 소설문학의 판도를 바꾸어보지 않겠는가.

나는 고등학교 2학년 시절부터 소설쓰기에 빠져들었다가 1968년 한 신문사 신춘문예에 당선되어 소설가가 된 후 올해까지 40년 동안 그야말로 미친 듯이 소설을 써왔다.

이 책은 소설쓰기의 공허한 이론서가 아니다. 좋은 소설을 쓰기 위해 분투하다가 실패하거나 절망하고 방황하고 고통스러워한 나머지 터득한 나만의 소설쓰기 비법을 서술한 책이다.

작가는 태어나는 것이 아니고 자기 스스로에 의해서 만들어진다. 이 책을 통해 당신 스스로가 당신을 혜성 같은 신인작가로 변신시켜 세상을 깜짝 놀라게 하기 바란다.

— 해산토굴 주인 한승원

차 례

소설은 삶을 호쾌하게 뒤집어놓는
반전의 미학이다

> 삶의 반전을 만들어내려고 소설을 쓰고
> 그 반전을 즐기려고 소설을 읽는다

사람들은 왜 약한 야구팀이 강팀에게 질질 끌려가는 야구 경기를 9회 말까지 보는가. 역전 홈런이 있기 때문이다. 소설에서는 그것을 반전(反轉)이라고 말한다.

소설가는 삶을 꽉 뒤집어놓는 '반전'을 위하여 소설을 쓴다. 그리고 독자는 반전을 즐기려고 소설을 읽는다. 사람들은 반전을 희망하면서 세상을 산다. 반전이 없으면 우리의 인생도 없다.

할아버지가 밤낚시를 갔는데 고기들이 미친 듯이 입질을 했다. 황홀해진 채 아흔아홉 마리째를 잡고, 옆구리가 결리어 허리를 펴고 구럭 안을 들여다보니 단 한 마리밖에 없었다. 깜짝 놀라 사방을 두리번거리니, 뱃전 아래서 도깨비가 히히히 웃으며 말했다. "한창 신나게 잡아올렸지?" 알고 보니, 할아버지가 한 마리를 잡아 구럭에 넣으면 도깨비가 슬쩍 가져다가 낚시에 꿰어주고 또 잡아올려 넣으면 가져다가 낚시에 꿰어주곤 하기를 아흔여덟 번이나 한 것이다. 우롱당한 것이 분하여, "너 이 자식 나한테 죽어봐라" 하고 주먹을 부르쥐고 덤비자, 도깨비가 달아나면서 말했다. "너무 화내지 마라. 한 마리나 아흔아홉 마리나 그것이 그것이니라."

— 한승원의 이야기 시 「나의 할아버지 이야기」 전문

반전을 시(詩)에서는 역설(逆說)이라고 말한다. 그 반전을 『주역』에서는 '변수(變數)'라고 말한다.

『주역』에 통달했다고 오만해 있는 혜장에게 다산 정약용이 물었다.
『주역』에서 건(乾)괘의 초9는 왜 9를 취하는가?"
혜장이 자신만만하게 대답했다.
"9가 양수의 극치인 때문입니다."
정약용이 다시 물었다.
"건의 초9가 양수의 극치인 9를 취한 것이라면, 건의 초6은 왜 음수의 극치인 10을 취하지 않고 6을 취한 것인가?" (중략)
혜장이 문득 이불을 걷어차고 몸을 일으키더니 정약용을 향해 엎드려 큰절을 세 차례나 거듭했다.

　(중략) 혜강은 무릎을 꿇고 "어리석은 빈도를 가르쳐 주십시오" 하고 진정으로 말했다.

— 한승원의 『다산』 157~158쪽에서

소설 『다산』을 쓰기 위하여 자료를 읽던 나는 오만한 혜강을 항복하게 한 그 질문 앞에서 당황했다.

'건의 초9가 양수의 극치인 9를 취한 것이라면, 건의 초6은 왜 음수의 극치인 10을 취하지 않고 6을 취한 것인가?'

알고 보니 그 답은 간단한 것이었다.

"1 3 5 7 9라는 양수 가운데 9를 취한 것은 '9가 양수의 극치여서가 아니고', '변하는 수'이기 때문이다. 또한 2 4 6 8 10의 음수 가운데서 극치인 10을 취하지 않고, '변하는 6을 취하는 것'이다."

『주역』에서는 왜 '변수'를 취하는가. 여기에 『주역』의 비의가 있다. 그것은 우주의 율동이 늘 변하는 까닭이다. 달이 차면 반드시 기운다. 바닷물은 밀물이 다하면 썰물이 시작되고 썰물이 다하면 밀물이 시작된다. 밤이 다하면 아침이 된다. 『주역』의 손(巽)괘는 '들어간다'는 뜻을 가지고 있지만 그 속에 '나온다'는 뜻(변수)을 숨겨 지니고 있는 것이다.

번개와 우레를 이기는 것은 햇빛이고, 살갗을 따갑게 하는 햇빛을 이기는 것은 꽃그늘이고, 꽃그늘을 이길 수 있는 것은 밤이고, 기나긴 밤을 이기는 것은 잠이고, 잠을 이기는 것은 아침햇살이다.

능력 있는 신하를 상하게 하는 것은 임금의 총애이고, 예쁜 아기를 상하게 하는 것은 과도한 젖으로 인한 배부름이다.

선인들이 『주역』을 공부한 것은 우주 율동의 변수를 터득하려는 것이었다.

소설에는 반전에 반전, 다시 반전, 그리고 또 반전하는 묘미가 있다. 한승원의 장편소설 『키조개』 속에 등장하는 한 작가와 한 변호사의 이야기를 들어보자. 이 소설에서 작가는 소설가의 몫과 변호사의 몫에 대하여 이야기했다.

얼마 전에 문득 찾아온 홀아비 친구, 이계두 변호사가 벽난로 위에 있는 남편의 사진을 흘긋 보고 (허소라에게) 말했다.

"내 고객 가운데, 참 알 수 없는, 자수성가한 한 남자가 있었는데 말이야. 그 남자는, 참새처럼 체구 작달막하고 얼굴에 겨자씨 같은 주근깨 널려 있는 여비서 하나를 사무실에 두고 살면서, 사채놀이를 해가지고 돈을 5백억 원쯤으로 불렸지. 그 남자가 소주 몇 잔으로 얼근해져서 말하기를, 그 여비서의 주근깨가 어찌 보면 뱁새나 참새나 송장메뚜기의 까만 눈동자처럼 살아 움직이는 듯싶다는 거야. 좌우간, 어찌된 까닭인지 아내가 강남 아파트를 팔고 무남독녀인 딸을 데리고 캐나다로 달아나버린 뒤로 그 남자는 사무실에 간이침대 하나 놓고 라면으로 끼니를 때우면서 줄담배를 피우고, 취하고 싶으면 골뱅이 캔 안주에다 소주를 마시고, 심심하면 자판기에서 달디단 커피를 뽑아 한 모금씩 즐기면서 구닥다리 텔레비전을 들여다보며 살았는데, 어느 날 불행하게도 간암 판정을 받았어."

(중략) "……죽음을 코앞에 둔 그 고리대금업자가 통장들을 다 참새만한 여비서에게 내주면서 들어 있는 돈을 모두 자기앞수표 단

한승원의 소설쓰는 법

한 장으로 바꿔 오라고 했어. (중략) 은행엘 다녀온 여비서에게서 자기앞수표 5백억 원짜리를 받아든 그 남자는 그녀에게 자판기 커피 한 잔을 뽑아오라고 시켰지. 여비서가 복도로 나간 다음 그 남자는 라이터 불을 켜서 자기앞수표를 불에 태우고 그 재를 부스러뜨려 흰 종이에 담아놓고 기다렸어. 그녀가 커피를 뽑아오자 그 재를 입 안에 털어넣고 커피 한 모금을 머금어 꿀렁꿀렁해서 꼴깍 삼켜버렸어." (중략) "그 고리대금업자, 아내와 자식을 멀리 내보내고 혼자 평생을 산 데는 무슨 속사정인가가 있었지. 성불구였던 거야. 발기부전에다가 무정자증 말이야. 아내가 낳은 아이가 다른 남자의 아이라는 것을 알았던 거지."

그 말을 듣는 순간, 허소라는 가슴속에 썰물이 지고 잿빛의 갯벌밭이 질펀하게 드러나는 것 같았다.

"그럼, 콧구멍만한 사무실에서 부리는 참새처럼 작은 여비서라는 존재는 뭐야? 야, 이계두, 이야기가 너무 어처구니없고 절망적이야. 그거 어디 슬퍼서 쓰겠냐? 결말에서 어떤 반전(反轉)인가가 있어야지! 홈런처럼 팍 뒤집어버리는 반전 말이야" 하고 항의하듯이 말했고, 이계두가 코웃음 섞인 소리로 대꾸했다.

"무슨 소리야? 실화인데 어떻게 반전이 있어야 한다는 거야? 소설가란 사람들은 하여튼⋯⋯."

이계두는 변호사의 삶과 소설가의 삶을 재빨리 구획지었다. 변호사가 사건을 의뢰하러 온 사람들의 호주머니 속에 들어 있는 돈을 이용하여 빵과 고기와 포도주를 사서 먹고 마시는 족속이라면, 소설가는 하얀 종이에 빵, 고기, 포도주라고 쓴 다음 그 종이를 먹는 한심한 족속이다.

그녀(소설가 허소라)가 말했다.

"그래, 그렇다. 소설가라는 동물이 원래 그렇다. 역전 만루 홈런처럼 반전시키기를 좋아하는 동물이야. 이 세상은 역전과 반전이 있어서 즐겁고 향기로운 거야."

"어찌할 수 없는 팔자다 팔자!"

이계두가 빈정거렸고 허소라가 되받았다.

"그래, 어찌할 수 없는 운명이다." (중략)

이계두는 소설가라는 사람들을 알 수 없는 부류로 여기고 있었다. 의혹과 혼돈 속에 허방을 만들어놓고 스스로 거기에 빠지고 다른 사람들로도 줄줄이 빠지게 하는 사람들. (중략)

허소라가 이계두에게 말했다.

"아까 그 고리대금업자 이야기도 사실은 이렇게 반전이 되어야 하는 거야. 그 치사한 졸부가 임종을 앞두고 고통스럽게 숨을 헐떡거리고 있을 때, 슬피 울어대던 주근깨 많은 참새만 한 여비서가 무릎을 꿇고 참회하듯이 말하는 거야. '사장님, 용서해주십시오. 사실은 제가 사장님에게 드린 그 자기앞수표는 가짜였어요.'"

이계두가 빈정거리듯 말했다.

"아아, 이 가시내야, 너 시방, 그 착한 여비서를, 그 졸부의 인생을 잔인하게 도굴해버린 무서운 악녀로 만들어놓고 있지 않니? 그렇게 되면 그 여비서는 지옥에 떨어져야 하는데?"

허소라는 법 논리로 무장되어 있는 변호사 이계두를 소설 속으로 끌어들인 승리감을 즐기며 말했다.

　　　　　　　　　　　　　　한승원의 소설쓰는 법

"이 머슴애야, 귀 잘 쫑그리고 들어봐. 검사 판사들이 법 거미줄로 칭칭 동여매놓은 자들을 너희 변호사들은 꾀꼬리 같은 소리로 훈수와 흥정이라는 술수를 써서 구제하려 하지만 소설가들은 참회를 통해 원죄에서 구제한다……. 가짜 자기앞수표를 만든 그 여비서 뒤에는 너 같은 고명한 훈수꾼(변호사)이 있었겠지. 그렇지만, 그 졸부는 죽어가는 순간에 빙그레 웃으면서 숨가쁘게 말을 해야 한다. '애야, 나 진즉에, 네가 가져다준 그게 가짜라는 것을 다 알고 있었다. 그 돈 좋은 데다 쓰고 살아라.' 이렇게 되어야만, 다시 한 번의 반전이 되는 거고, 이야기는 탄력을 얻게 되는 거고, 주제가 긍정적인 쪽으로 살아나는 거야."

이계두가 항의하듯이 말했다.

"그렇다면 그 졸부는 여비서 뒤에 있는 훈수꾼의 존재도 다 알고 있었다는 것이고, 그 훈수꾼도 여비서와 함께 지옥에 떨어져야 한다는 것 아니냐?"

그녀가 고개를 저으며 말했다.

"세상에서 가장 위대한 복수는 용서야. 우리 삶에서 절망은 암세포인데 반해, 희망은 엔도르핀인 거야. 또 그 희망을 위한 반전은 항암제야."

이계두가 빈정거렸다.

"그렇다면 소설도 하나의 설교일 뿐이라는 것 아니냐?"

"소설은 설교나 법문 그 이상의 것이다. 도스토예프스키가 『죄와 벌』에서, 주인공으로 하여금 전당포 주인을 살해하게 하고 소냐로 하여금 유형당하는 그를 구제하게 한 것, 『분노는 포도처럼』에서

굶어 죽어가는 한 남자의 입에 금방 해산한 젊은 여인이 자기 젖꼭지를 물려 살려내는 것⋯⋯."

"그렇다면, 그 졸부는 자기 인생을 도굴한 여비서와 훈수꾼을 용서함으로써 극락엘 가게 될 터이지만, 졸부를 속이고 지옥에 떨어진 여비서와 훈수꾼은 어떻게 구제받아야 하는 거야?"

"소설가들이 소설 속에서 운용하는 사건은 치밀하게 구성되어 있다. 발기부전증에다 무정자증 환자인 그 졸부는 참새 같은 여비서의 알몸을 이때껏 만지면서 즐겨왔던 거야. 때문에 여비서는 당연히 받아야 할 것을 받은 것이고, 여비서로 하여금 그것을 받아내게 해준 훈수꾼은 넉넉하게 좋은 일을 한 것이고, 이제 그녀로 하여금 좋은 일을 하는 데에다 그것을 쓰도록 훈수를 하기만 한다면 그들도 또한 극락에 가는 것인데, 그 누구보다 더 가벼운 몸으로 천국행을 하는 것은 졸부야. 그 졸부는 평온한 얼굴로 여비서의 손목을 꼭 쥐고 죽어가는 것이니까."

— 한승원의 소설 『키조개』 42~59쪽에서

소설에서의 반전은 시에서의 역설과 같은 효과를 발휘한다.

역설을 모르고는 시를 쓸 수 없다. 역설(逆說：paradox)은 파라(para：초월하다, 벗어나다)와 독사(doxa：의견, 생각)의 합성어로, 모든 시에는 역설이 사용된다.

"임은 갔습니다. 그러나 나는 임을 보내지 않았습니다."

— 한용운의 「임의 침묵」에서

　　　　　　　　　　　　　한승원의 소설쓰는 법

소설은 '차원 높은 인간 윤리 교과서'다

소설은 도덕 교과서가 아니다. 그렇다고 부도덕 교과서도 아니다. 참다운 의미에서 소설은 죽어가는 인간의 윤리를 살려내는 '차원 높은 인간 윤리 교과서'이다.

소설 속 이야기들은 거짓으로 꾸며진 재미있는 이야기여야 한다.

"이 소설은 제가 실제로 경험한 것을 그대로 쓴 것이에요."

소설가가 되려는 학생이 나에게 보이기 위해 가져온 자기의 소설을 두고 한 말이다. 혹은 "이것은 우리 언니 이야기예요" 하고 말하기도 하고, "우리 할아버지 이야기예요" 하고 말하기도 한다. 그 소설들을 읽어보면 이야기가 잘 풀려나가다가 갑자기 주인공이 교통사고로 죽어버림으로써 이야기가 엉뚱한 곳으로 흘러가버린다든지 소설이 끝나버린다든지 하기도 한다.

위와 같은 것은 사실의 기록일 뿐 엄밀한 의미에서 소설이 아니다. 소설은 허구(虛構:fiction)에 의해 만들어지고, 허구란 거짓으로 꾸며진 이야기이다. 그럼 거짓말로 꾸며진 것이 아닌 참말, 즉 사실(事實:nonfiction)이란 무엇인가. 그것은 허구에 의하지 않는 사실의 기록이다. 수기, 전기, 자서전, 실록들이 거기에 속한다.

허구란 무엇인가. 거짓말을 말한다. 거짓말은 호기심을 자극하고 허구는 사실보다 더 진실함을 말할 수 있다.

ㄱ이란 사실과 ㄴ이란 사실의 혼합된 것이 허구이다. 전설은 사실과 허구가 혼합되어 만들어진 것이다('허구'에 대해서는 제5강에서 자세

하게 이야기하기로 한다).

사실(실제 있는 이야기)은 오히려 허구보다 더 기이하다. 신산한 삶을 살아온 할머니나 할아버지들의 기구한 인생살이 이야기를 들어보면 구구절절 기이하다. 기껏 노동을 하여 집 한 채를 사놓았는데 어느 날 불이 나서 알거지가 된 이야기, 젊은 시절 고생만 한 아내가 살 만하게 되니까 중병이 들어 죽어버린 이야기 등이 그런 예이다.

소설은 반드시 재미있게 읽히지 않으면 안 된다

소설가는 독자를 사로잡기 위하여 이야기의 서두에서부터 재미있는 이야기를 이끌어내야 한다. 그래서 어떤 재미있는 사건이나 일화를 첫머리에서부터 독자에게 들이밀기도 한다.

> 키조개 피조개 바지락이 한창 맛깔스러운 봄철의 어느 해 저물녘에 흰 저고리에 검정 치마 입은 체구 작달막한, 청죽같이 젊은 여인이 백합 골짜기 연안으로 갯것을 하러 나왔다. 그 골짜기에 허소라의 별장이 들어서기 65년 전의 일이었다. (중략)
>
> 청죽 같은 그 여인은, 수문포에서 수락 마을로 들어가는 산기슭의 자드락길 옆 오막에 시어머니와 단둘이 사는 여인이었다. 그녀의 남편은 징용에 끌려갔다.
>
> 수락 마을의 윤 부잣집 큰아들이 그 골짜기 뒷산 중턱 숲 속의

너럭바위에 땔나무 지게를 받쳐놓고 앉아 써레기 담배 한 대를 피우며 바다를 내려다보고 있었다. 그는 징용엘 가지 않으려고 아침 일찍 도시락을 싸가지고 그 숲으로 숨어들곤 했다.

젊은 여인은 바야흐로 검정 치맛자락을 젖가슴께로 치올려 띠로 동여 묶고, 바구니를 한 손에 든 채 흰 속곳 바람으로 허리가 잠기는 탁한 물에 들어가 발끝으로 무르고 차진 갯벌을 더듬어 키조개와 피조개를 찾아낸 다음 윗몸을 굽히고 한쪽 손을 집어넣어 캐내곤 했다. 그 모습은 커다란 검은댕기두루미 한 마리가 유영하면서 물고기 사냥을 하는 것 같았다.

해가 서산 너머로 떨어지고 피어오르던 핏빛 노을이 스러질 무렵 젊은 여인은 물 밖으로 걸어 나왔고, 자갈밭에 이르자 가슴께에 동여 놓았던 치맛자락을 풀어 내리고 젖은 속곳을 벗어 한데 뭉쳐 바구니에 담았다. 그 바구니를 옆구리에 끼고 자드락길로 올라왔다.

그 여인이 홑치마바람으로 걸어오고 있음을 알아차린 청년의 가슴은 두 방망이질을 하고 있었다. 그 여인이 마을로 들어가려면 청년이 있는 숲의 자드락길을 지나가야 했다. 자드락길은 소나무 상수리나무 도토리나무 개암나무 오리나무 백양나무 들이 하늘을 찌를 듯이 자라 있는 숲 사이로 뻗어 있었다.

여인이 숲길로 들어섰을 때 청년은 범처럼 달려나와 그녀를 번쩍 안아들었다. 그녀가 몸부림치고 발버둥을 치며 저항을 했지만 청년은 그녀를 놓아주지 않고 떡갈나무숲 속으로 들어갔다.

"어쩔라고 이러시오? 나, 혀 물고 자결하는 꼴 보려고 이러시오? 제발 그냥 보내주시오."

여인은 울면서 통사정을 했다. 그러나 청년에게는 말이 필요 없었다.

검은 숯가루 같은 땅거미가 숲과 바다를 덮었을 때, 얼굴이 상기된 여자는 흐트러진 옷매무시를 고치고 헝클어진 머리를 매만진 다음 사방을 두리번거리며 숲 밖으로 나왔다. 그녀가 마을로 들어간 지 얼마쯤 뒤 어둑어둑해졌을 때 땔나무 짐을 짊어진 청년이 그녀 밟아간 길을 따라갔다.

이후 그들은 하루도 빠짐없이 그 해변으로 나왔고, 한쪽은 키조개 피조개를 잡고 다른 한쪽은 땔나무를 하고, 그런 다음 해거름의 비낀 빛살 날아드는 무성한 숲 속에서 오랫동안 머물렀다가 땅거미가 내리면 마을로 돌아가곤 했다.

그해 늦은 여름의 어느 날, 몸이 아프다면서 금당도의 친정으로 갔다가 초겨울에야 돌아온 그 여인은 시난고낭 앓는다고 소문이 났다. 친정에서 독한 약으로 낙태를 시키느라 몸이 상한 것이지만 그것을 아는 사람은 아무도 없었다.

그 몸을 회복시키는 데에는 키조개의 패주를 갈아 쑨 검은 깨죽이 가장 좋은 약이라고 했으므로 청년은 추위를 아랑곳하지 않고 깊은 갯벌 물에 들어가 키조개를 캐가지고 밤에 몰래 그 여인의 집 부엌 문 앞에 놓고 가곤 했다. 그런데, 모래톱에 하얗게 성에가 끼고 검푸른 바다 물너울 위에 흰 까치파도가 날리는 소한(小寒) 추위 속에서 그것을 캐가지고 나오던 청년은 모래밭에서 허리와 팔다리가 오그라져 죽고 말았다.

이듬해 봄 여인은 거짓말처럼 건강한 몸이 되었다. 그녀는 그 청

한승원의 소설쓰는 법

년이 살았을 적에 그랬듯 물 아래 깊은 갯벌 속에 들어가 키조개를 캐가지고 나오곤 했고, 숲 속에서 그녀를 기다리고 있는 누구인가와 뜨겁게 사랑을 나누다가 어둑어둑해진 다음 마을로 들어가곤 했는데, 그 누구인가는 그 청년의 혼령이었다.

그들 남녀가 그러는 모습을, 소설가 허소라는 별장의 응접실 소파에 앉은 채 유리창을 통해 바라보곤 했다.

창밖에 칠흑 같은 어둠의 세계가 있었다. 죽음의 세계가 저렇게 어두울 터이다. 그 세계를 가슴 속으로 들이켜면서 허소라는, 젖가슴이 잠기는 물 속에서 키조개를 발끝으로 더듬어 짚은 다음 자맥질을 하여 캐내곤 한 청죽처럼 젊은 여인의 사랑 이야기를 주렴(珠簾)처럼 엮어가고 있었다.

— 한승원의 『키조개』 9~13쪽에서

소설은 자잘하고 시시콜콜한 말과 이야기들로 되어 있다

소설은 굵직굵직한 말로 되어 있는 것이 아니다. 등장인물의 손짓, 몸짓, 표정, 생각, 심리상태, 풍겨오는 향기, 냄새 하나하나를 시시콜콜하게 미주알고주알 묘사하고 서술하는 문장들로 되어 있다.

문 앞 계단에 서 있던 그녀는 나를 향해 송곳니 하나를 내놓으며 생긋 웃고 머리를 까딱하며 말했다.

"안녕하셨어요?"

나는 먼저 그녀에게서 물씬 날아오는 살구꽃 향 같은 체취에 흠 칫 놀라고, 다음은 청 점퍼에 무릎이 무람없이 드러나는 짧은 청치 마 차림을 한 늘씬한 모습에 소스라치듯 놀랐다.

가무잡잡하면서 갸름한 얼굴에, 머리칼이 반백임에도 불구하고 앳된 30대쯤으로 느껴지는 팽팽한 살갗과 긴 속눈썹과 게슴츠레한 눈과 부드러운 콧날과 볼에 패는 보조개와 긴 목과 도톰한 입술과 단추를 풀어놓은 청 점퍼자락 사이로 옥색의 블라우스 천을 밀어 내는 두 개의 풍만한 젖무덤이 내 숨결을 압박했다.

— 한승원의 『키조개』 13~14쪽에서

일주일 과정의 목수학교에서 그는 톱질하는 법과 못질하는 법과 나무에 홈을 파고 연결하는 법과 반질반질하게 윤내는 법을 배웠다. 물론 거두절미에 주마간산 식이었다. 그래도 의자 두 개와 탁자 하 나, 화분 받침대 세 개, 식탁 하나를 만들었다. 나무에 못질이나 톱질 혹은 대패질을 할 때, 혹은 완성된 제품에 니스를 칠할 때 느끼는 몰 입의 기분은 그로서는 처음 맛보는 것이거나 아주 오랜만에 맛보는 것이었다. 목재들이 자신의 손길에 따라 일정한 형상을 이루어 가는 과정을 그는 즐겼다. 이전까지 무언가를 마음대로 해본 적이 있었던 것 같지 않고, 무슨 일엔가 몰입해 보았던 것 같지도 않았다. 그런 점에서 보면 목수학교를 알게 된 것은 행운이라고 할 수 있었다.

— 이승우의 「나는 아주 오래 살 것이다」 34쪽에서

　　　　　　　　　　　　　　한승원의 소설쓰는 법

현대소설은 재래종과 수입품의 혼혈종이다

오늘날 한국 작가들이 쓰고 있는 현대소설은 『박씨전』『흥부전』 『홍길동전』『심청전』『춘향전』 따위의 판소리나 고대소설에서 발전 하여 내려온 것이 아니다. 서구에서 수입해온 소설과 한국에 있던 소설이 교미하여 태어난 혼혈아이다.

우주, 하늘, 땅, 나무, 벌레, 짐승, 새, 사람들의 사는 모양새에 뿌리 뻗은 소설가의 감성이 형상화한 소설은 시를 향해 날아가고 시는 음악을 향해 날아가고 음악은 무용을 향해 날아가고 무용은 우주 순환의 율동을 향해 날아간다.

가령 강강술래는 원시 종합예술인데, 뛰면서 손을 젓는 것은 '무 용'이고, 사설과 곡조가 어우러져 있는 것은 '시'와 '음악'이다.

이것을 바꾸어 말해보자.

(1) 어머니의 자궁 속에서 아기가 태어난다.

(2) 아기는 두 손 두 다리를 허우적거린다.

(3) '응아' 하고 소리친다. 자기의 존재를 만방에 선포하는 것이다.

(4) 점차 자라면서 옹알이를 하다가 '엄마' 하고 부르고 말을 하 기 시작한다.

위의 (1)이 원시 종합예술이라면 (2)는 무용이고 (3)은 음악이고 (4)는 시(문학)이다.

문학이 발전해온 모양새는 이러하다. 원시 종합예술에서 무용, 음악, 시로 분화·발전했고 그 가운데 시(문학)는 서정시와 서사시와 희곡으로 발전했다. 그리고 서사시는 소설로 발전하였다.

어떻게 소설이 시를 제치고 현대문학의 왕좌를 차지하게 되었는가

중세에는 시가 문학의 왕좌를 차지하고 있었다. 시에는 서정시와 서사시가 있었다. 서사시에는 영웅들의 이야기인 호메로스의 『일리아드』『오디세이아』 등이 있다. 그 장대한 이야기 속에는 상상력을 자극하는 수많은 사건들이 들어 있다.

귀족 봉건사회에는 '물방앗간 처녀를 강제로 끌고 가는 무뢰한을 한 협객이 나와서 처치하고 구해주는 영웅적인 이야기'가 소설의 주류를 이루었다. 때문에 매우 낭만적인 이야기들이었다. 이 시기의 소설 주인공들은 모두 귀족이고 영웅적인 인물들이었을 뿐 보통 사람들이나 천민들은 아니었다.

프랑스어로 소설을 '로만(roman)'이라 한다. 그 '로만'은 로맨티시즘(낭만주의)이란 말의 어원과 같다. 왜 그럴까.

시민혁명·산업혁명·종교개혁 등은 근대사회로의 발달을 재촉했고, 이와 더불어 시민들이 자각하고 그들의 삶이 부각되기 시작했다. 이때 나타난 소설 속 주인공들은 보통 사람들이나 천민들이었다. 귀족이나 왕 같은 인물에서 보통 사람, 일반 서민들로 바뀐 것이다. 이때부터 소설은 시로부터 왕좌를 빼앗게 되었다.

장편소설을 영어로 노벨(novel)이라 한다. 보통 'novel'은 18세기 무렵부터 생긴 새로운 소설이다. 'a story'는 이야기체로 된 비교적 짧은 소설이다. 'romance'는 전기소설, 공상소설, 또는 18세기까지 유행했던 형태의 소설을 말한다.

근대소설에 근대정신 · 시민정신이 들어 있다는 것은 무슨 뜻인가

근대소설에는 '왕을 단두대에 올린 혁명정신'이 깔려 있다. 그러므로 근대 산문정신 속에는 저항정신이 깃들어 있다.

근대소설의 문장은 귀족적인 시의 경우처럼 상징법이나 은유법을 많이 사용하지 않고, 직유법을 많이 사용한다. 그것은 독자가 귀족이 아니고 일반 시민들이기 때문이다.

작가가 서 있는 자리는 어디인가

작가는 자신의 소명(召命)이 무엇일까를 생각해보아야 한다. 작가는 역사와 사회와 우주의 한복판에 서 있다. 작가가 자기 작품 속에서 내세우는(등장시키는) 인물은 그 사회와 역사와 우주 속에 살아가는 한 전형이어야 한다.

예를 들어보자.

'햄릿'은 행동하지 않고 사유하고 번뇌하는 지성의 전형이라면, '돈키호테'는 사유보다는 먼저 행동하는 인물의 전형이다. 『광장』의 이명준은 현대 이데올로기 전쟁 속에서 자유를 찾아 방황하는 절대 고독자의 전형이다.

소설은 '거대한 비유의 덩어리'다

재미있는 이야기로써 독자들의 감성에 호소하는 소설을 왜 한 개의 '거대한 비유의 덩어리'라고 말하는가.

세상에 존재하는 모든 것들은 하나의 은유이거나 상징이다. 호랑 나비나 천사나비나 배추흰나비의 모습, 그것들의 날개 문양은 우주의 비밀을 내포하고 있다. 아니, 그것들을 표현하고 있는 진실 그 자체이다.

작가는 비유 덩어리인 이야기를 통해 세상을 향해 "이것이 우리 삶의 진실(진리) 아닌가?" 하고 묻는다('비유'에 대해서는 제12강에서 자세히 이야기하기로 한다).

한승원의 소설쓰는 법

신화적 존재인 당신 속에
이미 좋은 소설이 들어 있다

내 속에 이미 들어 있는 신화

    모든 소설 속에는 신화와 전설이 들어 있다. 왜냐하면 그것을 쓴 작가 자신이 신화적인 존재이기 때문이다.

    다음에 인용한 소설 한 대목은 신화적으로 읽힐 것이다.

> 여수, 그 앞바다의 녹슨 철선들은 지금도 상처 입은 목소리로 울부짖어대고 있을 것이다. 여수만(灣)의 서늘한 해류는 멍든 속살 같은 푸릇푸릇한 섬들과 몸 섞으며 굽이돌고 있을 것이다. 저무는 선착장마다 주황빛 알전구들이 밝혀질 것이다. 부두 가건물 사이로

검붉은 노을이 불타오를 것이다. 찝찔한 바닷바람은 격렬하게 우산을 까뒤집고 여자들의 치마를, 머리카락을 허공으로 솟구치게 할 것이다.

얼마만큼 왔을까.

통곡하는 여자의 눈에서 쉴 새 없이 뿜어져 나오는 것 같은 빗물이 객실 차창에 여러 줄기의 빗금을 내리긋고 있었다. 간간이 벼락이 빛났다. 무엇인가를 연달아 부수고 무너뜨리는 듯한 기차 바퀴 소리, 누군가의 가슴이 찢어지고 그것이 영원히 아물지 않는 것 같은 빗소리가 아련한 뇌성을 삼켰다. 음산한 하늘 아래 나무들은 비바람에 뿌리 뽑히지 않기 위해 안간힘을 쓰고 있었다. 젖은 줄기와 가지가 금방이라도 부러질 듯 휘어졌다. 노랗고 붉게 탈색된 낙엽들이 무수한 불티처럼 바람 부는 방향으로 흩날렸다. 조금 큰 활엽수들은 의연하게, 줄기가 여린 묘목들과 갈대숲은 송두리째 제 몸을 고통에 바치며 흔들리고 있었다. 그들도, 그들의 뿌리를 움켜 안은 대지도 놀라운 힘으로 인내하고 있었다. 무수한 보릿잎 같은 빗자국들이 차창과 내 충혈된 눈을 할퀴었다.

— 한강의 『여수의 사랑』 서두 부분(11~12쪽에서)

'한 송이 꽃이 피어나니 세계가 일어난다(一花開世界起).'

이 말은 『벽암록』에 있다.

세상 만물은 인연을 따라 생겨난다. 모든 것들은 서로 관계를 맺으면서 태어났고 그 상관관계를 유지하면서 살다가 소멸된다.

이것이 있으므로 저것이 있고 저것이 있으므로 이것이 있다. 죽음

한승원의 소설쓰는 법

이 있어 삶이 있고 또한 삶이 있어 죽음이 있다. 만남이 있어 이별이 있고 이별이 있어 만남이 있다.

한 작품 속에 등장하는 모든 인물들은 인연 따라 생겨나고 상관 관계를 맺고 그 관계 속에서 행동한다.

'천지 우주는 나로부터 시작되고 나는 우주를 향해 날아간다.'

이 말은 존재하는 모든 인간, 작품 속의 모든 등장인물에 적용된다.

'알 수 있는 나'와 '알 수 없는 나'

내 속에 '알 수 있는 나'와 '알 수 없는 나'가 들어 있다는 것은 무슨 뜻인가.

나에게는 60킬로그램쯤 되는 몸뚱이가 있고 거기에는 눈 코 귀 입과 생식기와 배설기관들이 달려 있다. 추우면 옷 껴입고, 더우면 그 옷 벗고 찬물을 끼얹는다. 배고프니 밥을 먹고 신진대사에 따라 배설을 하며 잠이 오면 잠을 잔다. 성취 욕구에 따라 공부를 하고 사업을 하고, 신분상승을 위하여 분투하고, 이성이 그리워 알몸 사랑을 하고 환희의 배설을 한다.

그것들은 나의 드러나 있는 모습이다.

나의 감추어진 모습은 마치 건물 지하층 속의 은밀한 창고처럼 알 수 없는 것들이 들어 있다. 그것은 내 무의식이다. 내 무의식 속에는 털 부숭부숭한 늑대도 들어 있고 구렁이도 들어 있고 독 이빨을 가진 지네도 들어 있고 살갗을 물어뜯는 벌레들도 들어 있다.

알 수 있는 나는 도덕적으로 무장되어 있지만, 알 수 없는 나는 그 무장이 해제되어 있다. 여느 때에는 알 수 있는 나가 알 수 없는 나를 지배한다. 알 수 있는 나는 잠금장치로써 알 수 없는 나를 지하실에 감금한다. 그렇지만 그 알 수 있는 나는 알게 모르게 지하실 속에 들어 있는 알 수 없는 나의 명령을 받으며 살고 있다.

사람들은 모두들 "나는 욕심 없다. 마음 비웠다"고 말한다. 그것은 알 수 있는 나의 희망일 뿐이다. 알 수 있는 나로 하여금 그렇게 말하게 한 것은 지하실 어둠 속의 알 수 없는 나이다.

지하실 창고에 갇혀 있는 알 수 없는 나의 내부는 탐욕으로 가득 차 있다. 그 탐욕은 백두산을 삼키고 동해 바다, 서해 바다를 다 들이켜도 배부르다는 말을 하지 않는 식욕을 가지고 있다. 때문에 정권을 잡으려 하고, 자기 아들딸들만 잘 먹고 잘 입히려 하고, 자기 아들만 군대에 안 보내려 하고, 아파트를 몇십 채씩 가지려 하고 여기저기 땅을 억수로 많이 가지려 하고, 그것들을 자기 아들딸에게만 물려주려 하고, 불륜일지라도 이성을 소유하려 한다.

지하실 속에 갇혀 있는 알 수 없는 나의 속을 들여다보자.

그놈은 근친상간도 서슴없이 한다. 알 수 없는 나는 늙고 미워진 아내를 버리고 싱싱한 앳된 처녀를 새 아내로 맞아 살려고 하고, 무력한 남편을 없애고 대신 능력 있는 싱싱한 남성을 남편으로 삼으려고 한다. 그리하여 청부살인을 시키고 보험금을 타내려 한다.

낳고 길러준 아버지 어머니의 간섭을 받지 않으려 하고 그 아버지 어머니가 가지고 있는 재산을 제 마음대로 쓰려고 한다. 예쁜 자동차를 사서 타고 다니면서 이성과 즐기려 하고 사람들 눈에 보이지 않는 도깨비감투를 쓰고 다니면서 신처럼 살고 싶어한다. 도박을 즐기고 싶어하고 돈을 따서 물 쓰듯이 펑펑 쓰고 싶어한다.

우리 말에 '싶다'란 말이 잘 발달해 있음은 우리가 희망이 무척 많은 민족임을 말해준다.

'알 수 있는 나'와 '알 수 없는 나'는 이 세상 어느 누구든지 다 가지고 있다. 그것은 둘이 아니고 하나다. 알 수 있는 나가 어떤 일을 의욕적으로 하는 것은 알 수 없는 나의 힘이 작용하는 까닭이다. 알 수 없는 나가 없다면 힘이 일어나지 않는다. 알 수 있는 나가 의욕적으로 일을 하는 것은 알 수 없는 나가 가지고 있는 무진장한 에너지 때문이다.

알 수 없는 나를 지하실 창고 속에 가두고 사는 것을 창피하게 생각할 일이 아니다. 모든 사람들이 먹는 기관과 배설하는 기관을 함께 가지고 있는 것처럼 우리는 그 둘을 다 가지고 있다.

한 섬이 개벽한 지 얼마 되지 않았을 때, 그 섬에는 딸 하나를 낳은 부부가 살고 있었다. 어느 날 물귀신이 조개를 잡으러간 아내를 데려가버렸다. 아버지와 딸만 남았다. 얼마쯤의 세월이 흐르자, 딸이 오롯한 여자로 성숙하였다. 아버지는 항상 밭에 가서 괭이와 삽으로 땅을 일구었다. 딸은 밭 가장자리에 있는 샘에 가서 머리를 감아 빗곤 했다. 폭풍우 몰아치는 어느 밤이었다. 아버지의 가슴속에도 폭풍우가 몰아치고 있었다. 딸이 놀라서 몸을 일으키는 순간에 번개가 쳤다. 딸은 홑이불을 뒤집어썼다. 딸은 오래 전부터 아버지의 고통스러워하는 마음을 잘 알고 있었다. 그녀는 몸을 떨었다. 떨면서 몸부림을 쳤다. 아버지를 받아들이는 것도 불륜이며 거절하는 것도 불륜이었다. 받아들이는 것도 효도요, 거절하는 것도 효도였다. 아버지가 끌어안았을 때, 딸은 애원하듯이 말했다.

"아버지, 사람의 가죽을 쓰고는 이럴 수 없습니다. 쇠가죽을 쓰십시오."

아버지 생각에도 딸의 말이 맞을 듯싶었다. 밤을 새워 소의 가면을 만들었다. 새벽녘에 아버지가 그걸 쓰고 왔다. 딸이 앞장서서 마당을 나가며, "네 발로 기어오면서 '음매' 소리를 내십시오. 그러면 먼저 저 산꼭대기에 올라가서 소가 된 마음으로 아버님의 뜻을 받아들이겠습니다"하고 말했다. 아버지는 칙칙한 수풀을 헤치면서 험한 산비탈을 네발짐승같이 기어올랐다. 온몸의 털구멍들이 뜨거운 땀을 쏟아내고 그런 몸 위에 빗줄기가 창대처럼 퍼부어졌다. 홑이불을 머리에 쓴 딸이 산꼭대기에서 아버지를 기다리고 있었다. 아버지는 딸에게로 접근했다. 딸은 아버지의 손이 몸에 닿는 순간 벼랑 아래로 몸을 던졌다.

— 한승원의 『해변의 길손』 중 「미망하는 새」 165쪽에서

평생 동안 나는 늘 자궁의 권력을 두려워하고 조심하면서 살아왔다. 교미를 하고난 암컷 사마귀가 수컷 사마귀를 잡아먹는 장면을 늘 생각한다. 나에게는 물 무섬증이 있다. 우주를 낳은 자궁의 가장 확실한 가시적 모습은 바닷물이다. 이 세상 최고의 윤리는 물의 성질을 가지고 있다.

젊은 시절 대단한 자궁 권력자였던 퇴기 춘향 어머니는 노회한

한승원의 소설쓰는 법

수법으로, 사또 아들 이몽룡을 춘향의 자궁 속에 빠지게 했다. 거지 되어 돌아온 줄 알았던 이몽룡이 어사출두 하고 사형선고 받은 춘향을 옥에서 끌어냈다는 말을 듣고 동원으로 달려가며 그녀가 외쳐댔던 말, '네 이놈들, 내 배(자궁) 다치지 마라. 열녀 춘향이 난 배다 이놈들!' 이보다 더 호쾌하게 자궁의 권력을 과시하는 언사가 어디에 있는가.

연산군을 낳은 어머니 윤씨의 자궁은 죽은 다음에도 세상을 온통 피로 물들이는 권력을 과시했다. 끝내는 단 하나밖에 없는 아들마저 잡아먹었다.

나를 낳아주고 키워주고 가르친 다음 당신의 입맛에 맞는 여인을 나에게 짝지어주신 어머니의 자궁 권력은 나에게 많은 동생들의 삶을 돌보도록 압력을 넣었고, 나는 늘 고개 숙이고 따르지 않을 수 없었다. 그 어머니에게서 바통을 이어받아 나를 양생하면서 소설가 둘을 낳은 늙은 아내의 자궁 권력 앞에서 나는 늘 삼가곤 한다.

나는 내 삶 속으로 비비적대며 들어오고 있는 한 젊은 자궁 권력자의 무람없는 시간을 생각했다.

'유리창에 등을 비비대며 거리를 미끄러져 가는 노란 안개에게도 확실히 시간은 있을 것이다. 앞으로 만날 얼굴들을 대하기 위하여 한 얼굴을 꾸미는 데에도 시간은 있다. 살해와 창조에도 시간은 있다.'

대단한 자궁 권력자임에 틀림없는 허소라가 나를 찾아온 것은, 내가 '곡신(谷神)'이라는 씨앗에서 싹트나는 이야기들을 컴퓨터의 파일 하나에 넣어 키우고 있을 때였다.

지난 늦겨울의 어느 날 토굴 응접실 바람벽에 걸어놓은 메모판

한가운데에다 '곡신'을 씨앗으로 심어 두었다.

'곡신은 그윽한 암컷(현빈玄牝)이고, 그윽한 암컷의 문은 우주의 뿌리(天地根)'에서 가져온 것이다. 대개의 노자 번역자들이 곡신을 '골짜기의 여신(女神)'으로 풀이하는데, 그것은 잘못이다. 나는 곡신을 여성 성기에 비유하여 다음과 같이 풀이한다. 곡(谷)은 음으로서 자궁에 해당하고, 신(神)은 양으로서 클리토리스(음핵)와 질(膣)에 해당한다. 질과 클리토리스는 여성 몸 가운데서 성감대가 가장 잘 발달해 있어, 여자가 자기의 몸을 여성답도록(女性性) 매혹적이고 향기롭게 가꿈으로써 남자로 하여금 발기하여 사정하게 한다.

자궁은 착상한 난자로 하여금 정자를 받아 수태하게 하고 아기가 잘 자라도록 영양분을 꾸준히 공급한다(母性性). 자궁은 멍청스럽고 둔한 데가 있다. 만일 자궁이 질과 클리토리스처럼 예민한 성감대를 가진 기관이라면 열 달 동안 고통스럽게 아기를 키우고 있겠는가.

그러므로 나는 그것을 '곡신은 여성성과 모성성을 완벽하게 갖춘 현묘한 암컷이고, 그 암컷의 문은 우주를 생성시키는 근원이다'라고 풀이한다.

— 한승원의 『키조개』 14~17쪽에서

내 속에 들어 있는 삶의 원형 혹은 우주의 율동을 알아차려야 한다

불교의 한 유파인 밀교에서의 '옴 마니 반메 훔'이란 주문은 무슨 말일까. 그것은 다이아몬드(남근)와 연꽃(여근)의 조화를 희구하는 것이다. 그 조화로 말미암아 우주적인 오르가슴을 소망하는 것이다. 열반과 예술의 궁극은 그것이다.

'옴 마니 반메 홈'에 대한 나의 생각은 이러하다. 다음 인용을 살펴보자.

중학교 1학년 때 내 영혼 속에 깊이 각인되어 있는 낱말 하나가 있다. 한겨울에 어머니를 따라 장엘 갔는데, 섬마을에서 매생이 한 구럭을 짊어지고 나온 남자와 한 건달 장돌뱅이가 흥정을 하다가 침을 튀기면서 입 다툼을 했다. 매생이 남자는 갯벌 소금기가 희끗 희끗 묻은 핫바지 차림이었고, 장돌뱅이는 까맣게 염색한 군복 차림이었다. 장돌뱅이가 "뻘ㅂ지에서 나온 새끼가 지랄하고 자빠졌네!" 하고 빈정거리자, 매생이 남자는 얼굴이 빨개져 가지고 "아니, 그라면은, 자네는 천관산 꼭대기 돌팍엉설ㅂ지에서 나왔겠구만잉!" 하고 소리쳤다.

건달 장돌뱅이가 사용한 그 짭짤하고 축축한 낱말은 나의 얼굴을 화끈 달아오르게 하고 온몸에 소름이 돋아나게 했다.

(중략) 나는 초등학교 4학년 때부터 갯지렁이를 잡기 위해 마을의 여인들을 따라 개울을 건너 갯벌 밭으로 가곤 했다. 그 갯벌 밭은 흡인력이 아주 강했으므로 깊이 빠져 들어간 발을 뽑아들어 옮기려면 안간힘을 써야만 했다. 한나절 동안 두 손끝으로 그 갯벌을 파 일구어 갯지렁이 잡는 노동을 하고 돌아오면 아랫배와 사타구니와 두 다리의 근육들이 뻐근하고 시큰거리기 마련이었다.

그 갯벌 밭을 누비고 다닌 그곳 여인들의 발목과 종아리와 오금과 허벅다리와 사타구니와 아랫배 살은 튼실하고 강인하게 발달하기 마련이었다. 때문에 그 짭짤하고 축축한 낱말(뺄ㅂ지)은 해변 여인들 몸의 깊은 속살을 상징하는 말이 되었고, 그 말 속에는 다산성의 헌걸찬 생명력이 담기게 되었다.

우주의 뿌리를 상징하는 말로 '연꽃'과 '조개'라는 것이 있다

불교에 '옴 마니 반메 훔'(om mani padma hum)이란 주문(呪文)이 있는데, '옴'은 남녀가 생명을 잉태시키기 위해 교합(交合)하는 도중에 발음하는 성스러운 오르가슴의 안간힘 소리, 혹은 갓 말을 배우는 아기가 어머니를 부르는 소리이고, '훔'은 성스러운 사업을 마치는 안식의 숨소리, 요가를 통해 몸과 영혼과 우주가 하나 되는 순간의 소리이다. '마니'는 금강석인데 남근을 상징하고, '반메'는 연꽃인데 여근을 상징한다.

그러므로 그것은 '나 연꽃에 안기어 하나 되고 싶소이다!' 혹은 '옴, 나 하나의 보주로서 연꽃에 안기어 하나 되는 안식을 얻고 싶사옵니다. 훔'이라고 풀이할 수 있다. 우주적인 여성 에너지(연꽃)와 남성 에너지(금강석)의 합일로써 (성행위의 오르가슴 같은) 깨달음의 환희에 이르고 싶다는 소망을 염하는 주문인 것이다.

그것은 주역에 있는 말, '하나의 음과 하나의 양이 어우러지는 것을 도라고 이른다(一陰一陽 謂之道)'와 같다.

— 한승원의 『키조개』 18~20쪽에서

한승원의 소설쓰는 법

여기에서 우리는 우주 율동(바람)과 나라는 존재가 생성된 역사에 대하여 생각해보기로 하자.

나는 어디에서 와서 어디로 가고 있는가.

문제는 '알 수 없는 나'가 가진 무진장한 에너지를 어떻게 하면 좋은 일을 하는 쪽으로 솟구치게 돌려놓을 것인가 하는 것이다. 성적인 행위 쪽으로 솟아나려고 하는 의지를 사업하는 쪽으로 잘 돌려놓는 자는 성공한다. 시기·질투하고 증오하는 에너지를 달래고 아끼고 보호하고 북돋워주는 쪽으로 돌려놓는다면 그는 선행자가 된다.

어디에서 어디까지가 나이고 어디서부터가 나 아닌 남인가

내 손끝에 가시가 찔리면 아프다. 머리카락을 뽑으면 아프다. 돌부리에 발끝이 다치면 아프다. 아프게 느껴지는 부분은 다 육체적인 나의 영역이다.

나의 영혼을 아프게 하는 영역이 있는데 그 아픔을 느끼게 하는 것들은 다 내 영혼의 영역 안에 들어 있는 것이므로 나인 것이다.

아버지 어머니 형 동생이 피를 흘리며 고통스러워하면 내 가슴은 아프다. 그렇다면 그들은 내 영혼의 영역 속에 들어 있으므로 넓은 의미에서 나인 것이다.

탈북 아이들이 헐벗고 굶주린 모습을 볼 때 가슴이 쓰라렸다면 그들 또한 내 영혼의 한 영역 속에 들어 있는, 넓은 의미의 나인 것이다. 뱀이 개구리를 잡아먹을 때 개구리가 "고옥!" 하고 비명을 지른 것을 듣고 전율하고 가슴 아픔을 느꼈다면 개구리도 내 영혼의 한 영역 속에 들어 있는 나인 것이다.

나는 거대한 우주 속에 들어 있고, 내 속에 그 우주가 들어 있다. 나는 우주를 향해 부챗살 같은 힘의 빛살을 뻗치고 있고, 우주 역시 나를 향해 부챗살 같은 힘의 빛살을 뻗치고 있다.

메뚜기 한 마리도 나를 향해 그러한 힘의 빛살을 뻗치고 있고 나도 그놈을 향해 그러한 빛살을 뻗치고 있다. 내가 아파하면 메뚜기도 아프고 메뚜기가 아파하면 나도 아파한다.

꽃 한 송이 피어나니 세계가 일어나고 세계가 일어나니 꽃 한 송이가 피어난다. 나는 너를 사랑하고 아끼고 너는 나를 아끼고 사랑할 일이다. 그것은 우리가 되고, 더불어 사는 삶이 되는 것이다.

인간의 절대고독이란 무엇인가

맹장염을 앓았다. 참을 수 없도록 배가 아팠고, 끙끙 앓았다. 옆에 아내와 아들과 딸이 지켜보고 있었지만, 의사가 와서 보았지만, 내 아픔을 대신해줄 사람은 아무도 없었다. 생각해보니 내가 끙끙 앓는 소리를 내는 것은 일종의 엄살로, 옆의 누구에게인가 하소연하는 것이었다. 내 아픔을 감당할 사람은 나 이외에는 아무도 없다는 생각이 들자, 앓는 소리를 낸 것이 창피해 입을 꾹 다물어버렸다.

석가모니가 말한 '천상천하 유아독존(天上天下 唯我獨尊)'이란 무엇인가. 하늘 위 하늘 아래에 오직 내가 우뚝 서 있을 뿐이란 말이다. 그것은 '내가 지상에서 최고의 존재로서 우뚝 서 있다'는 오만의 의미가 아니다. '하늘(神)의 도움을 받을 수도 없고, 땅(주위의 벗이나 친지들 혹은 부모님)의 도움을 받을 수도 없고, 오직 내 운명의 짐을 인간인 내가 혼자 지고 가야 하는 고독한 존재이다'라는 뜻이다.

그리하여 석가모니는 고독에서 자기를 구제할 수 있는 것은 오직 자신뿐이라고 말했다. 그 구제는 탐욕을 버리고 순수하게 하는 진리를 깨달음에 있다고 설파했다. 로마의 병정들이 예수를 십자가에 못 박고, 창으로 찌르며 이렇게 희롱했다.

"왕 중 왕이라고 말한 네 이놈아, 지금 네놈이 하늘의 힘을 빌려 그 십자가에서 내려오는 기적을 보인다면, 너를 왕 중 왕으로 모시겠다."

예수는 절망하고 하늘을 향해 말했다.

"아버지 왜 저를 버리십니까!"

하늘은 끝내 십자가에 못 박힌 예수를 구해주지 않았다.

이제 예수는 세상 어느 누구에게서도 도움을 받지 못하고 자기 혼자 자기의 운명(아픔과 죽음)을 짊어지고 가지 않으면 안 되었다.

그것이 절대고독이라는 것이다.

훌륭한 소설을 쓰려면 인간의 절대고독을 알아야 한다.

수박을 쪼개놓은 부채꼴 조각은 무엇을 말해주는가

푸른 껍질은 이 세상의 현상이고, 알맹이는 실체이다. 그 알맹이는 신화에 뿌리를 내리고 있다. 바다에 가면 파도(현상)만 보이고 물(본질 실체)은 보이지 않는다. 물 속에 신화가 뿌리 내리고 있다. 우리가 말하는 것들에는 신화가 담겨 있다. 작가는 푸른 껍질 저 너머의 빨간 알맹이를 읽어낼 수 있어야 한다. 우리는 신화적인 존재다. 우리가 쓰는 말 한 마디, 표정이나 몸짓 하나 하나에 신화가 담겨 있다.

나방의 조팝꽃 같은 문양은 하나의 은유법이다

나의 머리털과 수염과 손가락의 지문과 성기와 눈과 입과 가마와 이와 혀는 신화에 뿌리를 내리고 있다. 남자의 성기는 섬과 닮았고, 여자의 성기는 바다와 닮았다. 여성의 성기는 식물로 치자면 꽃인데, 그것은 여성의 입과 닮았다.

우주는 하나의 거대한 구멍인데, 그 우주라는 구멍에서 인간은 태어났다. 인간이 태어나는 모든 여성의 성기는 우주 같은 구멍인 것이다. 우리의 몸도 하나의 은유법으로 되어 있다.

한승원의 소설쓰는 법

종교 기하학에서는 인간과 식물이 반대의 모양새를 하고 있다고 말한다. 그것은 무슨 뜻인가.

인간의 머리털처럼 생긴 식물의 뿌리는 땅 속으로 뻗어 있고, 식물의 성기인 꽃은 하늘을 향하고 있다. 식물의 뿌리처럼 생긴 인간의 머리털은 하늘을 향하고 있고, 인간의 꽃인 성기는 땅을 향하고 있다.

식물은 뿌리를 통해 수분과 무기물을 빨아들여 꽃을 피우고 열매를 맺는데, 인간은 머리털을 통해 하늘로부터 신성(靈感)을 얻어 삶의 구경(究竟)을 찾아간다.

신화, 그것은 진리 그 자체는 아니지만 진리를 낳는 자궁이 된다.

다음의 인용을 살펴보자

① 사람 하나가 겨우 들어갈 수 있을 만큼 입구가 좁은 동굴을 발견했을 때 잠시 멈춰 섰다가 가쁜 숨을 가다듬고 이마의 땀을 닦은 다음 별 망설임 없이 그 안으로 들어간 것은, 그러니까 세상의 바깥에 대한 그 치명적인 숨은 꿈이 등을 떠밀었기 때문이었을까. 마치 그 동굴을 찾아 거기까지 오기라도 한 것처럼 발걸음이 자연스러웠다. 그야 물론 그 감정, 이를테면 마음속의 숨은 꿈이 이입된 탓이었겠지만, 안에서 들어오라고 손짓을 하는 것 같기도 했다. 허리를 구부리고 동굴 안으로 발을 들여놓자 기다렸다는 듯 어둠이

와락 달려들어 얼굴을 덮쳤다. 순간 움찔했지만, 생각보다 동굴 안이 넓었으므로 허리를 펼 수 있었고, 그러자 이상하게 안도의 한숨이 나오면서 마음이 느긋해졌다. (중략)

조금 더 앞으로 나아가자 길이 두 갈래로 갈라지면서 그 한복판에 사람이 몸을 누일 만한 크기의 움푹 팬 공간이 나타났다. 더듬더듬 벽을 짚어 그 공간 속에 몸을 집어넣었다. 석회석이 차양막처럼 쭉 뻗어 그의 몸을 가렸다. 그 때문인지 벽에 등을 기대고 앉았는데도 별로 냉기가 느껴지지 않았다. 머리 위의 차양막이 햇빛 대신 동굴 안의 습기를 차단하고 있는 듯했다. 걸어올 때는 몰랐는데 엉덩이를 붙이고 앉자 몸이 스르르 가라앉는 느낌이 들었다. 노곤하고 나른했다. 몸의 각 부위가 분리되어 나가는 것 같기도 했다. 다리를 쭉 뻗어 보았다. 맞은편 벽에 발끝이 닿았다. 그래도 자세가 완전하지 않았다. 그는 몸을 옆으로 눕히고 새우처럼 웅크렸다. 그 모양은 좀 기묘했다. 밝은 곳이었다면 차마 그런 자세를 취하지는 않았을 것이었다. 그러나 그곳에는 그 혼자였고, 혼자일 뿐 아니라 어두웠다. 그리고 무엇보다도 그런 자세가 그를 편안하게 했다. (중략) 갑작스런 상상이지만, 언젠가 한번 그곳에 와본 적이 있는것도 같았다. 그의 기억이 미치지 못하는 아주 오래된 과거의 어느 시간에 이 장소와 모종의 인연을 맺었었는지 어떻게 알겠는가. 아니면 꿈속에서라도 혹시 와 봤던 게 아닐까. 아니면, 아니면 무엇이란 말인가, 이 친밀감, 이 완전한 느낌은……. 그런 생각들을 느슨하게 했다. 그러다가, 마취주사를 맞은 환자가 하나 둘 셋……아라비아 숫자를 천천히 헤아리다 스르르 잠 속으로 빠져드는 것처럼, 어떻게 된 일

한승원의 소설쓰는 법

일까, 그도 모르게 스르르 잠이 들고 말았다.

　꿈도 없이 깊은 잠을 잤다. 참으로 오랜만에 참으로 깊은 잠을 오랫동안 잤다.

　② 어느 날 밤, 아버지의 손에 의해 벽장 문이 열리는 일이 일어났다. 전에 없던 일이었으므로 나는 당황했다. "거긴 왜요? 거긴 왜 올라가려고 그래요?" 어머니의 다급한 목소리가 들려왔다. 아버지의 팔이라도 잡아끌고 있는 게 분명했다. "이 손 안 치워? 안 치워? 기철이 이놈, 이 위에 있지? 이놈이 애비가 왔는데도 안 내려오고 벽장에서 뭘 하는 거야, 쥐새끼처럼……." 아버지는 몹시 취한 것 같았고 화도 많이 난 것 같았다. 발음이 잘 되지 않았지만 목소리는 어느 때보다 컸다. (중략) 나는 가만히 있어서는 안 되었다. 벽장 속에 숨어 있어야 하는 몇 시간 동안 이것저것 뒤적거리며 놀곤 했으므로 어디에 무엇이 있는지 거의 완벽하게 파악하고 있었다. 뒤주가 눈에 들어왔다. 그 안에 못 쓰는 물건들과 잡동사니들이 먼지를 뒤집어쓰고 있다는 걸 알고 있었다. 나는 황급히 뒤주의 문을 열고 안으로 들어갔다. 뒤주 안은 좁았지만, 그러나 몸을 웅크리고 앉자 맞춤하게 들어맞았다. 아버지가 벽장 문을 열면서 한 차례 기우뚱거리지 않았다면 아마 들켰을 것이다. 아버지가 잠깐 지체하는 틈을 타서 나는 완벽하게 몸을 숨길 수 있었다. 아버지는 벽장의 어둠 속에 서서 소리 질렀다. "기철이 이 새끼. 어딨어? 빨리 안 나와? 지에미 닮아가지고 네놈까지 나를 무시한다 그거지. 오냐, 내 손에 한번 걸려 봐라." 나는 어둠 속에 몸을 웅크린 채 숨을 죽였다. 풀풀

날리는 먼지가 코를 통해 폐부 깊숙이 스며들었다. 목젖이 간질간질해지면서 재채기가 나오려고 하는 걸 힘들게 참았다. 아버지는 벽장 속에 있는 물건들을 발길로 걷어찼다. 쾅쾅 소리가 나고 우지끈 부러지는 소리가 났다. "죽어라, 죽어……." 아버지의 목소리는 지나치게 높고 갈라져서 거의 우는 것처럼 들렸다. 그러다가 아버지는 중심을 잃고 쓰러졌다. (중략) 잠이 든 것이었다. 그러나 아버지가 잠잠해졌다고 해서 그곳에서 곧바로 나갈 수는 없는 일이었다. 나는 뒤주에서 나갈 기회를 엿보며 계속 숨을 죽이고 기다렸다. 처음엔 갑갑하던 뒤주 안이 시간이 지나면서 오히려 견딜 만해졌고, 나중에는 안락하게까지 여겨졌다. 그리고 그것이 정신의 이완을 불렀다. 나는 그 좁은 뒤주 안에서 잠이 들었다.

어머니는 벽장 안에 올라와서도 나를 찾지 못했다. 가만가만 내 이름을 불렀지만 나는 대답할 수 없었다. 어머니는 내가 뒤주 안에 들어 있다는 걸 몰랐다. 그녀는 내가 손바닥만 한 벽장의 창문을 열고 밖으로 나갔을 거라고 추측했다고 한다.

그날 이후, 아버지가 술에 취해 늦게 귀가한 날이면 나는 언제나 벽장 속으로 들어갔고, 뒤주 속으로 들어갔다. 그곳은 나만의 공간이었다. 뒤주 속에 들어가 문을 닫고 몸을 웅크리고 있으면 근육과 신경이 이상스레 느슨해지면서 기분 좋은 안락감이 찾아왔다. 그럴 때 나는 어김없이 잠 속으로 빨려 들어갔다. 꿈도 없는 깊은 잠을 맛나게 잤다.

아버지와 상관없이도 벽장 안에 들어갔다. 낮에도 뒤주 속에 들어갔다.

한승원의 소설쓰는 법

③ 그는 하루의 대부분을 자기가 만든, 다리가 달린, 한 면이 터진 그 직육면 아니, 직오면체(그런 게 있다면) 안에 들어가 보냈다. 밖에 있을 때는 불쑥불쑥 치밀던 울화도 그 안으로 들어가면 눈 녹듯 사그라졌다. 밖에 있을 때는 살 희망이 생기지 않았지만, 안에 들어가면 그런 생각도 나지 않았다. 그 때문에 그는 그 안에 들어가야 했다. 그 안에서 대개는 잠을 잤지만, 책을 읽기도 했다. 나중에는 비스킷이나 빵을 먹기도 했고, 맥주나 커피를 마실 수도 있게 되었다. 어느 날부턴가는 그 안에 누운 채 일기도 썼다. 그 좁은 공간에 하나씩하나씩 물건이 쌓여갔다. 일기장과 연필이 들어오고 여러 종류의 필기구가 들어오고 책이 들어오고 안경이 들어오고 과자 그릇이 들어오고 자석을 이용한 바둑판이 들어왔다. 그는 그 안에서 바둑도 두었다. 가능한 한 그는 그곳에서 나오지 않으려고 했다. 그의 세계는 그가 들어가 누운 널의 크기만큼 작아졌다. (중략)

아내와 딸은 되도록 그의 방에 들어오지 않으려고 했다. 그들은 널 속에 들어가 누운 채 모든 시간을 보내는 아버지와 남편을 보고 싶지 않았다. 그것은 그들에게는 곤욕이었고 고통이었고 슬픔이었다. 그들은 언제나 그를 이해하고자 했고, 이해할 수 있다고 생각했지만, 그러나 결코 그를 이해할 수 없었다.

— 이승우의 「나는 아주 오래 살 것이다」 48~69쪽에서

위의 ①은 주인공이 사람 하나가 겨우 들어갈 수 있을 만큼 입구가 좁은 '동굴'에 들어가 편안하게 누웠다는 이야기이다.

②는 주인공이 다락방에 숨어 있다가 술 취한 포악한 아버지가

붙잡으려고 오자 '뒤주' 안으로 들어가 숨은 채 잠이 들었다는 이야기이다.

③은 주인공이 목수 일을 배우면서 맨 먼저 만든 '널 속'에 들어가 누워 편안함을 느꼈다는 이야기이다.

여기서 '동굴'과 '뒤주'와 '널'은 자궁을 상징하고, 그 자궁은 알 수 없는 신화적인 힘으로 주인공을 거듭나게 했다는 것이다.

집단 무의식이란 무엇인가

다음의 내용은 집단 무의식을 소재로 다루고 있다.

저녁밥을 먹으면서, 나와 아내는 킥킥 웃었다. 광주 5·18 민중항쟁의 참혹한 사건들을 끈질기게 형상화시킨 바 있는 임철우 씨의 소설 한 대목을 이야기하면서.

……광주 한복판에 있는 ○○병원에, 불륜의 성행위를 하다가 배가 찰싹 붙어서 떨어지지 않은 남녀가 입원해 있다는 소문이 광주 안에 음험한 냄새처럼 흘러 다녔다.

'그 년놈은 아무 여관에서 홑이불에 감싸인 채 은밀하게 앰뷸런스에 실려 갔단다.'

사람들은 배가 붙어 떨어지지 않고 있는 발가벗은 남녀를 보려

한승원의 소설쓰는 법

고 그 병원으로 몰려들었다. 병원 앞 도로는 인산인해로 막혔고, 병원은 몰려들어 수군거리며 기웃거리는 그들로 인하여 의료 업무를 볼 수 없게 되었다. 병원의 의사와 간호사들은 핸드마이크를 들고, 군중들을 향해 자기 병원 안에는 절대로 그러한 사람들이 입원해 있지 않다고 해명하면서 돌아가라고 애원했다.

그렇지만 사람들은 곧이들으려 하지 않았다. 병원 측에서는 어찌할 수 없어 경찰을 불렀다. 기동경찰은 그들을 해산시키기 위하여 안간힘을 썼다. 사람들이 밤낮을 가리지 않고 몰려들기 때문에 병원 측과 경찰들은 아예 병원 출입문 앞에 바리케이트를 치고 환자 아닌 사람들의 출입을 엄금했다.……

"아니, 진짜로 그런 일이 일어나서 그렇게 썼을까요?"

아내의 물음에 내가 말했다.

"글쎄, 그때 그런 비슷한 소동이 일어났는데, 임철우씨가 그것으로 소설 한 편을 써야겠다고 하더니 결국 그것을 썼더라고요. 아주 재미있는 명작이에요. 임철우씨는 참 의뭉스러운 데가 있는 작가예요. 그 사람 아마 그 소설을 쓰면서 혼자 킥킥 웃었을 거요. 그런데 그 소설 밑바탕에는 한과 분노가 깔려 있어요."

그 음험하고 괴이한 소문이 흘러 다닌 것은 5·18 민주항쟁 한두 해 뒤였다. 전두환 정권의 경찰들은 삼엄하게 거리를 지켰고, 모든 언로는 막혔고, 그 어떠한 시위도 금지되었을 때였다.

그때 5·18 희생 유족들은 철저하게 미행을 당했고, 대통령이 광주 순방을 할 때면, 형사가 그들을 차에 태워 멀고 먼 시골 들판이

나 강변에 데려다 놓고 휭 돌아가 버리곤 했다.

유언비어나 괴이한 소문을 사회학적인 관점에서 본다면 그것은 집단무의식의 발로이다. 유언비어의 속성은, 진짜로 그러한 사건이 일어났는데 그것이 과장되어 흘러 다닐 수도 있고, 전혀 사실무근의 말이 굴러다니면서, 털이 나고 손발이 달리고 날개가 붙어서 세상을 풍미할 수도 있다.

많은 사상자를 낸 5 · 18로 말미암아 광주 사람들은 육체적 정신적인 상처를 입었지만 치유 받거나 보상받지 못하고 계속 억눌림을 당한 까닭으로 정신적인 울분과 공황 상태에 있었는데, 그런 가운데 그 괴이한 소문이 흘러다닌 것이었다.

저녁밥을 먹고 토굴로 올라오면서 나는 아내에게 말했다.

"그 괴이한 소문은 일종의 비틀리고 꼬인 한풀이의 한 가지예요."

(중략)

임철우씨의 소설 속에 있는 문장 하나가 어렴풋이 생각난다.

'눈 부릅뜬 반딧불이가 밤하늘을 혼령처럼 날고 있었다.'

세상이 흉흉하면 유언비어는 그 문장 속의 반딧불이처럼 세상의 비가시적인 허공을 눈 부릅뜨고 킥킥거리면서 날아다닌다.

그렇다면, 얼마 전부터 밤낮을 가리지 않고 눈 부릅뜨고 우리의 비가시적인 영혼의 허공과 사이버 공간을 날아다니고 있는 광우병 쇠고기 괴담이라는 것은 무엇일까.

— 한승원의 에세이 「오월의 반딧불이」에서

폭력에 의해서 닫혀진 사회에 사는 사람들의 의식 속에 흐르는 불만족과 분노가 알 수 없는 구멍을 찾아 폭발하는 것이 유언비어이다.

……광주 한복판에 있는 ○○병원에, 불륜의 성행위를 하다가 배가 찰싹 붙어서 떨어지지 않은 남녀가 입원해 있다는 소문이 광주 안에 음험한 냄새처럼 흘러 다녔다. '그들은 무슨 여관방에서 홑이불에 감싸인 채 은밀하게 앰뷸런스에 실려 갔단다.'

그것은 진실일 수도 있고 전혀 진실이 아닐 수도 있지만, 사람들은 그 이야기를 떠벌이면서 한풀이를 한다. 그것이 집단 무의식이다.

작가는 태어나는 것이 아니고 만들어진다

작가는 왜 소설을 쓰는가

작가는 선천적으로 타고나는 것이 아니고 자기 자신에 의해서 만들어진다.

'소설을 어떻게 쓸 것인가' 하는 문제의 해답은 '왜 소설을 쓰는가'에 대한 대답이 있고 나서야 가능해진다. '왜 소설을 쓰는가' 하는 물음은 '왜 사느냐' 하는 존재론적인 물음과 같다.

풀섶에 쥐의 시체 하나가 놓여 있다. 첫째 날에 파리들이 몰려들더니 이튿날에는 파리의 애벌레들이 꾸물거린다. 살 썩은 냄새도 난다. 열흘 뒤에 가보니, 쥐의 시체는 사라졌다. 어디로 갔을까. 벌레들과 세균(미생물)들이 먹어치운 것이다.

벌레들과 세균(미생물)들은 먹고 살기 위해 그것들을 먹어치운 것이지만, 크게 본다면 그들이 이 세상(우주)을 깨끗하게 청소한 것이다. 그것은 그 미생물들의 좋은 일 하기이다. 좋은 일 하기를 꽃 피우기라고 말하기도 한다.

나는 장흥 바닷가에 살면서 광주 조선대학교 문예창작과로 강의를 하기 위해 택시와 버스를 이용하는데, 택시 운전사, 버스 운전사들은 자신이 먹고사는 것은 물론이고 자기 아내와 자식들을 먹여살리고 가르치고 시집 장가 보내기 위하여 그렇게 노동을 하는 것이지만, 나를 위해서는 좋은 일을 한 것이다. 세상에 존재하는 모든 것들은 자기가 살기 위해 어떤 일인가를 하는데, 그것은 결국 이웃 사람들을 위해 좋은 일을 하는 것이다.

'왜 사는가(존재론)'라는 물음의 대답은 '좋은 일 하기 위해서'이다. 좋은 일 하는 것을 기독교인들은 '여호와 하나님께 영광을 돌리기 위해서'라고 말하는데, 불교인들은 '우주에 커다랗고 향기로운 꽃 한 송이로 장식(화엄, 華嚴)되기 위하여'라고 말한다.

'왜 소설을 쓰는가'에 대한 대답도 그와 똑 같다.

그렇다면 어떻게 살 것인가에 대한 해답을 얻어야 한다. 그 '방법론'에 대한 해답은 간단하다. 불교인들의 말을 빌린다면 '나 스스로가 우주에 커다랗고 향기로운 꽃 한 송이로 장식되는 것'이다.

소설가가 가장 잘 사는 방법은 독자들을 감동시키는 소설을 쓰는 일이다. 소설 쓰기는 한승원에게, 하늘의 명령(天命)에 따른 사업(事業)이다. 사업은 경제적인 이익을 남기는 활동만을 말하는 것이 아니다. 『주역』에서는 '사업'의 정의를 이렇게 말한다.

'우주의 율동 원리에 따라 천하의 인민에게 실행하는 것이다.'

다산 정약용은 『대학공의』라는 저서에서 불교인은 마음 다스리는 것을 사업으로 삼지만, 유학자는 사업으로써 마음을 다스린다고 했다. 선생에게 사업은 저술이었고, 그것을 통해 정심(正心)을 얻곤 했다. 정심은 불교에서 말하는 깨달음(覺)이다. 물론 선생의 저술 행위는, 『주역』에서 말하는 바로 그 사업, 백성들을 이롭게 하는 사업이다.

당신은 지금 당신의 사업을 하기 위하여 이 책을 읽고 있다.

이제 당신과 나는, '독자들을 전율하게 하는 소설'을 어떻게 쓸 것인가에 대하여 이야기해야 한다.

신인작가란 누구를 말하는가

여러 소설가 후보들이 문단에 데뷔한다면 신인작가라고 불릴 것이다. 그러나 새로 등단했다고 해서 다 신인작가는 아니다. 신인작가는 새로운 안목, 참신한 시각을 가진 작가를 말한다. 한 사람이 어떤 소설을 들고 새로이 문단에 등단했다 할지라도, 그의 시각이 기성작가들의 그것과 똑같다면 그를 신인작가라고 말할 수 없다.

그러면 '새 안목' '새 시각'이란 무엇인가.

그것은 세상을 새로운 방향에서 깊이 읽는 안목이다. 그것을 새로운 '시각'이라고 말한다.

작가는 태어나지 않고 만들어진다. 따라서 작가가 되려면 좋은 눈을 가져야 한다. 본다는 뜻의 한자에는 몇 가지가 있다. 어떤 시각으로 보느냐(見:볼 견), 손으로 눈썹 차양을 하고 지나쳐가면서 슬쩍 보느냐(看:볼 간), 그냥 보여주기만 하느냐(視, 示:보일 시), 보되 그냥 보는 것이 아니고, 대상의 의미와 가치를 따지고 가리고 비판하면서 보느냐(觀:볼 관)가 그것이다. 작가의 시각은 '보되, 그냥 보는 것이 아니고, 대상의 의미와 가치를 따지고 가리고 비판하면서 보는 것(觀)'이다.

'관(觀)'이란 글자는 어떻게 쓰이는가.

연애관(戀愛觀)은 '연애는 무엇인데 어떤 의미와 가치가 있으며 어떻게 하는 것이 가장 이상적으로 잘하는 것인가 하는 것에 대한 깊은 생각이나 견해'를 말한다.

인생관(人生觀)은 '인생이란 무엇이고 어떤 의미와 가치가 있으며 어떻게 사는 것이 가장 잘 사는 것인가 하는 것에 대한 깊은 생각이나 견해'를 말한다.

세계관(世界觀)은 '세계란 무엇이며 어떤 의미와 가치가 있는데 어떻게 운용되는 것이 가장 바람직한 것인가 하는 것에 대한 깊은 생각이나 견해'를 말한다.

삶을 긍정적으로 보는 것과 부정적으로 보는 것

"이 빌어먹을 놈의 세상, 하늘하고 땅하고 맷돌같이 딱 맞닿게 해

가지고 쓱쓱 갈아버렸으면 좋겠다. 너도 죽고 나도 죽고 다 죽어버리게."

어떤 일에 거듭 절망하고 좌절한 사람이 이렇게 말했다면 세상을 부정적으로 보는 것이다.

그러한 사람은 특정인에게 복수하기 위해서가 아니고 불특정 다수에게 복수하기 위하여 독가스를 살포할 수도 있고 대중을 향해 총을 드륵드륵 갈길 수도 있다.

만일 그러한 사람을 주인공으로 삼고 그 주인공의 행위를 합리화시키는 소설을 썼다면 그 작가는 인생을 부정적으로 보는 작가이므로 세상으로부터 지탄을 받는다. 인류 사회에 커다란 죄를 지은 것이므로 용서받을 수 없다.

이 세상은 긍정적으로 사는 사람의 몫이다.

긍정적으로 사는 사람은 자기 삶을 아름답게 가꾸려 하고 용서하고 더불어 살려 하고 착하게 살려고 한다. 착하게 살려 하는 데에는 용기가 필요하다.

좋은 작가는 좋은 눈(시각)이 만드는 것이다. 좋은 눈은 착한 생각과 좋은 책 읽기와 세상을 살아갈 만한 곳으로 바꾸려고 노력하는 의지를 가질 때 더 잘 만들어진다.

혁명이 세상을 바꾸는 것이 아니고 스스로가 꽃 한 송이 되어 세상에 장식되려 하는 노력이 세상을 바꾸는 것이다. 글쓰기도 그것과 크게 다르지 않다.

새 안목은 어떻게 만들어지는가

새 안목은 기성작가가 보지 못하는 면에서 보고 세상을 새로이 해석하는 것을 의미한다. 새 안목은 많은 독서와 세상을 새롭게 보는 눈을 통해 만들어진다. 동양 고전, 서양 고전, 철학, 종교, 역사, 사회, 인류문화학, 자연과학, 미생물학 등 우주 만상에 대해서 총체적으로 읽지 않으면 안 된다.

새로운 안목에는 다음과 같은 것들이 해당한다.

(1) 고정관념에서 벗어나서 세상을 바라보기
(2) 어린이의 눈으로 보기
(3) 광인의 눈으로 보기
(4) 짐승이나 식물이나 별이나 달의 눈으로 보기

　　허영심 많은 한 임금이 있었다. 그는 세상에서 가장 아름다운 옷을 입고 싶었다. 어떤 사기꾼이 '불충한 자들의 눈에는 아름답게 보이지 않는 현란한 옷감으로 옷을 지어주겠다' 하고 접근했다. 그들은 공장 안에 베틀을 차려놓고 몇 날 며칠 허공에서 보이지 않는 옷감을 짰다.

　　대신들은 자신들의 눈에는 보이지 않았지만, 불충하다는 소리를 들을까봐 '그들이 아주 번쩍거리는 아름다운 무늬의 옷감'을 짜고 있다고 임금에게 보고했다.

마침내 사기꾼들은 그 옷감으로 옷을 지어 임금에게 입혔다. 백성들이 운집한 행사장으로 나온 임금은 벌거숭이였다. 그렇지만 아무도 벌거숭이라고 말하지 못했다. 모두들 '옷의 무늬가 아름답다'든지, '세상에서 가장 화려한 옷'이라고 찬탄할 뿐이었다. 한데 어린 아이들이 임금의 벌거벗은 모습을 보고 손가락질을 하며 웃어댔다.

—「벌거벗은 임금님」의 줄거리

수직적 사고와 수평적 사고

작가는 수직적인 사고와 수평적인 사고에 대하여 알아야 한다.

한 고리대금업자 을이 갑이라는 사업가에게 돈 1억 원을 대주었다. 갑은 부도를 내고 구속되었고 사업은 거덜이 났다.

고리대금업자 을은 갑의 집으로 찾아갔다. 갑에게는 세상에서 가장 착하고 예쁜 딸이 있었다. 을은 돈을 미끼로 그 딸을 취하고 싶었다.

갑의 저택 마당에는 바둑알 같은 흰 돌과 검은 돌들이 깔려 있었다. 을은 갑의 딸에게 말했다.

"네 아버지를 구하고 사업도 제대로 할 수 있도록 해주겠으니 내가 제시한 내기를 하겠느냐?"

갑의 딸이 무슨 내기냐고 묻자 을이 말했다.

"흰 돌 하나와 검은 돌 하나를 자루 속에 넣은 다음 네가 만일 흰 돌을 꺼내면, 네 아버지를 아무 조건 없이 풀어주도록 하고 사업도 다시 할 수 있도록 1억 원을 무상으로 대주겠다. 만일 네가 검은 돌을 꺼낼지라도 나는 똑같은 조건으로 네 아버지를 풀어주게 하고 사업을 다시 하도록 1억 원을 대주겠다. 다만 한 가지 조건이 있는데 네가 검은 돌을 꺼낼 경우 너는 나에게 시집을 와야 한다."

순진한 딸은 50퍼센트의 확률을 생각하고 내기에 응하겠다고 했다. 을은 기뻐하면서 곧 내기를 하기 위하여 검은 자루에다가 돌멩이 둘을 넣었다.

한데 딸이 보니, 을이 검은 돌 두 개만 넣는 것이 아닌가. 그것은 어처구니없는 사술이고 우롱이다.

이때 딸은 어떻게 해야 하는가.

보통 생각할 수 있는 것(수직적인 사고)은 두 가지이다.

첫째는 '이런 사기꾼이 있다고 세상에 알려 그를 혼내주는 것'이다. 둘째는 '딸이 아버지를 위하여 희생해야겠다고 생각하며 그 불공정한 내기에 응하는 것'이다.

이러한 사고를 수직적인 사고(논리)라고 한다.

그러나 딸은 을에게 당하고 있을 수만은 없었다. 그 불공정한 내기에 응하기는 하되, 그 내기에서 이겨서 그의 마수에서 빠져나갈 뿐만 아니라, 아버지를 구하기도 하고, 사업도 제대로 할 수 있는 묘수가 없을까.

이 문제는 수직적인 사고만으로는 해결할 수 없다. 수평적인 사고를 동원해야 한다.

그렇다면 수평적인 사고란 어떤 것인가.

딸은 내기에 응하기로 작정한다. 그 내기를 지켜볼 증인들을 세우자고 한다. 변호사를 입회시킨 다음 자루 속에 손을 넣어 검은 돌 가운데서 한 개를 집는다. 밖으로 꺼내는 체하다가 자루 입구에서 실수한 듯 놓쳐버린다. 그 돌은 마당에 떨어졌다. 마당에는 흰 돌과 검은 돌들이 많이 섞여 깔려 있다. 딸은 이렇게 말한다. "어머! 이를 어쩌나! 아이고 죄송해요. 그렇지만 염려하실 것 없어요. 이 안에 들어 있는 것을 보면 조금 전에 제가 끄집어낸 돌이 흰 것이었는지 검은 것이었는지 알 수 있지 않겠어요?"

—『수평적 사고방식』 중 「수직 사고와 수평 사고」에서

수직적인 사고는 논리적인 사고, 혹은 컴퓨터적인 사고이다.

수평적인 사고는 일단 수직적인 사고(고정관념)를 깨뜨려 부수고, 그런 다음 재빨리 수직적인 사고를 이어붙임으로써 논리가 성립하게 하는 신묘한 사고이다.

이러한 수평적인 사고는 예술가들에게서 많이 볼 수 있다. 광고 문안을 작성하는 사람들은 수평적인 사고를 특히 잘 활용한다. 예를 들면 "침대는 가구가 아닙니다. 과학입니다"와 같은 것이다.

이것은, '침대는 가구가 아니'라고 수직적인 사고를 깬 다음 잠시 수평 이동을 하였다가 '(그것은) 과학입니다'라는 수직 논리를 이어 붙임으로써 듣는 사람을 깜짝 놀라게 하는 수평적인 사고이다.

유머, 농담, 해학 따위에는 수평적인 사고가 작용한다. 수직적(논

리적)인 사고만 일삼는 사람은 유머를 잘 할 줄 모른다.

데리다의 해체(解體)란 무엇인가.

진리에 도달하는 데에는 형이상학적인 논리가 방해가 된다. 논리가 논리를 낳고 다시 논리가 또 다른 논리를 낳으므로 진리를 찾아가는 사람은 칙칙한 논리의 숲에 갇혀 헤매게 된다. 이때 진리를 찾아가는 자는 모든 논리를 깨부수고 지름길로 진리에 도달해야 한다는 것이 해체이다.

그 진리에 도달하는 지름길에는 비유가 있다. '비유'를 모르면 진리에 도달할 수 없다.

데리다는 '동양의 불교적인 선(禪)'에서 해체의 방법을 가져다 쓴 것이다. 선은 '알음알이(속세의 고정관념)를 버리고 진리(깨달음)에 도달하는 것'이다. '알음알이'란 무엇인가. 우리가 알고 있는 기존의 지식, 고정관념, 즉 수직적인 사고이다.

한 고명한 스님 백장이 밤마다 설법을 했다. 설법을 듣는 대중 가운데 한 늙은 거사가 있었다. 어느 날 밤 그 거사는 설법이 끝났는데 돌아가지 않고 혼자 남아 백장에게 말했다.

"저는 5백 년 전에 이 절에서 설법을 하던 법사였습니다. 지금 백장처럼 설법을 했는데, 그때 저에게 한 수좌가 물었습니다. '수도자가 열심히 수도하면 윤회에 떨어지느냐 떨어지지 않느냐' 하고요. (윤회에 떨어진다 함은 죽은 다음에 벌레나 뱀이 되기도 하고, 축생지옥에 떨어져 여우나 돼지가 되기도 하고, 다시 사람으로 태어나게 되기도 하는 것을 의미합니다.) 그때 제가 그 수좌에게 '열심히 수도하면 윤회에 떨어지지 않는다(윤회에 떨어지지 않는다는 것은 극락에 간다는 것이지 않습니까?)' 하고 대답했습니다. 그랬더니 저는 당장에 축생지옥에 떨어졌고, 이렇게 5백 년 동안 한 마리의 여우로서 살아오고 있습니다. 백장스님, 대답해주십시오. '수도자가 열심히 수도를 하면 윤회에 떨어집니까, 떨어지지 않습니까?'"

백장은 큰일났다 싶었다. 만일 '열심히 수도하면 윤회에 떨어지지 않는다' 하고 대답한다면 그도 축생지옥에 떨어질 것이므로. 그렇다면 백장은 어떻게 대답을 해야 축생지옥에 떨어지지 않을 것인가.

이미 선(禪)에 통달한 백장은 빙그레 웃으면서 대답했다.

"윤회에 얽매이지 않습니다."

순간 늙은 거사는 그 한 마디 말에 "아, 그렇습니다" 하고 깨달았고, 동시에 축생지옥으로부터 벗어났다. 늙은 거사는 백장에게 절하면서 말했다.

"내일 아침 수좌들에게 뒷산 중턱의 바위굴 앞에 가보라고 하십시오. 거기에 여우 한 마리가 죽어 있을 것입니다."

과연, 백장이 다음날 아침에 수좌들을 보냈더니 여우가 죽어 있었으므로, 그 여우를 스님의 주검을 대하듯이 예를 다해 화장해주었다.

수도하되, 윤회에 떨어지지 않기(不落因果) 위해서 수도하는 것은 목적이 있는 수도이므로 참된 수도가 아니다. 윤회에 떨어지느냐 떨어지지 않느냐 하는 것에 얽매이지 않고(不昧因果) 열심히 도를 닦는 수행이 참된 수도인 것이다.

선(禪) 수행은 수직적인 사고(差別)만으로 길들여진 사람들에게 수평적인 사고(平等), 즉 고정관념 깨뜨리기를 가르치는 수행이다.

신인작가는 기성작가들이 보는 낡은 안목에서 벗어나야 한다. 새 안목으로 새 윤리(moral)를 제시하지 않으면 안 된다. 새 윤리란 무엇인가? 그것은 새로운 삶의 방법이며, 새 윤리를 찾기 위하여 수평적인 사고를 해야 한다.

'윤리'는 사람으로서 지켜야 할 규범이다. 따라서 새 윤리는 현행의 윤리라는 고정관념(수직적인 사고), 즉 진리를 향해 가는 데 장애가 되는 규범을 수평적인 사고로써 깨는 새 진리를 말한다.

세상의 모든 좋은 시나 소설은 수평적인 사고(논리)로써 새 윤리를 제시하고 있다.

소설 속의 이야기는
어떻게 얽어짜는가

심청의 일생이 그려진 장편 『심청전』을 짧은 단편소설로 구성하기를 통해 '단편소설 얽어짜기(구성)'의 요령을 설명해보고자 한다. 먼저 『심청전』의 줄거리를 읽어보자.

송나라 말년 황주 도화동이란 곳에 양반의 후예로 행실이 훌륭한 심학규라는 봉사가 곽씨 부인과 살고 있었다. 심학규와 곽씨 부인은 불전에 지성으로 불공을 드린 끝에 딸 심청을 낳았으나 곽씨 부인은 산후 조리를 잘못하여 청을 낳은 후 7일 만에 죽고 만다.

마을 사람들은 부인의 인품을 기려 장례를 치러주고, 젖동냥을 다니는 심 봉사를 측은히 여겨 청에게 젖을 먹여준다.

청은 잔병 없이 성장하여 인물과 효행이 인근에 자자할 정도였으며, 15세에 이르러서는 길쌈과 삯바느질로 아버지를 극진히 공양한다. 인물이 뛰어나고 재질이 비범한 청을 장 승상 부인은 수양딸로 삼고자 하나 청은 아버지를 생각하고 거절한다.

어느 날 이웃집에 방아를 찧어주러 갔다가 늦어지는 청을 찾아나선 심 봉사는 실족하여 그만 웅덩이에 빠지는 봉변을 당한다. 이때 마침 그 곳을 지나던 몽은사 화주승이 그를 구해주고 공양미 3백석을 시주하면 눈을 뜰 수 있다고 하자, 심 봉사는 앞뒤 가리지않고 공양미 3백 석을 시주하겠노라고 서약한다.

자신의 어리석은 약속을 남몰래 후회하는 심 봉사의 고민을 알게 된 심청은 마침 인신공양(인당수에 제수로 넣을 처녀)을 구하러 다니는 남경 상인들에게 자신의 몸을 팔고 그 대가로 받은 공양미 3백석을 몽은사에 시주한다. 아버지가 걱정하지 않도록 장 승상댁 수양딸로 가게 되었다고 거짓말을 하던 심청은 행선 날이 되어서야아버지에게 사실을 고하며 하직 인사를 하는데, 뒤늦게 전후 사정을 알게 된 심학규는 통곡하며 실신한다.

남경 상인들의 배를 타고 인당수에 당도한 청은 마지막으로 아버지를 걱정하면서 인당수에 뛰어든다.

바다 속에서 청은 용궁으로 모셔져 후한 대접을 받고, 자신의 전생과 현세, 미래를 알게 되며, 꿈에도 그리던 어머니 곽씨 부인을 만난다.

용궁에서 하루를 지낸 청은 연꽃 속에 들어가 다시 인간계로 돌아오며, 남경 상인들은 귀국하던 중 바다에 떠 있는 연꽃을 이상히여겨 송 천자에게 바친다. 천자는 연꽃 속에서 나온 청을 아내로 맞이하고, 왕후가 된 청은 아버지를 찾기 위해 맹인 잔치를 벌인다.

심청이 떠나고 난 뒤 뺑덕어멈과 같이 살던 심학규는 잔치 소문을 듣고 황성으로 향한다. 도중에 뺑덕어멈의 농간으로 우여곡절을 겪은 끝에 겨우 상경한 심학규는 맹인 잔치에서 황후가 된 청을 만나 크게 감격하여 눈을 뜨게 된다.

위의 줄거리를 요약 정리하면 다음과 같다.

① 황주 땅 도화동에 눈먼 심학규에게는 생후 7일 만에 어머니를 잃은 심청이라는 딸이 있었다.

② 심 봉사가 동냥젖을 먹여 키운 심청은 아버지에 대한 효성이 지극했다.

③ 심청이 15세 되던 해 심 봉사는 공양미 3백 석을 시주하면 눈을 뜰 수 있다는 몽은사 화주승의 말을 듣고 덜컥 시주를 약속하고, 이내 자신의 경솔한 행동을 후회한다.

④ 심청은 부친의 눈을 뜨게 하려고 몽은사에 시주할 공양미 3백 석을 마련하기 위해 인당수 인제수를 구하는 남경 상인에게 자신의 몸을 판다.

⑤ 그후 심 봉사는 뺑덕어미라는 음란하고 간교한 여자와 살며 세속적인 인간으로 변모하게 된다.

⑥ 한편 인당수에 빠진 심청은 죽지 않고 수정궁에서 지내다가 연꽃으로 변하여 인당수에서 다시 선원에게 발견된다.

⑦ 선원은 이 꽃을 건져 황제에게 바치고 심청은 연꽃에서 환생

하여 황후가 된다.

⑧ 심청은 부친을 찾으려고 전국의 맹인을 초대하여 맹인 잔치를 벌인다.

⑨ 이 잔치에 심 봉사가 나타나 부녀가 다시 만나게 되고 그 반가움에 심 봉사는 눈을 뜬다.

위의 내용을 현대 단편소설로 구성하려면, 위의 줄거리 가운데서 어떤 부분만을 잘라서 써야 할까. 자른 부분들을 '발단·전개(계속되는 위기)·절정·결말'의 4단계로 나누어 구성해보자.

황순원의 「소나기」를 보기로 말한다면, 다음과 같다.

1) **발단** 소년과 소녀가 개울가에서 만나는데 소녀가 개울물 속에서 조약돌을 소년에게 던진다.

2) **전개**(이 전개 속에는 위기가 계속된다) 소년과 소녀가 들판으로 놀러 간다. 소나기를 만나 수숫단 속으로 들어가 피한다. 소녀가 가을의 찬 소나기를 맞은 까닭으로 앓는다. 소년은 호두를 까주려고 한다. 소녀가 나타나지 않자 갈대를 꺾으며 그리워한다.

3) **절정** 윤초시 댁에 다녀온 아버지가 한 말 "이번 아이는 잔망스러워……죽어가며 이렇게 말했다는군요. 내가 입던 옷을 그대로 입혀 묻어달라고……."

4) **결말** 이 소설에서는 결말이 생략되어 있다.

황순원은 "이번 아이는 잔망스러워……죽어가며 이렇게 말했다는군요. 내가 입던 옷을 그대로 입혀 묻어달라고⋯⋯"라는 말 한 마디를 준비해놓고 「소나기」라는 소설을 써간 것이다.

대개의 현대 단편소설에서는 작가가 '결말'을 생략하곤 한다.

『심청전』에서 다른 부분은 다 버리고, 다음 두 대목만 가지고 현대 단편소설을 구성해보자.

③ 심청이 15살 되던 해 심 봉사는 공양미 3백 석을 시주하면 눈을 뜰 수 있다는 몽은사 화주승의 말을 듣고 덜컥 시주를 약속하고, 이내 자신의 경솔한 행동을 후회한다.

④ 심청은 부친의 눈을 뜨게 하려고 몽은사에 시주할 공양미 3백 석을 마련하기 위해 인당수 인제수를 구하는 남경 상인에게 자신의 몸을 판다.

1) 발단 (현재 상태를 서술한다) 심 봉사가 딸의 마중을 나가다가 개천에 빠져 허우적거린다. 화주승이 달려와서 구해주었다.

2) 전개 심 봉사를 집으로 모시고 간 화주승이 연유를 묻자, 심 봉사가 말한다(현재 상태로 된 과거의 원인을 진술한다). 젖동냥 먹여 키운 딸 하나가 있는데, 그 딸이 날품을 팔러 갔다. 그 딸 마중을 나가다가 그랬다.

화주승의 말(현재 상태에서 위기로 갈 수 있는 전망).

"언제부터 눈이 멀었소? 우리 절 부처님은 영검하여 공양미 3백 석만 시주하면 눈을 뜰 수 있는데."

심 봉사의 말.

"그렇다면 나도 공양미 3백 석을 시주하고 눈을 떠야겠소. 내가 왜 진즉 그것을 몰랐을까."

둘 사이에 계약이 이루어진다. 심 봉사는 공양미 3백 석을 시주하기로 한다.(여기에서 양반 출신이지만 가난하기 이를 데 없는 심학규의 어리석은 탐욕이 드러난다. 탐욕이 눈을 더욱 멀게 한 것이다. 이 일로 말미암아 사건은 위기 쪽으로 치달을 수밖에 없다. 이 계약 사건은 위기의 씨앗이다.)

화주승이 돌아간 뒤 심 봉사의 고민이 시작된다.

(① 위기로 향해 나아감)

딸 청이 돌아와 밥상을 들이자 심 봉사는 밥을 먹지 않고 고민한다. 청이 아버지에게 고민의 연유를 묻는다. 심 봉사가 속알머리 없는 짓 한 것을 후회하며 딸에게 실토를 한다. 이제 심 봉사의 고민이 청에게로 넘어간다.

(② 위기의 강도가 심해짐) 청은 사당에서 조상들에게 효도할 수 있도록 해달라고 빈다.

(③ 더욱 급박해진 위기) 귀덕이 어멈이 청에게 한 말.

"남경장사 배꾼들이 이팔 처녀를 뱃길 사나운 인당수에 제수로 쓰려고 사러 다닌다."

청은 결심을 굳히고 귀덕 어미에게 그들을 은밀하게 불러달라고 말한다.

(④ 위기가 한층 강해짐) 뱃사람들과 청 사이에 '공양미 3백 석에 몸을 팔기로 하는 계약'이 이루어진다. 이 계약은 절정을 향해 치달을 것을 예고한다. 청이 마음 정리한다. 자신이 죽은 다음 아버지 입을

옷가지까지 준비한다. 사당에서, 불효 소녀가 떠나간 다음 부디 아버지가 눈 떠서 좋은 배필 만나 잘 살기를 울며 기도한다.

팔려가기 전의 마지막 밤.

"닭아, 닭아 울지 마라. 네가 울면 날이 새고 날이 새면 나 죽는다."(청이 울며 말하는 장면은 가장 슬픈 대목으로 위기의 고조를 암시한다.)

(⑤ 위기가 절정으로 치달음) 날이 새고 뱃사람들이 그녀를 데리러 온다. 청은 아버지에게 마지막 밥상을 차려 대접한다. 딸이 아버지에게 실토한다.

"공양미 3백 석을 누가 나에게 주겠습니까. 저를 수양딸로 삼기로 한 장 승상 댁에서 공양미 3백 석을 준 게 아닙니다. 뱃사람들에게 3백 석에 몸을 팔았습니다. 오늘 배가 뜨는 날입니다. 오늘 아침, 아버지께서는 지금 이 딸을 마지막 보고 계시옵니다."

뱃사람들이 재촉한다. 심청이 울며 그들에게 이끌려간다.

3) **절정** 심 봉사는 자기가 눈 뜨려 한 탐욕이 딸을 죽게 한다고 참회하며, 뱃사람들을 향해 욕을 한다. "눈뜨기 내 다 싫다" 하고 실성한 듯 울부짖으며 맨발로 딸을 쫓아간다. (이 소설의 주제는 쓰라린 '참회'이다. 인간에게 참회는 깜깜한 어둠 속에서 불을 밝히는 것과 같다.)

넘어져 더듬거리고 기어가며 울부짖는 심 봉사의 단말마의 목소리가 하늘로 사위어간다.

만일 결말을 서술한다면 다음과 같이 단 한 줄로 쓸 수 있다.

'심 봉사의 벗겨진 탕건이 마당에 뒹굴고 있었다.'

한승원의 소설쓰는 법

거짓말 이야기
혹은 '허구' 만들기

신화와 전설에서 무엇을 배울 것인가

　사실에는 우연이 개입되어 있으므로 그것을 그대로 쓸 경우 필연성이 결여된 이야기가 될 수 있다. 실제로 경험한 것을 서술한 수기에는 우연으로 인한 사건들이 아주 많다. 수기에서는 허용되는 우연이 소설에서는 금물이다. 소설은 허구를 동원한 이야기이지만 합리적으로 구성되어 있다.

　우리는 사실이 윤리로 포장된 신화와 전설에서 배워야 할 것이 있다. 어떤 사실이 시대와 시대를 지나오는 동안 당대의 윤리들에 의해서 끊임없이 포장된다. 사실은 물밑으로 들어가고 윤리가 겉으로 드러난다. 그 감추어진 사실을 알아내려면 정신분석학이 필요하다.

현실 윤리로 포장된 신화를 분석하고 해체해보자.

　　한 섬이 개벽한 지 얼마 되지 않았을 때, 그 섬에는 딸 하나를 낳은 부부가 살고 있었다. 어느 날 물귀신이 조개를 잡으러간 아내를 데려가버렸다. 아버지와 딸만 남았다. 얼마쯤의 세월이 흐르자, 딸이 오롯한 여자로 성숙하였다. 아버지는 항상 밭에 가서 괭이와 삽으로 땅을 일구었다. 딸은 밭 가장자리에 있는 샘에 가서 머리를 감아 빗곤 했다. 폭풍우 몰아치는 어느 밤이었다. 아버지의 가슴속에도 폭풍우가 몰아치고 있었다. 딸이 놀라서 몸을 일으키는 순간에 번개가 쳤다. 딸은 홑이불을 뒤집어썼다. 딸은 오래 전부터 아버지의 고통스러워하는 마음을 잘 알고 있었다. 그녀는 몸을 떨었다. 떨면서 몸부림을 쳤다. 아버지를 받아들이는 것도 불륜이며 거절하는 것도 불륜이었다. 받아들이는 것도 효도요, 거절하는 것도 효도였다. 아버지가 끌어안았을 때, 딸은 애원하듯이 말했다.

　　"아버지, 사람의 가죽을 쓰고는 이럴 수 없습니다. 쇠가죽을 쓰십시오."

　　아버지 생각에도 딸의 말이 맞을 듯싶었다. 밤을 새워 소의 가면을 만들었다. 새벽녘에 아버지가 그걸 쓰고 왔다. 딸이 앞장서서 마당을 나가며, "네 발로 기어오면서 '음매' 소리를 내십시오. 그러면 먼저 저 산꼭대기에 올라가서 소가 된 마음으로 아버님의 뜻을 받아들이겠습니다"하고 말했다. 아버지는 칙칙한 수풀을 헤치면서 험한 산비탈을 네발짐승같이 기어올랐다. 온몸의 털구멍들이 뜨거운

땀을 쏟아내고 그런 몸 위에 빗줄기가 창대처럼 퍼부어졌다. 홑이
불을 머리에 쓴 딸이 산꼭대기에서 아버지를 기다리고 있었다. 아
버지는 딸에게로 접근했다. 딸은 아버지의 손이 몸에 닿는 순간 벼
랑 아래로 몸을 던졌다.

— 한승원의 「미망하는 새」 165쪽에서

위의 신화 속에 들어 있는 사실을 찾아내보자.

위의 신화는 딸이 아버지에게 애정을 품는 엘렉트라 콤플렉스와
더불어 우리에게 많은 것을 가르쳐준다.

딸과 아버지의 리비도(성욕)는 신화로 포장되어 있다. 신화란 사
람의 입에서 입으로 전해지는 과정에서, 여러 시대의 현실 윤리를
관통하면서 몽둥이를 맞지 않기 위해 당위성으로 포장되게 마련이
다. 그렇게 포장된 당위성을 정신분석학을 이용해서 벗겨낸다면 다
음과 같은 '사실'을 발견할 수 있다.

아버지가 밭을 일굴 때 쓰는 '괭이'는 남근이다. '밭'과 그 가장자
리에 있는 '샘'은 여성의 성기이다. 딸이 머리를 빗는 것은 남성을 유
혹하는 행위이다.

옛날부터 남성들이 여자를 고를 때 선택해서는 안 되는 금기가
있었는데, 마루에 앉아 머리를 빗고 있는 것을 본 경우, 우물에서 물
을 긷고 있거나 빨래하고 있는 것을 본 경우이다. 그것은 남성을 유
혹하는 행위이므로 보는 사람의 판단을 흐려지게 할 수도 있음을
경계했던 것이다.

확실하게 따지고 보면, 그들의 성행위는 폭풍우 몰아치던 밤 아

버지가 딸의 방으로 들어갔을 때, 이미 벌어진 것이다. 딸의 성욕은 오래전부터 아버지를 수용하려 하고 있었다. 번개가 쳤을 때 딸이 이미 발가벗고 있었던 것으로 알 수 있다.

"사람 가죽을 쓰고는 이럴 수 없습니다."

딸의 이 말은, 통용되고 있는 현행의 윤리가 그녀를 구제하느라고 만들어낸 것이다. 딸이 앞장서서 산정으로 올라가고 아버지가 황소의 탈을 쓰고 비바람에 두들겨 맞고 있는 '골짜기의 칙칙한 숲'을 헤치면서 "음매" 소리를 내고 땀을 뻘뻘 흘리며 포복하듯이 기어올라가는 것은 성행위 그 자체이다.

성행위를 하는 것은 짐승이 되는 일이다. 비바람으로 말미암아 젖어 있는 계곡의 숲은 여근이다. 그리고 산의 정상으로 올라간 것은 성행위의 절정(오르가슴)에 도달함을 말한다.

아버지가 산정에 이르렀을 때 딸로 하여금 절벽 아래로 떨어지게 한 것은 현행 윤리이다. 윤리가 그녀를 구제해주지 않았다면 이 이야기를 어찌 사람의 탈을 쓴 자로서 함부로 입에 담을 수 있기나 하겠는가. 윤리 속에 사는 우리는 윤리에 어긋난 사건을 입에 담기 부끄러워한다.

한편, 딸이 절벽 아래로 떨어진 것은 성행위에서 '오르가슴에 이르는 순간의 죽음 같은 쾌락'을 의미하기도 한다. 인간은 성행위를 하는 순간에 아찔한 죽음을 경험한다.

이 '신화'는 우리가 인간의 원초적인 행위 가운데서, 어떤 장치를 이용하여 어떤 '사실'을 감출 것인가를 가르쳐준다. 즉, 소설에서 성을 어떻게 묘사하고 진술해야 성스럽고 아름답고 신비하고 슬퍼지는가를 가르쳐준다.

소설가는 이야기꾼이다. 하지만 이야기꾼이라고 해서 아무 이야기나 함부로 해도 된다는 의미는 아니다. 이야기꾼이 어떤 이야기를 하면 스스로의 낯이 부끄러워지는 경우가 분명 있다. 그것을 부끄러워하지 않는 작가라면 그는 성 도착자일 수도 있다.

실제로 허구 만들어 보기 ▍

① 8월 5일자 『광주일보』에 이런 기사가 실렸다.

> 보길도의 노화도 고등학교 학생인 한 처녀가 농약을 먹고 중태이다. 사귀던 대학생이 배신을 하였기 때문일 거라고 친구들이 말했다.

② 같은 날 그 신문 사회면에 이런 기사가 또 하나 있었다.

> 한 재벌의 아들이 미스 전남 진에 뽑힌 바 있는 한 처녀와 결혼을 하게 되었는데, 세계일주 신혼여행을 계획하고 있어 빈축을 사고 있다.

③ 같은 날짜의 신문에 다음의 기사도 있었다.

○○대학교 학생들은 수해를 많이 입은 담양의 한 농촌 마을로 농활을 다녀왔다.

위의 세 기사는 서로 아무런 연계성이 없는 전혀 별개의 것들이다. 이 이야기들을 가지고 허구를 동원하여 다음의 〈보기〉처럼 만들어보자.

〈보기〉
한 농촌 마을에 봉사활동을 간 대학생은 그 마을의 과수원집 처녀와 사귀었고, 깊은 사랑을 나누었다. 그 대학생이 도시로 돌아간 다음에도 그들은 계속 깊이 사귀었다. 한데 그 대학생의 집은 엄청난 부자였고, 그의 집에서는 전혀 다른 처녀를 며느리로 들이기로 했다. 농촌 마을 처녀는 도시로 그 학생을 찾아가 마음을 돌리려 했지만 그는 그녀를 만나주지도 않았다. 그리하여 그녀는 그의 집 문 앞에서 음독자살을 했다. 하지만 그것은 미수에 그쳤고, 깨어난 그녀는 이를 악물고 아버지의 과수원을 향해 총총 걸어갔다.

설정한 인물들이
갈등하고 대립하게 하라

세상의 모든 것들은 서로 갈등하고 대립한다

원래 존재하는 모든 것들은 서로 갈등하고 대립한다. 갈등과 대립이 없다면 존재 의미가 없다. 만일 손톱만큼도 갈등하고 대립하지 않는다면, 주인은 없고 종속된 자만 있을 뿐이다.

내가 길을 걸을 때 바람이 앞에서 분다. 길을 걸어가는 나와 바람이 갈등하고 대립하는 것이다. 나뭇잎이 바람에 흔들린다고 말하는 것은 갈등과 대립을 염두에 두지 않은 표현이다. 나뭇잎은 바람에 흔들리지 않는다. 다만 바람이 지나가도록 바람에게 길을 내어주고 나서 다시 제 자리로 돌아가는 것인데, 사람들이 흔들린다고 잘못 말하는 것이다. 흔들린다는 것은 정체성의 흔들림을 말한다.

두 친구가 길을 가는데 한 친구는 큰 길로 가자고 주장하고 다른 친구는 샛길로 가자고 주장한다. 한 친구는 자장면을, 다른 친구는 콩나물 국밥을 먹으러 가자고 주장한다.

순종을 잘하는 개와 주인도 갈등과 대립을 한다. 말(馬)과 그것을 타는 기수도 서로 갈등하고 대립한다. 바람과 바닷물이 갈등·대립한 결과로 생기는 것이 출렁거리는 파도이다.

아내와 남편, 아버지와 아들, 어머니와 아들, 딸과 아버지, 손자와 할아버지도 갈등·대립을 한다.

팽팽한 긴장, 갈등과 대립이 없는 삶은 재미없는 인생이다.

소설에서는 모든 인물과 인물들이 서로 갈등하고 대립한다.

인간의 삶에는 모순이 내재해 있고 그것을 극복하고 진리에 도달하려고 한다.

다음 소설의 인물들은 어떻게 갈등하고 대립하는지 살펴보자.

어느 날 술 취한 아버지가

"당신이 남자를 알아요? 남자라는 동물의 심연 속에 깔려 있는 신비와 그 속에서 움직이고 있는 힘의 율동에 대해서 아느냐 말이오?" 하고 물었다.

"그것은 또 무슨 뚱단지 같은 소리라요?" 어머니의 볼멘소리에

"남자들이 혼자 소변을 하면서 오줌으로 무엇인가를 정조준해서 맞히는 내기를 하는 까닭이 무언지 알아요?" 하고 아버지가 힐난하듯이 물었다.

"짓궂은 장난질 하는 데에는 어른 아이가 따로 없는 모양이여."

"그래 맞아요. 남자들은 열이면 열, 백이면 백 모두가 어린 시절부터 오줌 정조준해서 갈기기를 하고, 또 오줌 멀리 갈기기의 시합들을 하는 겁니다. 남자들의 그것은 남성적인 힘의 과시이거나 꿈꾸기하고도 연관이 있어요."

"그런데요? 그것이 어떻다는 거예요?"

(중략)

"전에는 그렇지 않았는데, 이제는 완벽하게 정조준 되어 날아가지를 않고 말굽형 부속품에 실수를 하곤 하는 것이 나는 슬퍼 견딜 수 없어. 그것이 나의 늙었음을 확인시켜주곤 한단 말이오." 아버지는 이 말을 하고 싶은데 차마 말하지 못했다. 아버지가 슬퍼하는 듯싶자 어머니는 재빨리 빈정거렸다.

"아이고, 눈 내리깔고 재미없어 하고 있는 꼴 보기 싫소. 참말로 불쌍해서 못 보겠소. 당신 그렇게 하고 있을 때는 영락없이, 믿을 만한 자식 하나도 없어서, 하루 세 끼 목구멍에 풀칠이나 하겠다고 남의 집에서 머슴살이 하고 있는 불쌍하디 불쌍한 시골 영감탱이같소. 얼른 가서 머리 자르고 귓밑에 새로 나오는 흰털에 물도 새로 들이고, 수염도 말끔하게 밀어버리고, 사우나 하고 곰다방에서 미스 정인가 미스 민인가 하는 젊은 처녀 손목도 한번 잡아보고 술도 한 잔 마시고 싱싱해져 가지고 당당하게 좀 들어와보시오" 하고 그를 밖으로 내보내려고 애를 썼다. 아버지는 못이긴 체하고 떠밀려 나갔다.

"아야, 종숙아. 나 정말정말 느희 아부지하고 못살겠다. 나 지금이라도 갈라서야 할 모양이다." 좋게 저녁밥을 먹고나서 어머니는 부산에 사는 큰딸에게 전화를 걸어 말했다.

"왜 또 그래요 어머니?" 부산 쪽에서 딸이 이렇게 말을 하면 어머니는 아버지와의 사이에 불편스러운 것을 하나하나 털어놓았다.

"밤이면 밤마다 드르릉드르릉 코를 골아대니 깊은 잠을 잘 수 있는가, 걸핏하면은 신경질 내고……. 사사건건 나 싫은 일만 골라서 한다. 나를 아주 말려 죽일 작정을 한 것이 아니라면 어떻게 그럴 수가 있단 말이냐?" 시집간 이 딸 저 딸한테 고자질을 할 만큼 하고 그래도 남은 것은 종혁이에게 말했다.

한번은 욕실에서 치약과 아버지의 치솔을 가지고 나와서 그 여자에게 보이며

"이 칫솔하고 치약 쓰는 것 좀 봐라" 하고 말했다. 아버지의 칫솔은 손잡이가 녹색이었다. 가장자리의 솔끝들이 모두 지네의 발들처럼 양옆으로 뻐드러져 있었다.

"아니 어째서 산 지 열흘도 안 된 것인데 이렇게 뻐드러진단 말이냐? 칫솔질을 할 때마다 어금니로 계속 일삼아서 솔을 깨물어대는 모양이야. 또 이 치약을 좀 봐라. 이쪽 꽁무니에서부터 조금씩 짜서 쓰면 얼마나 좋을 것이냐? 그런데 앞쪽에서부터 짜서 쓴단 말이다." 어머니는 애달픈 소리로 말했다. 아버지는 소파에서 신문만 뒤적거리고 있었다.

"그런 걸 가지고 뭘 그래요? 그럴 수도 있다 하고 좀 너그러워지셔요." 종혁이가 이렇게 말을 하자 어머니는 현관의 신발장으로 달려가더니 아버지의 구두를 꺼내왔다.

한승원의 소설쓰는 법

아버지의 감색 구두 뒷부분들은 뭉개지고 오그라져 있었다. 그것은 아버지가 발뒤꿈치로 으깨면서 신는다는 것을 말해주고 있었다. 어머니는 그것으로 아버지의 험구하기를 끝내려 하지 않았다. 소파 앞 탁자에 놓인 재떨이에서 담배꽁초 하나를 집어들어 종혁의 눈앞에 들이밀며 말했다.

"아니 두 입술 사이에 끼우기만 하고 필터를 빨면 얼마나 좋을까. 그러면 오그라지고 찌그러지지 않으니까 껐났다가는 다시 피울 수 있을 것 아닌가? 그런데, 이렇게 질겅질겅 깨물어놓으니 꽁초가 한 발만큼 길지만 다시 피울 수가 있어야지? 아니 담배 연기만 솔솔 빨아 마시면 될 일을, 왜 필터는 못살게 질겅질겅⋯⋯?"

"아니 오늘 저 여편네가 어쩌자고 저리 성화를 받치는 것이여?" 아버지가 드디어 알은체를 하고 나섰다. 성이 나자 아버지는 으흠 으흠 하고 헛목을 다듬었다. 그것은 자기 잘못을 시인하는 것이기도 했다. (중략)

종혁은 어린아이들의 다툼 같은 아버지 어머니의 실랑이질을 그냥 보고만 있지 않았다. 재빨리 사진기를 가지고 나와서 서로 노려보고 있는 모습, 빈정거리거나 쏘아대는 모습들을 찰칵찰칵 찍었다.

"내가 뭣이 어째서?" 어머니가 따지고 들었다.

"당신 지금 구두를 어느 쪽 손에 들고 있어?"

어머니는 아버지의 구두를 왼손으로 들고 있었다. 어머니는 왼손잡이였다. 바느질도 왼손으로 하고, 밥도 왼손으로 먹고, 딸들의 머리도 왼손으로 빗겨주었다. 물론 걸레질도 왼손으로 하고, 휴지 하나 줍는 일이나 도마 위의 칼질도 다 왼손으로 했다.

"나 왼손 쓰는 것이 어제 오늘 일이에요?"

"나 인제 고백을 하는데, 나 정말 정말 당신 왼손 쓰는 것 보면 하루에도 정이 열두 번은 더 떨어져. 왼손을 쓰는 것을 보면 당신 몸이 왼쪽으로 기울어져 있는 것 같고, 오른쪽 몸이 텅 비어 있는 것 같고, 머리 회전이 거꾸로 돌아가는 사람 같고……아마 왼손을 쓰는 여자라서 오른손을 쓰는 남편하고 사사건건 부딪치는 것 같아. 나 당신이 처녀일 적에 선보면서, 당신이 왼손잡이인 것을 알았더라면 그때 파혼을 했을 터인데, 그때 짜장면을 먹을 때 보니까 얼마나 작정을 단단히 하고 왔는지 그때는 오른손을 쓰더라니까? 당신 그때 나한테 완전히 사기를 쳤어."

"아니 시방 누가 할 소리를 하고 있는 거요? 내가 처녀 때 그 소리를 들었으면 내 쪽에서 파혼을 했을 거라고요. 당신네 고모는 실성실성 신이 내려가지고 명산대찰만 쫓아다니다가 점상을 차리고 있고, 삼촌은 다 떨어진 비닐 가죽가방 하나 짊어지고 삼천리 유람을 하는 엉터리 시인이고……."

"우리 고모 삼촌이 그런다고 내가 어쩌는데? 내가 삼촌같이 떠도는가 고모같이 점상을 차리고 앉아 있는가? 여편네 눈 밖에 날까 평생토록 안절부절못한 채 치마꼬리에 칭칭 감겨 헛눈 한 번도 못 팔고 살아온 죄밖에는 없는 나를 왜 흔들어대는 거여?"

그렇게 다투다가도 그들은 한 방 한 이불 속에서 코골고 이 뿌드득 갈아가면서 잠을 잘 잤다.

—『현대문학』(1999년 07호) 중 한승원의 「고추밭에 서 있는 여자」에서

1) 나와 내 운명이 갈등 대립한다

나는 섬에서 나고 자랐는데, 아버지는 장남인 형만 중학교에 보내려 하고, 작은 아들인 나는 초등학교만 졸업시킨 다음 농사짓고 고기잡이 하게 하여 장가 들이고 분가시키려고 했다.

만일 아버지에게 순응했다면 나는 시골 고향 마을에서 어떤 모양새로 살고 있을까. 불만족 때문에 술주정뱅이가 되어 이미 알코올 중독으로 죽었거나, 세상을 저주하면서 범죄자가 되어 청송 감호소에 가 있을지도 모른다. 아니 부지런히 일하여 시골 부자가 되어 있거나, 이장을 하면서 아들 딸 가르치며 살고 있을지도 모른다.

나는 그러한 운명을 내 의지에 따라 지금 살고 있는 소설가의 삶으로 바꾸어놓았다.

대개의 경우, 사람들은 게으른 노예근성을 가지고 있다. 편안하게 안주하려고 하고, 어디엔가 소속되려고 한다. 초등학교 동창회, 중학교 동창회, 고등학교 동창회를 구성하고 거기에 소속되려 한다. 그것도 부족하여 향우회, 신도회, 무슨 무슨 계, 일진회, 전국 교직원 노동조합, 민족문학작가회의, 농민회 따위에 소속되어 안주하려 한다. 그 모임 속에 들어가면 규약에 따라야 하는 불편이 있음에도 불구하고 가입하고 소속감을 가지려 하고, 그 모임에 질질 끌려가려 한다. 그 모임에서 이탈하면 외로워하고 불안해한다.

가정을 꾸리고 아내의 노예가 되고 남편의 노예가 되어 산다. 그것을 행복이라고 말한다. 사람은 노예로 살면서 그 속에서 자유를 찾으려 하는 모순의 동물이다. 그것이 운명이므로, 나는 그 운명과 갈등하고 대립하지 않을 수 없다.

나는 운명을 헤치고 나아간다. 운명이 나의 자유에 도전한다. 내가 살아간다는 것은 운명과의 끊임없는 갈등이고 대립(싸움)이다.

가을의 어느 날 한밤중에, 나는 덕도 모퉁이의 들판에 있는 숙부네 논에서 거룻배에다 벼를 산처럼 쌓아 싣고 혼자서 바닷길을 노 저어 마을 앞 선창으로 향해 갔다.

산 같은 벼 짐 탓에 뱃머리 앞쪽을 가늠해볼 수 없었다. 짐작으로 방향을 잡아 노를 저어 나아가야만 했다.

내 눈앞에는 총총한 별들과 출렁거리며 줄기차게 흐르는 해류와 별빛으로 인해 굴절된 어둠이 있을 뿐이었다. 바다의 물길에 어둡고 배 운전하기에 서투른 나는 땀으로 멱을 감듯이 하면서 노를 저었다. 어둠에 감싸인 섬 주위의 물목을 소용돌이치며 흐르는 해류에 대한 공포와 불안과 절망이 나를 사로잡았다.

배가 소용돌이치는 해류 속에 휘말리지 않게 하고, 육지 쪽의 갯바위와 암초에 걸려 난파되지 않게 하려면 쉴 사이 없이 노를 저어야만 하는데 내 팔뚝은 힘을 소진하고 뻐드러졌다. 맥없이 뻐드러지는 팔뚝에 힘을 모으기 위해 이를 악문 채 노를 젓고 또 저었다. 젖 먹던 힘까지 다 써서 저었다.

나 대신에 노를 저어줄 사람은 그 거룻배 위에 아무도 없었다. 하느님과 부처님도 도와주지 않고 용왕님과 산신님도 도와주지 않았다. 오직 내가 나의 지혜와 나 혼자만의 힘으로 이를 갈면서 물길을 찾아 배를 저어 나아가지 않으면 안 되었다.

새벽녘에, 간신히 뱃머리를 마을 앞의 모래밭에 대놓고 나는 자갈밭에 쓰러져버렸다. 숙부가 다가와 말했다. '아이고 우리 승원이 넉넉히 장가가겠다!'

그 순간 나는 속으로 울며 부르짖고 있었다. 나 이렇게 살아 무얼 할 것인가. 눈 속으로 흘러든 땀으로 인해 수런거리는 별들이 굴절되고 있었다.

그때 슬퍼하고 있는 깜깜한 의식을 환히 밝혀주는 빛 한 줄기가 있었다. 그러한 고난의 삶 속에 나를 묻어두어서는 안 된다는 생각이었다.

'어느 한 어둠 속에 나를 묻어두는 것도 나이고, 거기에서 나를 꺼내 빛 속으로 나아가게 하는 것도 나이다.'

— 한승원의 『이 세상을 다녀가는 것 가운데 바람 아닌 것이 있으랴』 중
「고난 속에 나를 묻어두는 것도 나이고 꺼내는 것도 나이고」 전문

가령 자기의 육체와 성을 상납하고 신분상승을 노리는 『마농』 같은 창녀 소설들은 자기 운명과 갈등·대립하면서 그 운명을 헤쳐나가는 것이다.

2) 나와 자연이 갈등 대립한다

자연은 나를 품어주는 어머니 품 같지만, 폭풍우, 지진, 홍수 따위로 갈대처럼 연약한 인간을 한순간에 죽여버릴 수도 있는 두려운

존재이다. 인간의 삶 속에는, 자연의 의지와 내 의지의 갈등과 대립이 한없이 진행되고 있는 것이다.

내가 노를 저어갈 때 파도와 해류는 내 배를 자기의 의지에 따라 끌고 가려고 한다. 이때 그 자연을 상대로 나는 싸우지 않을 수 없다. 싸워야 내 의지대로 배를 이끌고 갈 수 있는 것이다.

파도나 해류와 나의 의지는 끝까지 갈등하고 대립한다.

내가 산을 오를 때, 가파른 산과 미끄러운 바위와 가시밭길과 드넓은 계곡을 흐르는 물은 내 진로를 가로막는다. 나의 산행은 산과의 싸움이다. 나의 의지와 산의 의지가 갈등하고 대립하는 것이다.

3) 나와 사회와 역사가 갈등 대립한다

일본 제국주의가 이 땅을 식민 지배하던 때가 있었다. 그 속에서 순응하는 사람들도 있었지만, 그 사회와 역사를 상대로 싸운 사람들이 있었다. 독립운동가들이 그들이다.

한때 군사 독재가 사회와 역사를 지배했다. 그 사회 속에서 자유와 민주를 찾아야 한다고 소리친 사람들이 있었다. 민주화운동을 한 사람들이 그들이다.

사회가 물이고 역사가 강물이라면 인간은 그 속에서 유영하는 물고기이다. 물고기는 자기를 감싸고 흐르는 물과 갈등 대립하고, 싸우지 않을 수 없다.

시인은 세상에서 가장 연약하면서도 자유인인 그 자신을 죽이는 사회와 역사를, 달과 꽃을 노래하며 살 수 있는 사회로 만들어가기 위하여 사회 및 역사와 갈등 대립하지 않을 수 없다.

한승원의 소설쓰는 법

4) 나와 친구, 아내, 아들딸이 갈등 대립한다

나는 치약 한가운데가 잘록해지도록 짜서 쓰는데, 아내는 왜 꼬리 부분에서부터 차례로 짜서 쓰지 않느냐고 항의한다.

아들은 문예창작과로 진학하려 하는데, 아버지는 법과대학으로 가라고 하고, 어머니는 의과대학에 가라고 한다.

딸은 하늘색 스카프를 사려 하는데, 어머니는 보라색을 권한다.

딸은 청바지를 입으려 하는데, 아버지는 딸에게 치마를 입히려 한다.

나는 바둑을 두자고 하고 친구는 당구를 치자고 한다.

나는 수컷 개를 끌고 공원 산책을 가는데, 그 수컷 개는 발정한 암캐를 쫓아간다.

5) 나와 또 하나의 내가 갈등 대립한다

내 속에 또 하나의 내가 들어 있다. 하나의 '나'가 이지적이고 이성적이라면 다른 하나의 '나'는 감성적이고 동물적이다. 하나가 밝은 쪽에 노출된 나라면, 다른 하나는 지하실 속의 늑대인 것이다.

산모퉁이에 예쁘고 아름답고 향기로운 꽃 한 송이가 피어 있으면, 하나의 나는 그냥 두고 가자고 하는데 다른 하나의 나는 그것을 꺾어가자고 한다.

하나의 나는 노예처럼 비굴하게 행동하는데, 다른 하나의 나는 그러한 나를 비웃으며 너는 자존심도 없느냐, 떳떳해져야 한다, 자유로워져야 한다고 주장한다.

사실과 사실들을 혼합하여 만들어낸 픽션을 통해 갈등·대립구도를 명확하게 하지 않으면 안 된다. 갈등·대립구도가 명확하지 않을 때 그 소설 작품에는 어떠한 현상이 일어나는가. 문장이 탄력을 잃는다. 구성을 제대로 할 수 없다. 이야기에 재미가 없어진다. 주제를 확실하게 도출해낼 수 없다.

다음 소설 속의 갈등과 대립을 살펴보자.

눈물이 나왔는데 어느 정도 그냥 울어버렸다.

야야, 왜 그래?

치수가 면박을 주었지만 그 야야, 왜 그래를 가지고도 세 곡 이상의 발라드를 만들 수 있을 것 같았다.

야, 못……. 그러니까 따를 당하는 거야 이 바보야. 널 처음 봤을 때 어떤 느낌이었는지 아냐?

아, 아니. 말하자면 저건…… 무슨 이미테이션이 아닌가 그런 느낌이었어.

이미테이션?

그러니까 진짜 너는 어딘가 다른 곳에 살고 눈앞의 이것 짝퉁이다……뭐 그런 느낌이지. 예를 들어 어쩌다 동전이 여러 개 생겨 심심풀이로 뒤집어보다가……. 그런 거 있잖아. 믿기지 않을 만큼 오랜 1977 같은 숫자가 찍힌 거……. 그런가 하면 정말 눈부신 바로 올해의 연도가 찍힌 것도 있다는 얘기야. 그런데 너는 봐도 아무 느낌이 없는 연도, 말하자면 2003이라든지……모르겠다. 뭐 그렇다는 얘기야. 아무튼 내 얘기는 앞으로는 좀 존재감 있게 살라는 얘기

　　　　　　　　　　　　　　한승원의 소설쓰는 법

다. 알겠냐?

예, 아, 으응.

예는 뭐고 응은 또 뭐냐, 그건 그렇고…… 어쨌거나 못!

그리고 치수는 새 담배를 꺼내 물었다. 순간 달의 뒷면이라 여겨
도 좋을 만큼 주위가 고요해졌다.

그동안 미안했다.

알파벳의 가장 긴 단어가 무엇이었더라? 나는 생각했다. 기네스
북에도 오른 단어가 있는데, 또 산소통을 지지 않고 에베레스트에
오른 최초의 인물이 누구였더라, 게다가 인류가 도달한 심해의 최
저 수심은 과연 몇 미터인가, 라이트 형제는 몇 번의 실패 끝에 시
험 비행에 성공했으며, 가장 지름이 긴 꽃의 이름은 무엇인가, 역사
상 열대우림지역의 최대 강수량은 얼마였으며, 사하라는 과연 언제
어느 때 바다의 밑바닥이었나,를 나는 생각했다. 그리고 그런 생각
과는 아무 상관없이 나는 펑펑 눈물을 쏟았다.

고마워.

그래서 이상하게 고맙다는 말이 나왔다. 알파벳의 가장 긴 단어
보다도 복잡한 구조의 〈고마워〉였다.

— 박민규의 『핑퐁』 102~103쪽에서

위의 인용문에는 잔잔한 갈등 · 대립과 나라는 인물의 절대고독이
잘 그려져 있다. 대화를 통한 심리묘사가 잘 표현되어 있는 소설이다.

인물과 인물 사이에도 갈등 · 대립은 있고, 세상과 나 사이에도 갈등
· 대립은 있고, 나의 존재, 나의 절대고독과 나 사이에도 그것은 있다.

제7강

소설거리 혹은
소재란 무엇인가

소재 찾기

소설의 재료, 즉 소재에서 어떻게 이야기를 만들어내고, 그 이야기에서 어떻게 주제를 도출해낼 것인가를 살펴보자.

이야깃거리, 혹은 소설거리를 '소재'라고 말한다.

길거리에서 들은 이야기 한 토막, 신문에서 본 기사 한 줄, 방송의 다큐멘터리, 내 어머니의 이야기, 할머니, 할아버지, 외할머니, 당숙의 이야기, 농부나 어부, 공장 노동자나 회사 사장의 이야기, 창녀의 이야기……그 무엇이든지 소설의 소재가 된다.

한승원의 소설쓰는 법

김동리는 단편소설 「황토기」를 쓰기 이전에 ① 송 노인의 이야기
와 ② 초립동 장사의 이야기를 들었다고 했다.

① 송 노인의 이야기

송 노인이 나막신을 신고 뒷간에서 뒤를 보고 있는데 황소만한
호랑이가 담을 훌쩍 넘어왔다. 송 노인은 그 호랑이를 붙잡아서 오
금에 낀 채 담배 한 대를 다 태웠다. 그때는 호랑이도 죽어 있었다.
이튿날 송 노인은 장정 30명을 불러다 자기 오금에 밧줄을 걸고 잡
아당기게 했더니 어제께 호랑이가 오금에 끼어들 때만큼 오금이 달
싹거렸다. 송 노인은 감탄하여, 호랑이가 장정 30명에 맞선다고 말
했다.

② 초립동 장사 이야기

천하에 힘을 자랑하던 장사가 하루는 자기보다 힘센 장사가 찾
아올 터이니 자기는 몸을 피하겠다고 했다. 자기 대신 버드나무를
깎아서 신체를 만들고 돌확을 씌워서 머리를 만들고 옷을 입혀 곽
속에 넣게 한 다음, 그 장사가 오거든 자기는 이미 죽었다고 전하
라고 했다. 이튿날 과연 초립동이 장사 하나가 와서 그를 찾았다.
그가 죽었다고 했더니 그러면 시체라도 보여달라고 했다. 초립동이
장사는 시체(버드나무로 된 몸통과 돌확으로 된 머리)를 머리에서부터
발끝까지 한 번씩 주물럭거려보고 나서 "아, 여기에 힘이 좀 들었던
모양이다" 하고 힘을 한 번 주어 주물러댄 다음 돌아갔다. 나중에
시체의 옷을 벗겨보니, 초립동이 장사가 주물럭거린 곳들은 모두

가루가 되고 돌확이 짝 갈라져 있었다.

③ 그 외에도 아기장수 이야기를 들었다.

④ 김동리의 고백

　내가 경상남도 사천군 다솔사에 묵고 있을 때이다. 절을 에워싸고 있는 수풀이 신록으로 물들어오고 있을 무렵이다. 법당 앞뜰에는 햇빛이 쨍 하게 밝아 있고, 뒤꼍 불당에서는 졸립게 목탁소리가 들려오는 어느 오전.

　나와 만허선사는 석란대에서 한담을 하고 있었다. 만허선사는 문득 다음과 같은 이야기를 했다.

　"……옛날 어느 산골짜기에 늙은 두 장사가 살고 있었다. 그들은 둘이 다 보통 사람과는 비교할 수도 없는 힘을 가지고 있었다. 그런데 그들은 하는 일 없이 서로 싸우기를 잘했다. 왜 싸우는지는 아무도 몰랐다. 그렇게 그들은 까닭 모를 싸움을 하다가 그대로 늙어 죽었다고 한다."

— 김동리의 『소설작법』에서

　이상의 ①②③④는 소재가 된다.

　김동리는 "나는 만허의 이야기를 듣고 어떤 충격을 받았다. 왠지 모르게 가슴이 뭉클했다"고 고백했는데, 그것은 무슨 뜻인가?

　'왠지 모르게 가슴이 뭉클했던' 그 '어떤 충격'은 동기(動機)이다. 동기(motive)는 심리적·감정적인 자극이다. 그 자극은 나로 하여금 그것을 소설로 써야겠다는 충동을 일으킨다.

그 소재에 왜 가슴 아픈 충격을 받았는가. 충격을 받았다는 것은 어떤 의미인가. 그 동기가 구체화된 것이 주제(thema)이다. 주제는 하나의 관념이다. 주제가 그에게 어떻게 구체화되었는가. 다시 말해 주제는 어떠한 하부구조, 패러다임을 가지게 되었는가.

다시 김동리의『소설작법』을 통해 그의 고백을 들어보자.

> 첫째 나는 그 늙은 두 장사의 '인생'이란 것을 생각했다. 초인적인 힘을 가지고서도 정당하게 써보지 못한 채 이름 없는 잡초처럼 세상에서 사라져가는 장사들의 억울한 심정.

그들의 그런 심정은 왜 젊은 김동리에게 충격을 주었을까. 김동리의 시대는 일제 강점기였고, 조선 젊은이들은 자기 능력을 마음대로 발휘할 수 없었다.

> 둘째는 두 장사의 운명을 생각했다. 힘을 발휘하지 못한 채 속절없이 늙어가는 비참한 '심경'과 '운명'.

존재하는 것들은 다 자기의 운명과 싸운다. 자학한다. 같은 처지의 사람을 사랑하고 미워한다. 그것은 자기 자신에 대한 사랑이다.

> 셋째 나는 그 두 늙은 장사의 고독이란 것을 생각했다. 이 세상에서 알아주는 이 없는 자기들의 초인적인 힘. 그것도 이제는 노경

에 들었으니 앞날에 대한 기대를 걸어볼 수도 없다. 영원한 절망적인 고독.

김동리는 이러한 억울함과 비통함과 고독함이 한데 뭉쳐서 까닭 모를 싸움이 되고 그러다가 그들은 사라진 것이라고 나름대로 해석했다. 그러한 생각이 김동리의 가슴을 아프게 때린 것이다. 그것은 충격이다. 충격은 동기가 되고, 그 동기가 그 충격의 내용과 의미, 즉 '그들의 억울한 인생, 비통한 심경, 절망적인 고독, 불우한 운명'이 어느 정도 주제로서의 윤곽을 갖추면서 구체화된 것이다.

소설 창작을 돕는 것이 시대와 상황이라고 볼 때 소설 「황토기」가 창작된 시대는 일제 강점기로서, 우리 민족은 힘을 가지고 있으면서도 제대로 쓰지 못하는 비참한 상황이었다.

상황은 분위기이다. 그 분위기가 김동리에게 충격을 주는 데 영향을 미쳤을 것이다. 그것은 소설을 쓰는 원동력이 되었다. 당시 김동리는 20대 젊은이였다. 그럼에도 늙은이들의 이야기를 썼다. 그것은 한 소설가의 주제의식과, 소재를 구하려는 노력의 결과이다.

주제와 인생관은 같은 말이 아니다. 주제는 소재 하나하나에서 느끼는 인생의 의미가 구체화된 것이므로 작품에 따라 상당한 차이가 드러날 수 있지만, 인생관은 그 작가가 모든 작품에서 나타내는 주제들의 공통분모 즉, 공통적인 근본 태도이다. 주제는 정치적 목적으로 나타나지 않는다.

우주의 운행 원리, 힘의 율동은 우리를 올바른 삶 쪽으로 나아가게 한다. 깨달음을 향해, 욕망(탐욕)과 증오하는 마음에서 벗어난 가난한 마음, 텅 비운 마음, 가엾어 하는 마음, 구제하려는 마음, 깨끗한 마음(삶)을 향해 나아간다. 존 스타인벡의 『분노는 포도처럼』에서 여주인공은 굶주려 죽어가는 자에게 자신의 젖을 물려 살려낸다.

주제는 종교적인 설교 목적으로 나타나서는 안 된다. 소설의 주제는 가장 차원 높은 교육이기도 한데, 우리 삶의 순리와 진실 가르치기이다. 주제는 작가가 작품의 말미에서 추상적이고 관념적인 언어로써 독자들에게 설명하는 것이 아니고, 작품 전체의 이야기, 즉 관념의 하부구조를 통해 독자의 가슴에 안겨지는 것이다. 작품 전체가 진실을 드러내는 하나의 비유 덩어리이다.

주제는 작가가 감추어놓은 숨은 그림인 것이다.

신인작가는 왜 새로운 소재를 찾아다녀야 하는가

세상 어떠한 일이든지 찬찬히 꺼풀을 벗겨보면 새로운 사실들이 숨어 있다. 그러나 소설의 소재들은 대개 낡은 것들이 많다. 많은 기성작가들이 이미 사용했기 때문이다. 그러나 낡은 소재를 가지고도 새 이야기를 풀어낼 수 있다. 그 소재를 보는 시각에 따라서 이야기는 새로워질 수 있기 때문이다.

새로운 소재 속에는 새로운 이야기가 있을 수 있다. 신인작가들은 기성작가들이 이미 사용한 소재를 또 사용할 경우 낡아 보일 수도 있고, 기성작가를 본떴다는 말을 들을 수도 있다. 그런 까닭에 기성작가들의 업적을 뛰어넘기 힘들다. 그러므로 신인작가들은 새로운 소재들을 쫓아다니기도 한다.

김동리의 「황토기」도 새로운 소재를 찾아다닌 결과물이다.

새로운 소재만 쫓아다니는 경우, 소재주의란 비난을 듣기도 한다. 그런 버릇이 들면 새로운 소재가 아니면 소설을 쓰지 못하고 늘 새로운 소재만 쫓아다녀야 하기 때문이다.

그럼에도 불구하고 신인작가는 새 소재를 발굴해야 한다. 그것을 다른 어느 누구에게도 빼앗기지 않도록 잘 보관하고 곰곰이 꺼내 작품화시킨 다음에 작품을 통해서만 그 소재가 세상에 드러나게 해야 한다.

새로운 소재는 모든 사람의 눈에 보이는 것이 아니고, 새롭게 세상을 보려는 눈을 가진 사람에게만 보인다.

새로운 소재를 찾아낸다면 작가들은 많은 이득을 보게 된다. 우선 독자들이 신기해하고 흥미있어 할 뿐만 아니라 그 속에 담겨 있는 의미도 새롭고 깊을 수 있기 때문이다.

전혀 노출되지 않으면서도 가치 있는 인생을 살고 있는 어떤 인물을 발견해서 그 사람의 슬픈 운명과 그 사람 특유의 절대고독과 그것을 이겨내려 하는 분투를 포착했다면, 소설은 이미 반 이상 이루어진 셈이다.

겉으로 드러난 주제와 깊이 감추어져 있는 주제는 어떻게 다른가

흔히 『심청전』의 주제는 '효'라고 말한다. 그러나 엄밀하게 말하면 『심청전』의 주제는 중층 구조로 되어 있다.

청의 아버지 심학규는 양반 퇴물로서 눈을 뜨겠다는 탐욕으로 말미암아 더 깊은 어둠 속에 빠진다. 공양미 3백 석에 딸을 팔아먹은 이기적인 죄인이기도 하다. 그는 오랫동안 참회를 한다. 참회는 어둠 속에서 불을 밝히는 것과 같다.

원래 '눈이 멀었다는 것'은 진리를 보지 못한다는 것을 상징한다. 그것을 '미망(迷妄)'이라 말한다. 그리고 눈을 뜬다는 것은 개안(開眼), 즉 진리를 깨닫는다는 것이다. '각성(覺醒)' '깨달음'이다.

그렇게 볼 때, 『심청전』의 확실한 주제는 '깨달음'이다.

삶을 긍정적으로 보는 것과 부정적으로 보는 것은 어떻게 다른가

불우한 환경, 치유될 수 없는 병 속에서 기어이 살아나려고 분투하는 것을 인간승리라고 말한다. 인간승리란 절대고독 속에서 모든 장애를 극복하고 성공하여 행복을 누리게 된다는 것이다. 모든 인간은 자기의 운명과 싸우도록 운명지어져 있다.

자기 삶을 더 높은 곳으로 나아가게 하려고 정진하고 매진하는 것을 신분상승이라 말한다. 모든 창녀 소설들은 신분상승을 위한 몸부림이다.『추락하는 것은 날개가 있다』『춘희』『마농』따위가 다 그러하다.

인간은 더 가치 있는 존재로 거듭나려 한다. 지상(至上)의 구경(究竟)으로 들어서려고 한다. 모든 예술가의 삶을 다룬 소설들이 여기에 속한다. 헤르만 헤세의「싯다르타」김동리의「솔거」, 이청준의「줄」「서편제」「빛의 소리」「선학동 나그네」, 이문열의「금시조」「들소」, 한승원의「그러나 다 그러는 것만은 아니다」가 여기에 속한다.

대개의 모든 소설들은 삶을 긍정적으로 본다.

자살, 살인과 폭력, 완전범죄를 미화한다면, 아무리 미문으로 잘 쓰인 소설일지라도 그것은 추방되어야 한다. 그것들은 삶을 부정적으로 보는 것이기 때문이다.

우주의 의지는 상승하는 것이다. 탑과 나무처럼 하늘을 향하고 있다. 하늘은 무엇인가.

하늘은 ‘一(하나)’로 표현한다. 하늘의 진리에 머무는〔止〕것이 가장 올바르다는 것〔正:바를 정〕이다.

원효는 사람이 도달해야 하는 궁극은 일심(一心:부처님 마음)이라고 말한다. 그것은 예수가 말한 ‘여호와의 마음’일 터이다. 사람은 모름지기 ‘일심’, 즉 하늘의 마음으로 세상을 살아야 한다. 이것이야말로 영원한 소설의 주제이다.

인간의 의지는 공자가 말한 어짊, 자비, 깨달음으로 나아가야 한다. 맹자의 표현대로 한다면 ‘어짊은 짠한 마음’이다. 그것은 인간의 의지로써 어찌할 수 없는, 자기도 모르는 사이에 발휘하는 가장 착하고 순수한 마음이다. 정약용은 어짊을 효제자(孝弟慈)로 표현했다.
위의 말을 예를 들어 설명하면 이렇다.

광주천에 홍수가 졌는데 한 아이가 떠내려간다. 지나가던 한 소
설가가 위험을 무릅쓰고 뛰어들어가 건져올렸다. 그가 왜 그랬을까.

① 그 아이는 광주의 재벌 아들이었다. 그래서 그 소설가는 그렇
   게 함으로써 재벌로부터 보상을 받으려고 했다.
② 아니, 역시 좋은 소설을 써온 소설가답다는 칭송을 받으려는
   영웅심에서 그랬다.
③ 그것도 아니다. 그 소설가는 위험에 처한 아이를 보는 순간 가
   슴에 찌르르한 아픈 금이 그어지면서 눈앞에 아무것도 보이지
   않았고, 마음에는 아무 생각도 들지 않았다. 그 아이를 구하러
   들어가면 어떠한 위험을 당하게 된다는 생각마저도 할 겨를
   없이 뛰어들어가 구한 것이다.

위의 ①과 ②는 계산된 행동이고, ③은 순수한 짠한 마음에서 우
러난 행위이다. 공자와 맹자가 말한 어짊, 원효가 말한 일심, 예수가
말한 여호와의 마음은 ③을 말한다.

서두에서 독자를 사로잡고
결말에서는 긴 여운을 남겨라

모든 소설에서는 첫 문장이 중요하다

아기는 태어날 때 '응아' 하고 첫 소리(呱呱)를 지른다. 그것은 그의 인생의 서두이다. '응아!' 하는 소리는 아픔의 울음이 아니고 자기 존재를 만방에 고하는 것이다. 그 존재의 자기 확인이고 앞으로의 파란만장한 많은 사건을 암시한다. 그가 살아갈 인생의 깊고 높은 의미까지도 내포하고 있다.

그 첫 소리는 소설에서 첫 문장(첫 대목)에 해당한다. 첫 문장 첫 대목은 사건과 주제를 암시하지 않으면 안 된다.

이른 봄 산란초꽃 한 송이는 음험한 향기로 산골짜기를 가득 채운다. 초의선사의 향기는 그렇게 온 세상에 가득차 있지만 실록은 그 어디에도 없다. 초의의 행장은 〈동사열전〉에 단 세 쪽에 걸쳐 간단히 기술되어 있을 뿐이고, 〈한국불교전서〉에 유고 시문(詩文)들이 있고, 추사 김정희가 보낸 편지들, 강진에 유배되었던 다산 정약용과의 사귐으로 말미암은 단편적인 기록들, 그리고 그분의 비문이 있을 뿐이다.

초의선사의 실체를 찾기 위해서 나는 그 분의 그림자를 찾아다녀야 했다. 그분이 사귀었던 당대의 여러 지식인들의 행장이며 문집이며 비문을 뒤지고 그분이 걸어간 길을 걸어보았다.

초의선사가 태어난 나주 삼향(지금은 목포와 무안으로 나뉘어 있음), 처음 머리를 깎은 나주 남평의 운흥사, 손수 지었고 가장 오래 머무른 대둔사(지금의 대흥사)의 일지암, 아암 혜장 스님이 머물렀던 백련사, 아버지처럼 모셨던 정다산의 흔적, 경기도 말고개(馬峴)의 여유당, 그곳에서 멀지 않은 운길산 중턱의 수종사, 〈다신전〉을 집필한 지리산의 칠불암, 처음 한소식을 한 곳이라는 영암 월출산의 신갑사, 유배되어 있는 추사를 위로해주기 위해 찾아간 제주도 대정읍, 해배된 추사가 한동안 머무른 서울 마포의 강변 마을.

그럼에도 불구하고 초의의 실체는 쉬 잡히지 않았다. 워낙 큰 분이고 행동반경이 넓고 깊고 높고 팔방미인처럼 손대지 않은 것이 없는지라 간단하게 더듬어볼 수도 없고 얼른 가닥을 잡을 수도 없었다. 암담하고 막막했다. 그러한 가운데서 나는 무중력 상태에 빠져들었고, 이런저런 핑계를 대고 술을 마시고 방황하기 시작했다.

그러는 동안 해남의 대둔사 주변에는 초의선사에 미친 한 소설가에 대한 소문만 나돌게 되었을 터였다. 막연한 어떤 일을 하는 데에는 소문을 내는 것도 예상치 못한 득을 얻는 방법이기도 한 모양이다. 어느 날 키 작달막하고 얼굴 창백한 비구니 스님이 찾아왔다. 내가 초의선사의 실체를 찾고 있다는 소문을 듣고 찾아온 것이었다.

한 고찰 암자에서 정진한다는 그니는 초의선사와 동시대를 살았던 비구니 니지현순(昵池玆瞬)의 〈몽중몽실기(夢中夢實記)〉를 내놓았다. 그것은 어둠 속을 더듬거리며 헤매는 나의 손에 잡힌 성능 좋은 손전등이자 미로 탈출의 지도였다.

그니는 니지현순이 자기 은사의 증조뻘 된다고 말하면서, 자기가 그 실록을 읽어본 바로는 초의선사의 행장을 쓰는 데 있어서는 반드시 읽어야 할 것인 듯싶다고 했다. 그 실록 속에 투영된 초의선사의 그림자를 보고 나는 소스라치게 놀랐다.

니지현순은 무안의 한빈한 선비 집안의 딸이었는데, 시와 글씨와 그림과 자수를 좋아하고 가야금을 잘 탔다. 한데 도박에 미친 오라버니가 그녀를 늙은 갑부의 첩실로 팔아버렸다. 팔려가는 도중 나루터에서 그녀는 운흥사로 간다는 소년 초의를 만났고, 첫눈에 그에게 마음을 빼앗겼다. 그녀는 야반도주를 하여 운흥사 아랫마을의 주막에 몸을 의탁했고, 어느 날 초의에게 연모하고 있음을 고백하고 그로 하여금 환속하게 하려고 들었다. 초의는 그녀를 뿌리치고 어디론가 떠나갔고, 그녀는 나주에서 기생이 되었다. 내직으로 영전하는 목사를 따라 한양으로 간 그녀는 초의가 참여한 선비들의 시회(詩會)에 불려갔다가 온 뒤 몸을 감추고 머리를 깎았으며, 대둔사

　　　　　　　　　　　　　　한승원의 소설쓰는 법

가까운 곳에 암자를 짓고 일지암으로부터 날아오는 초의의 향기를 맡으며 정진하다가 입적했다.

그 실록에 드리워진 초의선사의 그림자는 그 어느 누구의 행장이나 문집에서보다 더 뚜렷했다. 초의선사를 형상화함에 있어 그 실록은 절대적인 힘이 되었다.

—한승원의 『초의』 서두 부분

서쪽 하늘에서 피처럼 타오르고 있는 저녁노을을 가슴으로 받으면서, 나는 추사 김정희 선생의 편지(簡札)를 들여다보았다.

거무스레하게 먹물이 번지고 곰팡이가 끼었지만 원형이 훼손되지 않은, A4용지 크기의 짧은 편지.

그 편지를 대하는 순간 가슴이 걷잡을 수 없도록 우둔거려, 나는 피비린내 어린 노을을 숨가쁘게 거듭 들이켰다.

그 편지를 가지고 온 사람은 추사 글씨에 미쳐 있는 친구 ㄱ형이었다. 친구는 서울에서 전라도 바닷가의 내 토굴까지 한달음에 달려와 그것을 꺼내 보이며 흥분된 목소리로 말했다.

"자네, 이걸 보지 않고서는 추사에 대해서 제대로 아는 체할 수 없을 것이네. 이것, 아무데도 수록되어 있지 않은 것이야."

자잘한 편지 글씨들의 점 획 삐침 파임 들은, 추사의 여느 편지 글씨들과 달리, 촌철살인의 비수 끝 모양의 삐죽거림이 무뎌져 있고, 예스러우면서도 기굴 질박했다. 딱 잘라, 해서라고도 말할 수 없고, 예서나 전서나 행서라고도 말할 수 없는, 그러면서도, 해서라고도 말할 수 있고, 전서 예서 행서라고도 할 수 있는 글씨였다.

초의에게

푸른 우듬지를 하늘로
쳐든 나무의 뜻을
천축국의 왕자가
'나무(南無)'라고 읽었는데, 나는
'아무(我无-나 없음)'라고 바꾸어 소리낸다.
나무,
그 이르고 싶은 곳은 어디인가,
태허(太虛), 그 푸르른 내 고향.
與 草衣
青樹首向天之意 天竺王子讀南無
我飜譯發音我無 樹至處青青太虛

마음 가는 대로 살되 법도에 어그러짐이 없다는 나이 칠십입니
다, 내 속에 부처가 있고, 부처 속에 중생이 있고, 중생 속에 내가 들
어 있습니다.

글씨가 시이고, 시가 그림이고, 그림이 삶이고, 삶이 죽음이고, 저
승이 이승이고, 이승이 꿈이고, 꿈이 사랑이고, 사랑이 미움이고, 미
움이 내 몸뚱이이고, 내 몸뚱이가 땅이고, 땅이 하늘이고, 하늘이 내

마음이고……. 이렇듯 모든 경계가 허물어졌지만 터럭만큼도 불편하지 않습니다. 전서가 해서를 꾀하고, 해서가 예서를 꾀하고, 예서가 행서를 꾀하고, 행서가 초서를 꾀하고, 초서가 다시 행서, 예서, 해서, 전서를 모두 꾀함으로써 새로이 만들어진, 어지러운 헝클어짐 속에서 찾아지는 정돈된 질서, 그러한 글씨를 진즉부터 쓰고 싶었는데, 결국 이렇게 써보았습니다. 태허인 하늘이 땅에서 생명체들을 솟아오르도록 꾀하고, 하늘과 땅이 나로 하여금 어디론가 흘러가는 구름 속에서 노닐도록 꾀하듯이.

칠십 과천 노인이 써놓고 하하하하(呵呵呵呵) 웃었소.

그 짧은 시(詩)와 줄글을 읽고 난 나는 "하아!" 하고 소리쳤다. '나무(南無)'라고 할 때는 '없을 無(무)'자를 썼으면서, 왜 '나 없음(我无)'이라고 할 때는 '없을 无(무)'자를 썼을까. 그 두 글자는 어떻게 같고 어떻게 다른가. 추사의 시가 머금고 있는 비밀스러운 뜻은 바로 여기에 들어 있다.

'하늘 천天'을 닮은 글자 '없을 무无'.

『추사집』, 『완당전집』, 추사에 대한 모든 연구논문과 자료들을 다 읽어도 잡히지 않던, 죽음을 앞둔 그분의 정신세계가, 초의에게 주는 이 시와 줄글로 말미암아 확실해졌으므로, 나는 비로소 이 소설을 편한 마음으로써 써낼 수 있었다.

— 한승원의 『추사』 서두 부분

맑게 갠 하늘이 하얬다. 그 하늘이 광막한 화선지로 변해 있었다.

거기에다가 글씨를 쓰기로 작정했다.

상우를 시켜 세상에서 붓을 가장 잘 만드는 장인을 불러왔다. 관우처럼 몸집 큰 장인이 왔다. 수염이 한 자 반인 붓의 장인을 데리고 맹종죽 밭으로 갔다. 가장 굵고 기다란 장대를 베어 오라고 명했다.

사냥꾼을 불러, 붓 한 자루를 만들 수 있을 만큼의 뻣뻣한 멧돼지 수염을 구해 오라고 명했다. 뜻밖에 허유가 그것을 보듬고 나타났다.

추사는 그것으로 세상에서 가장 거대한 붓을 만들라고 붓의 장인에게 명했다. 장인이 곧 거대한 장대 붓 한 자루를 만들어주었다.

하인과 상우에게 먹을 갈아, 먹물을 절구통에 부으라고 명했다. 먹물이 절구통에 가득 찼을 때 추사가 붓을 들었다. 붓을 절구통의 먹물 속에 넣었다. 먹물을 흠뻑 묻힌 다음 하늘을 향해 치켜들었다. 붓이 너무 무거워 땀을 뻘뻘 흘렸다. 숨이 가빴다.

바야흐로 서쪽 하늘에서 스님들의 가사 색깔의 노을이 피어올랐다. 추사는 안간힘을 쓰면서 온 하늘이 가득 차도록 커다란 동그라미 하나를 그려가기 시작했다. 5분의 1도 그리지 못했는데 붓에 먹물이 말라 희미해지려 했다. 다시 먹물을 묻혀 가지고 그리고, 또 다시 묻혀 가지고 그렸다. 어떤 곳은 가늘고 어떤 곳은 굵었다. 군데군데 희끗희끗한 비백(飛白)이 생기기도 했다. 수백 마리의 거대한 검은 누에들이 머리와 꼬리를 마주 댄 채 동그라미를 만들고 있었다.

추사는 숨을 가쁘게 쉬면서, 그 동그라미가 어디선가 본 듯하다고 생각했다. 그렇다. 저것은 제주도에서 이상적에게 주기 위하여 그린 세한도 속의 초가 바람벽에 뚫려 있는 동그란 구멍이다. 그 구

한승원의 소설쓰는 법

멍이 커지고 또 커지면서, 지붕과 바람벽과 옆에 서 있는 나무들을
다 삼켜버렸다. 그러더니 하얀 태허 속의 거대한 동그란 구멍이 되
었다. 그것이 열두 발 상모처럼 휘돌았다.

추사는 지친 몸을 일으키고 다시 붓을 들어올렸다. 온 하늘을 차
지해버린 거대한 동그란 구멍 왼쪽에, 해서도 전서도 예서도 행서
도 초서도 아닌 글씨들을 종으로 썼다.

돌아가자, 돌아가자, 시원의 하늘 한가운데로(歸去來兮 歸去來兮
太虛中)

한동안 땅바닥에 드러누운 채 숨을 가쁘게 쉬고 난 추사는 천천
히 몸을 일으키고, 그 거대한 동그란 구멍 오른쪽에 마찬가지의 내
리 글씨로 썼다.

저 높은 곳으로 가게 해주십시오.(南無阿彌陀佛)

글씨를 쓰느라고 탈진한 추사는 한동안 땅바닥에 누워 있다가
일어나서 붓을 들고 동그란 구멍 위쪽의 여백에다가 자잘한 글씨
로 썼다.

말도 아니고 글씨도 아닌 이 동그라미 안의 세상은, 내가 평생 가
고자 소원했던 시공이다. 말이기도 하고 말 아니기도 한 이 동그라
미의 뜻을 나는 지금 칭병을 한 채 문병객들을 불러들여 설법한 유

마힐거사의 말없는 말법으로써 불가사의 해탈의 법을 말하고 있는
데 내 뜻을 아는 사람들은 알 것이다. 하하하(呵呵呵).

그 밑에 더욱 작고 가는 글씨로 '승련노인(勝蓮老人) 추사 김정희'
라고 쓴 다음 붓을 던지면서 쓰러져 눈을 감았다.
짙푸른 태허 속에 그린 거대한 동그라미 속으로 그는 검은 댕기
두루미 한 마리로 변신하여 훨훨 날아가고 있었다. 수천 명의 비천
녀들이 켜는 공후인과 수천 개의 하늘 편경들이 일제히 울었고, 두
리둥 두리둥둥 하는 지령음이 들려왔다.

—한승원의 『추사』 결말 부분

위 소설의 서두는 호기심을 불러일으키면서 동시에 주제를 상징
하고 결말은 주제를 더욱 확실하게 강조하고 독자의 가슴에 긴 여
운을 남겨준다.
한승원의 단편소설 「목선」의 다음 첫 문장은 앞으로 있을 채취선
으로 말미암은 분쟁을 말해주면서 동시에 주제를 암시한다.

봄부터 가을까지 채취선을 빌려다 쓰기로 하고, 지난해 겨울 동
안 양산댁네 김 채취 머슴을 산 석주는 어처구니가 없었다.

분쟁은 소유욕으로 말미암은 것이고, 한쪽이 빼앗고 다른 한쪽은
빼앗기게 된다. 빼앗아 소유하게 되는 쪽은 막상 빼앗고 나자 허탈
해진다. 그것은 허무인데, 그 허무 극복이라는 문제가 남는다.

한승원의 소설쓰는 법

먼 바다에는 한가로운 잔물결의 이랑들이 햇빛을 받아 금빛 고기비늘처럼 반짝거리고, 그 반짝거림 속에 오징어잡이 배들이 장난감처럼 조그맣게 보였다.

위의 인용은 「목선」의 마지막 문장이다. 두 사람의 처절한 싸움을 불러온 목선은 장난감처럼 조그마하게, 다시 말해 하잘것없게 보인다. 그것은 주인공이 허무감을 느꼈음을 말해준다. 앞으로 주인공에게는 자기의 허무를 어떻게 극복해야 하는가 하는 문제가 남는다. 이 소설은 그 문제점을 남겨놓고 끝난다.

소설은 주제를 제시하고 끝났지만, 해결해야 하는 또 하나의 문제가 남아 있는 소설을 '열어놓은 채 끝난 소설'이라 말한다.

J. 피츠제럴드, R. 메레디트는 『소설작법』에서 서두 쓰는 법을 다음과 같이 제시한다.

(1) 주인공의 성격과 관련한 일련의 사건을 다루어야 한다.

(2) 독자에게 사건의 배경을 알려야 한다. 그리고 뒤따를 갈등을 암시하는 특수한 행동 하나를 보여준다.

(3) 첫 장에서 한 개 이상의 작은 장면을 구성한다. 성격 묘사에 도움을 주고, 첫 장에 나오는 스토리를 이해시키고, 정보를 전달하기 위해서이다.

(4) 200자 원고지의 5장(A4용지 반 장)이 지나기 전에 모든 등장인물들을 다 소개시켜야 한다. 그들의 대략의 나이, 외모, 차림, 신체조건 따위를 알려야 한다.

(5) 화자(이야기를 이끌어가는 자)가 누구인지('나'인지, 아니면 전지적 작가 시점인지) 알려야 한다.

(6) 작품의 시간적 환경의 시발점을 알려야 한다.

(7) 독자의 흥미를 유발시켜 사로잡아야 한다(영화에서는 이를 '압권'이라 한다).

대분규를 일으키든지, 대분규로 가는 소분규를 일으키든지, 흥미를 유발하는 복선을 깐다.

이것은 단편소설의 필수적인 독자 유인책이다.

다른 소설들의 첫 문장들을 살펴보자.

> 나는 피라에우스에서 조르바를 처음 만났다. 크레타 섬으로 가는 배를 타려고 항구에 나가 있었을 때였다. 날이 밝기 직전인데 밖에서는 비가 내리고 있었다.
>
> — 니코스 카잔차키스의 『희랍인 조르바』

카잔차키스가 창조한 인물 '조르바'는 일종의 자유인이다. '나'라는 인물은 주인공인 조르바에 대한 이야기를 진술하는 화자이다.

> 어느 날 한적한 교외의 국도를 드라이브하다가 나는 운전을 하는 그에게 말한다.
> "너 금방 고양이 한 마리가 차 앞으로 지나가는 것 봤니?"
>
> — 배수아의 「푸른 사과가 있는 국도」

'고양이'를 통해 호기심을 자극하고 있다.

> 나는 쥐를 보고 있다.
> 어둠이 내리기 시작하면서 이 카페는 정원에 조명이 밝혀져 유럽
> 풍의 화려한 실내장식과 함께 더욱 이국적인 정취를 자아냈다. 무
> 심코 창밖을 향해 있던 시선 속으로 나뭇가지에 매달려 있는 쥐가
> 들어왔다.
>
> —은희경의 『새의 선물』

쥐가 호기심을 자극하고 무엇인가를 상징하는 것이다.

소설의 첫 문장과 끝 문장의 관계

소설의 첫 문장과 끝 문장과 주제는 어떤 관계가 있는 것인가.
다음 소설의 처음과 끝 부분을 살펴보자.

> 여수, 그 앞바다의 녹슨 철선들은 지금도 상처 입은 목소리로 울
> 부짖어대고 있을 것이다. 여수만의 서늘한 해류는 멍든 속살 같은
> 푸릇푸릇한 섬들과 몸 섞으며 굽이돌고 있을 것이다. 저무는 선착
> 장마다 주황빛 알전구들이 밝혀질 것이다. 부두 가건물 사이로 검붉
> 은 노을이 불타오를 것이다. 찝찔한 바닷바람은 격렬하게 우산을 까

뒤집고 여자들의 치마를, 머리카락을 허공으로 솟구치게 할 것이다.

얼마만큼 왔을까.

— 한강의 『여수의 사랑』 처음 부분

이 소설의 첫 대목은 대립관계에서 시작된다. 죽음 속에서 나온 '나'와 여수바다의 대립관계. 멍든 속살은 주인공 '나'와 나의 분신인 자흔의 상처이다. 다음은 『여수의 사랑』의 끝 대목인데, 근원으로 회귀하기를 표현하고 있다.

여수, 마침내 그곳의 승강장에 내려서자 바람은 오래 기다렸다는 듯이 내 어깨를 혹독하게 후려쳤다. 무겁게 가라앉은 잿빛 하늘은 눈부신 얼음 조각 같은 빗발들을 내 악문 입술을 향해 내리꽂았다. 키득키득, 한옥 식 역사의 검푸른 기와지붕 위로 자흔의 아련한 웃음소리가 폭우와 함께 넘쳐흐르고 있었다.

— 한강의 『여수의 사랑』 끝 부분

소설의 끝 대목은 마라톤의 골인 셈이다. 골은 주제가 마무리 지어지는 정점이다. 작가는 골 지점을 설정해놓고 그곳을 향해 줄곧 질주해간다. 그곳을 향해 가는 동안 작가는 내내 즐거워야 한다. 작가가 즐거우면 독자 또한 즐겁다.

그는 테라스로 나와 다시 고독에 잠겼다.

— 로맹가리의 『새들은 페루에 가서 죽다』 첫 문장

한승원의 소설쓰는 법

카페는 비어 있었다.

—로맹가리의 『새들은 페루에 가서 죽다』 끝 문장

　새들은 죽어가지만 그 까닭을 아는 사람들은 아무도 없다고 화자는 말한다. 새들처럼 절망하여 페루에까지 흘러든 '나'와 등장인물들의 삶의 역정을 그린 소설의 첫 문장과 끝 문장은 주제와 밀접한 관계가 있다.

　창유리에 짙게 김이 서려 있었다. 나는 소매로 유리창을 닦았다. 먹빛 바깥의 어둠이 손바닥만 하게 돋아났다.

—임철우의 「개도둑」 첫 부분

　나는 개를 껴안고 달리기 시작했다.
　저벅저벅. 텅 빈 골목으로 내 발 소리가 혼자 커다랗게 울리고 있었다. 소리는 담벼락에 부딪혀서 피투성이가 되어 나를 쫓아왔다. 문득 골목의 집들이 하나 둘 박쥐처럼 몸을 일으키고 있었다.

—임철우의 「개도둑」 마지막 부분

　『개도둑』의 주인공 '나'가 안고 달려가는 개에게서는 야릇한 어둠이 느껴진다. 어린 시절을 아프게 보낸 나의 유실된 아버지의 유골에 대한 영상과 더불어 진저리쳐지게 하는 윤회의 신비가 담겨 있다.

　나는 1년밖에 살지 않을 것이다. 아닐지도 모르지만 아마 맞을 것이다. 하기야 6개월밖에 살지 못할 거라는 선고를 받은 사람이 5년 넘게 살아 있기도 하고, 오장육부가 모두 멀쩡하다는 진단을 받은 사람이 병원 문을 나서다가 자동차에 치여 목숨을 잃기도 한다.(그런 사람들이 내 주변에 있다. 5년 넘게 살고 있는 사람은 아내의 첫째 언니이고, 자동차에 치여 죽은 사람은 대학 동창의 아버지이다.) 병으로만 죽는 것이 아니고, 사고로만 죽는 것도 아니다. 병이 있다고 일찍 죽는 것도 아니고, 병이 없다고 오래 사는 것도 아니다. 확실한 것은 없고, 장담할 수 있는 것은 더욱 없다. 세상은 확실한 것을 용납하지 않는다. 가능한 확실한 장담은 사람은 언젠가 죽는다는 것이다. 당장이든 열 달 후든 50년 후든⋯⋯그렇지만 내가 1년밖에 살지 않을 거라는 건 아마 사실일 것이다. 그만하면 충분하다. 아닐지도 모르지만 아마 맞을 것이다.

—이승우의 「나는 아주 오래 살 것이다」 첫 단락이자 마지막 부분

　무서운 전란이 나라를 온통 가난과 굶주림에 떨게 만들어버린 1950대의 어느 해 봄. 먼 남녘 고을의 한 벽지 시골 소년 진성은 제 병약한 홀어머니와 어린 누이동생으로부터 그 지긋지긋한 가난의 굴레를 벗겨주려 결심하고, 초등학교를 졸업하자 그의 정든 식구들과 남루한 오막살이집을 떠나 맨손으로 3백여 리 상거의 K시로 올라갔다. 그는 그곳에서 어떤 어려움과 고생을 무릅쓰고서라도 3년 과정의 중학교를 졸업하고 돌아와 초등학교의 선생님이나 면사무소 직원으로 취직하여 떳떳하게 식구들을 보살필 작정이었다.

—이청준의 『꽃 지고 강물 흘러』 중 「들꽃 씨앗 하나」 첫 부분

이제는 아무 쓸모없게 되고 만 안주머니 속의 재산세 증명서까지도 제풀에 미안하고 부끄러웠다.

'재산세 부가 기준액 미달 가옥…… 그래, 지금 내 처지가 바로…….'

하지만 그는 이제 그 부끄러움이나 미안한 마음조차 더 이어갈 수가 없었다. 질척질척한 운동장의 진흙탕 물이 그의 헌 운동화 짝과 젖은 바짓가랑이 자락을 너무 흉하게 만들고 있었기 때문이다. 하릴없이 주머니 속의 재산세 증명서 조각을 매만지며 터벅터벅 젖은 운동장을 되돌아 나오던 성용은 문득 그 더러운 바짓가랑이를 보자 비로소 까닭을 알 수 없는 눈물을 참을 수 없어지고 만 것이다. 그리고 그 눈물을 참아보려 고개를 뒤로 꺾고 먼 허공을 쳐다보려니 웬일인지 그 차갑고 파란 하늘이 서서히 까만 암흑으로 변해가고 있었다.

— 이청준의 「들꽃 씨앗 하나」 끝 부분

작가는 마지막 문장(대목)을 쓰기 위해 소설 한 편을 쓰고 있을 수도 있다. 작가는 그 마지막 문장을 미리 준비하고 써나가기도 한다. 첫 문장이 주제를 암시한다면 마지막 문장은 주제와 직접 관계된다.

소설에서
에로티시즘이란 무엇인가

에로티시즘은 우주적인 율동의 비의(秘意) 혹은 생명력 예찬이다.
'소설에서의 에로티시즘'이 한국문학에서 어떻게 잘못 인식되고
있으며 내가 생각하고 있는 에로티시즘 소설이란 무엇인가'에 초점
을 맞추어 이야기하려 한다.

얼마 전, 한 대학교수의 소설책이 법정에서 벌을 받는 불행한 일,
이 땅 작가들로서는 자존심 상하는 사건이 일어났었다. 문학작품을
문학계와 그 독자들의 자체 정화작용에 의해 걸러지도록 놔두지 않
고 왜 법의 잣대로 심판한단 말인가.

그렇지만 에로티시즘을 빙자한 소설을 출판하거나 성(性)이 소설
을 상품으로 만드는 데 기여하게 하는 것은 옳지 않다.

비는 오고

풀잎은 통통거린다.

이것은 타고르가 어린 시절에 뱅갈어로 배운 노래 가사인데 가학(사디즘)과 피학(마조히즘)이 다 들어 있다. 성은 공격적이다. 양쪽이 다 공격적일 때 치열해지고 완전해진다.

봄비는 장미꽃을 두들기고 장미나무는 자기에게 쏟아진 봄비를 꽃과 잎사귀와 뿌리로 빨아마셔 체화시켜버린다.

문학작품에서 성애에 대한 진술을 금기시하는 것은 유교적이고 청교도적인 엄숙주의와 결백주의에 다름 아니다. 살아 있는 것들의 모든 행위는 신화적이고 철학적이고 종교적이고 성적이다.

갓난아기들이 젖을 빠는 것, 배설하는 것, 상대가 극단적으로 좋으면 입으로 물거나 때리는 것(사디즘)들은 성적인 행위이다.

지구 표면에는 식물들이 서식하고 있고, 동물들은 그것들의 잎사귀나 열매를 먹으면서 땅에 흐르는 물을 마시고, 사람들은 그 식물이나 동물들을 잡아먹으면서 흐르는 물이나 지하수를 퍼내 마신다.

물은 지구의 피이다. 아기가 빠는(사디즘) 어머니의 젖은 사실은 어머니의 피이다.

어머니가 젖으로 아기를 키우듯이 지구는 모든 것들을 물과 무기물로써 키운다. 지구상의 모든 것들은 지구를 학대하고 있다. 어머니가 아기에게 학대당하면서 즐거움을 느끼듯이(마조히즘) 지구 또한 그러하다.

> 춘향이가 이불 속으로 달려 들어간다. 도련님이 좇아 들어가서 춘향이의 치마저고리들을 벗겨서 자기의 옷과 함께 둘둘 말아 구석으로 던져버린다……. 춘향과 도련님이 알몸 사랑을 하는데, 이불이 춤을 추고 새별 요강은 장단을 맞추어 청그렁징징 문고리는 달랑달랑 등잔불은 가물가물 (중략) 도련님이 춘향의 옷을 벗기려 할제 넘놀면서 어룬다. 만첩청산 늙은 범이 살진 암캐를 물어다 놓고 이가 없어 먹든 못하고 흐르릉흐르릉 아옹 어루는 듯, 북해 흑룡이 여의주를 입에다 물고 아름다운 구름 사이에서 넘노는 듯(중략) 춘향의 가는 허리를 후리쳐다 담숙 안고지지개 아드득 떨며 귀뺨도 쪽쪽 빨고 입술도 쪽쪽 빨면서 주홍같은 혀를 물고 오색단청 순금장 안의 쌍거 쌍내 버들키같이 꾸꿍 끙끙 으흥거려 뒤로 돌려 담숙 안고 젖을 쥐고 발발 떨며 저고리 치마 바지 속곳까지 활딱 벗겨놓으니 춘향이 부끄러워 한 편으로 다리를 겹쳐 포개고 앉았을 적에 도련님이 답답하여 가만히 살펴보니 수줍고 흥분하여 얼굴에 구슬땀이 송실송실 앉아 있다.

> —『춘향전』의 한 대목

『변강쇠전』에서 변강쇠와 옹녀가 서로의 성기를 살피고 어루만지며 늘어놓는 사설들은 생명의 예찬이고 해학이다. 소설에서 곧 변강쇠의 죽음이 닥쳐오게 되므로 이것은 참담한 인간의 생멸과 실존을 그리기 위한 포석인 것이다.

그 예로, 졸작 『아제아제 바라아제』에서 순녀와 운전기사는 제왕절개수술로 아기를 낳는 환자에게 함께 수혈을 하여 살려내고 나서 밤새 성애를 하는 도중 운전기사가 복상사 하는 장면을 들 수 있다.

민요 「도라지타령」과 「천안삼거리」는 남근을 찬양한 노래다.

도라지, 도라지 백도라지 심심산천에 백도라지

한두 뿌리만 캐어도 대바구니가 서리설설 넘는다

에헤야대해야 지와자자 좋구나

네가 내 간장을 서리설설 다 녹인다.

도라지 도라지 백도라지 심심산천 백도라지

하도 날 데가 없어서 쌍 바위틈에서 났느냐

에헤야……(이하 후렴 같음)

— 「도라지타령」의 가사

천안삼거리 흥 으으응

능수야 버들은 흥

제멋에 겨워서

축 늘어졌구나 흥

에루와 좋구나 흥 으으응

성화가 났구나 흥

— 「천안삼거리」의 가사

백도라지와 능수버들은 남근을 상징하고, 쌍바위 틈과 천안삼거리는 남근이 자리한 곳을 비유적으로 말하고 있다. 백도라지 한두 뿌리를 캤는데 그것이 얼마나 크고 굵은 것이면 대바구니 시울이 넘치겠는가. 그것은 우람한 성기와 치른 한두 차례의 성행위로 말미암아 여성이 넉넉해진다는 해학이다.

「천안삼거리」에서는 남근이 제 기능을 하지 못하고 능수버들처럼 지쳐 축 늘어져 있으면 여성은 애가 닳게 되고 성화가 날 수밖에 없다는 것을 표현한다. 그것은 얼마나 음험한 해학인가.

민요는 노동요이다. 노동 현장에서 노동의 고통을 잊으려고 부르는 것이다. 그 고통을 잊는 데 가장 적절한 것은 성애의 쾌감 혹은 남근 예찬을 해학적으로 노래하기인 것이다. 나는 이들 민요에서 신화를 바탕에 깔고 있는 슬프고 아름다운 서정과 서사를 읽곤 한다. 한국의 시와 소설의 에로티시즘은 여기에서부터 시작되어 『춘향전』이나 『변강쇠전』을 거쳐 오늘에 이르고 있는 것일 터이다.

우리 민족에게는 남근신앙이 있었다. 한 비구니가 수도하는 도량의 마당 어귀에도 남근상이 서 있는 것을 보면 알 수 있다.

소설 속의 성은 어떻게 묘사되고 서술되는가

성의 억압에서 자유로 나아가는 길목에 『어우동』의 이야기와 『채털리 부인의 사랑』이 놓여 있고, 성을 통한 신분상승을 소망하는 길에는 『춘희』나 『마농』과 『추락하는 것은 날개가 있다』가 놓여 있다.

농장에서 샛노란 병아리를 보고 흐느낀 채털리 부인은 광란에 가까운 성의 쾌락 속으로 빠져드는데 거기에서는 추악함이 느껴지지 않고 아름다움과 슬픔이 느껴진다. 영국의 작가 D. H. 로렌스는 문명비평적인 소설가였다. 『채털리 부인의 사랑』『무지개』『아들과 연인』『연인들』이 그것을 말해준다.

문학 속에서 성과 그 행위는 크게 세 단계의 발전과정을 밟아왔다.

그녀를 사랑하기 때문에 그녀와 성행위를 하지 않는다는 시대가 있었다. 동성애적인 그것, 즉 플라토닉 러브라고 불리던 그 사랑행위는 정신적인 사랑이라고 미화되었다. 이때의 성행위는 추할 수도 있다는 청교도적인 생각, 즉 육체와 성기에 대한 혐오가 그런 생각을 낳게 했을 터이다.

'성은 사랑을 동반할 때 신비롭고 성스럽고 아름답고 슬프고 환희에 넘치게 된다. 완전한 사랑이 성립된다.'

D. H. 로렌스의 소설에 이러한 생각이 담겨 있다. 육체만의 사랑이나 정신만의 사랑은 불구적인 것이다. 육체적인 사랑, 정신적인 사랑이 둘 다 갖추어졌을 때에야 비로소 완전한 사랑이 되는 것이다. 이것은 성의 완성이다.

성행위를 하고는 그에 따른 책임을 져야 한다는 생각은 아날로그적인 사랑이다. 사랑에는 여러 단계가 있다. 즉, 서로 만나 상대의 감정을 확인하고, 사랑이 싹트기를 기다린다. 몇 번의 만남으로 인해 서로의 사랑이 무르익으면 결혼을 하고 사랑하여 아기를 낳고 가정을 꾸린다.

소설 속에서 아날로그적인 사랑은 자상하고 끈적거리고 신비롭고 성스럽고 아름답고 슬프게 묘사된다.

그에 반하여, 디지털적인 사랑은 '사랑하지 않아도 성행위를 할 수 있다'고 생각한다. 이 경우에는 아날로그 사랑에서 있어야 하는 여러 단계나 절차가 모두 생략된다. 사랑이 무르익도록 기다리지 않는다. 즉흥적이다. 성을 차 한 잔, 담배 한 개비처럼 기호식품으로 생각하고 상품으로 여기는 풍조가 그렇게 만들었다. 때문에 성을 즐길 뿐 그에 따른 책임을 지지 않는다. 성행위를 했다고 하여 결혼을 할 필요도 없다. 껌처럼, 초콜릿처럼, 커피처럼, 술처럼, 마약처럼 질경질경 씹어먹고 음미하고 즐기며 마시고 취할 뿐이다.

자기가 한 사랑행위에 대하여 책임을 진다는 것은 무엇인가. 사랑하는 상대와 결혼을 한다는 것이고, 사랑의 결과로 임신한다면 아이를 낳아 키우고, 가정을 이루고 평생 동안 위해준다는 것이다.

디지털적인 사랑은 서로 순간적으로 성을 즐길 뿐 책임지지 않는다는 조건이므로, 그 행위는 호텔이나 모텔에서, 비디오방에서, 자동차 안에서, 화장실에서, 골목길의 담벼락에서, 공원 벤치에서…… 그 어디에서도 이루어질 수 있다.

한 신세대 작가의 어떤 소설은 '한번 하자!'로 시작되고 있다. 디지털적인 사랑 행위들은 소설 속에서 극히 간단하게 서술된다. 디지털적인 성을 그리는 작가들의 성에 대한 생각은 아주 건조하다. 성을 즐기기는 하되 그 즐기는 것이 삶의 목적이 아니다. 성은 그저 삶의 현장에서, 먹고 싶은 욕망, 잠자고 싶은 욕망, 가지고 싶은 욕망, 마시고 싶은 욕망, 만지고 싶은 욕망, 권력을 향한 욕망 같은 것이다.

한승원의 소설쓰는 법

디지털적인 성을 그리는 작가들은 성을 상품으로 사용할 의도가 없다. 말하자면 성을 밀도 깊게 그림으로써 독자들로 하여금 자위행위 하듯이 음란한 소설을 즐기게 하려는 의도가 없다는 것이다.

그러므로 성행위를 묘사하되 농도 짙게 그리지 않고, 소변이나 대변을 보는 것을 진술하거나 서술하듯이 간단하게 그린다. 그냥 심심하기도 하고 목도 컬컬하여 자판기에서 커피를 뽑아 마셨다든지, 건빵 몇 조각으로 한 끼의 식사를 대신했다든지 하는 식으로 성 묘사를 간단히 하고 넘어간다. 그들은 또 자위행위를 껌 씹듯, 담배 피우듯, 차 한 잔 하듯 그린다.

성적인 소설에서 가장 저급하고 추한 것은 포르노영화처럼 묘사되는 소설이다. 그것은 에로티시즘의 반열에 올려놓을 수 없다. 에로티시즘은 성적인 것을 통해 아름답고 슬프고 향기로운 지고한 예술적 경지에 이르게 하는 것이다. 그런데 포르노적인 묘사는 더러워진 현실을 사실적으로 표현하여 독자로 하여금 느끼고 판단하게 한다는 미명하에 독자에게 음험한 흥미와 최음제 같은 자극을 줌으로써 상품화시키려는 저의가 깔려 있는 것이다.

성은 신화적이고 철학적인 실존이다

바닷물은 부두를 넘을 만큼 가득 밀려들어 있었다. 껌껌한 먼 바다에서 밀려온 잔물결이 부두 끝과 부두 뒤쪽의 허리를 핥듯이 쓰다듬듯이 찰싹거릴 뿐이었다. 부두 안의 수면은 잔잔하게 일렁거렸다. 거기 뜬 별 떨기들이 물 속 궁전에 휘황하게 빛나는 등불 같았다. 줄타기나 널뛰기를 하는 노랑 저고리들처럼 일렁거렸다. 아니, 어쩌면 바야흐로 무더운 이 여름의 어둠발(簾)을 타고 내려온 별들과 해수와의 은밀한 혼례가 벌어지고 있는 것인지도 알 수 없었다. 마녀처럼 음탕한 바다였다. 시꺼먼 빛깔의 한없이 큰 입과 끝없이 넓고 깊고 부드러운 자궁을 가진 바다는 탐욕스럽게 별들을 품에 안아 쌀을 일듯 애무하고 있었다. 거무스레한 해무를, 머리카락처럼 산발한 밤바다의 찰싹거림은 별들을 핥고 빨고 입맛 다시는 소리였다.

— 한승원의 『아리랑 별곡』 중 「낙지 같은 여자」 95쪽에서

수컷 사마귀의 치열한 기는, 지하 탱크 속의 기름이 주유소의 대롱끝을 타고 무당벌레를 몇만 배 확대시켜놓은 듯한 자동차 속으로 주입되듯이 그녀의 자궁 속으로 깡그리 흘러들어가고 있었고, 그는 점차 지쳐가고 있었다. 그의 눈은 몽롱해지고 있었다. 그의 몸은 달콤한 환혹의 수렁 속에서 뜨거운 물에 데쳐지는 시레기 가닥처럼 늘어지고 있었다. 그의 눈에는 세상의 모든 것들이 다 무지개빛으로 보였다. 그녀의 등허리에 올라탄 채 잠 한숨을 늘어지게 자버리고 싶었다.

'아, 이제는 죽어도 여한이 없다!' 하고 생각하며 눈을 감으려는데, 그녀가 세모꼴 머리를 돌리고 그의 얼굴을 돌아보았다. 그녀의 멀뚱한 눈이 야릇한 빛을 뿜었다. 그것은 속살 깊이 섞기로 말미암

한승원의 소설쓰는 법

은 홍분과 정염과, 세상 모든 것을 씹어 삼켜버리고 싶어지는 살기 어린 허기였다.

그는 그녀가 오르가슴의 황홀함을 이기지 못하여 그에게 사랑의 눈길을 보내고 있는 것으로 여겼다. 바야흐로 진땀이 흐르기 시작했고, 아랫도리와 남근이 기진하여 뻐드러지려 하고 있었다. 그녀가 한창 황홀해 하고 있는 이때 맥을 풀어버리면 안 된다고 생각하며 그는 이를 악물고 아랫도리에다 남아 있는 모든 힘을 쏟아부었다.

그렇지만 그녀는 그가 이미 쇠진해진 것을 알아채고 있었다. 이미 그를 이용하여 즐길 만큼 즐겼고, 유전자도 받을 만큼 받은 터이었다. 윗몸을 모로 외틀자마자 두 개의 톱니 달린 포크레인 앞발을 펴늘이기가 무섭게 사력을 다하고 있는 그의 가슴 한복판을 찍었다. 그의 몸은 압착기 속에 들어간 알루미늄 캔처럼 찌그러졌고, 그는 당황한 채 그 의식을 타의에 의해서 끝낼 수밖에 없었다. 그녀는 그의 몸뚱이를 들어올렸고, 그는 저항할 엄두 한 번도 내지 못한 채 허공으로 떠올랐다. 그녀는 그의 윗몸을 턱밑으로 끌어당긴 다음 머리통부터 씹어먹기 시작했다. 그는 참담하게 죽임을 당하고 있었지만, 몸부림 한 번도 치지 않고 순응하고 있었다. 정액을 모두 소진하고 시들어지려 하던 그의 유백색 성기는 그가 숨을 거두는 순간 아무런 물정도 모른 채 소갈머리 없이 곤두서고 있었다. 암컷 사마귀는 그의 그것까지도 달게 먹고 있었다.

— 한승원의 『사랑』 13~14쪽에서

「미망하는 새」의 주인공은 빨치산 남녀 사이에서 태어났는데, 바닷가 제각에서 이 신화를 연작으로 그리는 여성 화가에게 알몸 모델이 되어주다가 그녀와 성적 교접을 하게 된다.

나는 원초적인 비극성을 담고 있는 그 성을 성스럽고 아름답게 그리려고 노력했다. 포르노와 구별되는 단초는 그것이다. 성욕은 식욕, 수면욕, 명예욕, 권력욕, 소유욕을 있게 하는 원초적인 바탕 욕심이다.

작가가 쓰는 말 한 마디는 성적이고 신화적이고 철학적이고 역사적이고 사회적이다.

소설이 성을 통해 박리다매의 대중적인 상품으로 기능하게 될 때 성행위의 기법들은 잡화점의 진열장에 있는 기묘하고 휘황찬란한 물품들처럼, 음험한 약방의 최음제들처럼 진열될 것이다. 그것은 어떻게 장식할지라도 인간을 혐오스럽게 하고 욕되게 할 수밖에 없다.

한국소설에서 참된 에로티시즘을 회복하는 길은 더러워진 현실을 사실적으로 드러내 보인다는 미명을 앞세우기보다는, 또 하나의 우주로서의 우리 몸과 영혼의 성스러움과 신비로움과 아름다움에 대한 인식을 회복하는 작업이 선행되어야 가능하다. 디지털 세상 속에서 살기는 하지만 아날로그적인 삶을 잃지 않아야 한다.

추악한 세상을 보여주는 것이 좋은 세상이 되게 하는 한 단초일 수 있다는 생각을 빙자하여 소설책을 현금화시키는 데 성을 이용하는 것을 배격해야 한다.

제10강

한국소설은 어떻게 고대소설에서 현대소설로 흘러왔는가

수탉은 어둠 속에서 목을 길게 빼 늘이고 울어서 새벽을 열고, 파도는 먼 과거의 바다에서부터 쉼 없이 줄기차게 현재의 바다로 달려와 갯바위와 모래톱에서 하얗게 부서짐으로써 우주 속의 시간이야말로 가장 준엄한 파괴자이자 냉엄한 진실임을 말해준다.

수탉은 광야 한복판에서 외치는 모세처럼 어둠 속에서 빛을 불러오려고 소리치는 고독한 자이고, 파도는 생성과 소멸의 간극 속에서 모든 것을 소멸 쪽으로 몰고가는 무뢰하고 준엄한 우주의 율동 그 자체인데, 그것은 시간의 또 다른 이름이다. 어둠 속으로 사라진 듯 보이지 않은 전통과 밝게 보이는 현대의 간극 속에서 사는 사람들은 모두 수탉과 파도의 의지와 율동을 지니고 있다.

『춘향전』『심청전』『흥부전』『변강쇠전』은 우리 민족의 전설에 뿌리를 두고 있다. 입센의 『페르귄트』, 괴테의 『파우스트』, 황석영의 『바리데기』는 작가가 소속되어 있는 민족의 전설과 신화에 뿌리를 두고 있다. 존 스타인벡은 고장 난 트럭에 가족을 잔뜩 태우고 이주하는 한 무리의 노동자들을 보고 『분노는 포도처럼』을 썼는데 그것은 성경의 민족 대이동에 뿌리를 두고 있다.

『일리아드』『오디세이아』는 그리스 신화에, 카뮈의 소설들은 시시포의 신화에 근거하고 있다. 로맹가리의 『하늘의 뿌리』는 전쟁에 참여한 사람들의 후일담을 쓰고 있는데 그것도 신화에 근거하고 있다. 나는 그것을 읽으면서 트로이의 목마 이야기를 연상했다. 카잔차키스의 『희랍인 조르바』도 크레타 지방의 신화나 전설에 뿌리를 두고 있다.

탱자에 접목을 한 유자는 재래종 유자에 비하여 향기가 미약하다. 그와 마찬가지로 서구에서 수입해온 소설 형태는 자칫 뿌리를 도외시할 경우 그 향기가 미약해질 수도 있다.

글로벌 세상과 사이버 세상에서 전통에 대한 의식이 무시되거나 흐려지는 경향을 보게 된다. 그것을 경계하는 뜻으로 한국의 현대 소설은 전통에 얼마나 깊이 뿌리를 두고 있는가를 살펴보기로 한다.

한국소설은 어디에 뿌리를 두고 있는가

　서포 김만중의 『구운몽』, 이광수의 『꿈』, 한승원의 『꿈』, 김성동의
『꿈』은 모두 『삼국유사』 속의 이야기에 뿌리를 두고 있고, 황석영의
『바리데기』는 바리데기 신화에 뿌리를 두고 있다. 『삼국유사』에는
이 땅의 신화와 전설들로 가득 차 있다. 가령 시인 서정주의 세계는
신라 세상의 그윽한 이야기들에 뿌리를 뻗고 있다.
　김동리의 「황토기」는 신화적인 전설에, 「무녀도」는 무속에 뿌리하
고 있다. 『등신불』은 불교설화에, 「역마」는 한국 민속의 역마살(煞)
의식에 뿌리를 두고 있다. 이청준의 「선학동 나그네」는 마을에 전해
오는 학 전설에 뿌리를 두고 있다. 박상륭은 샤머니즘에 뿌리를 둔
채 '우주 한 벌 새로 짓기'를 하고 있다.

나의 뿌리에 줄대기 작업

　깊이 살펴보면 나의 작업들도 전통(신화나 전설)에서 자유롭지 못
하다. 나의 졸작 「불의 딸」은 무속에 뿌리를 두고 있고 『아제아제바
라아제』는 수능엄경의 보련향 비구니 설화에 뿌리를 두고 있다.
　「폐촌」은 『변강쇠전』에서 두 인물의 이미지를 가져왔고, 「우리들
의 돌탑」은 아기장수 신화에서, 『포구』는 백수광부(白首狂夫) 설화에

서 가져왔다.

강 건너가지 말라니까   公無渡河
임은 기어이 건너가더니   公竟渡河
강에 빠져 저승에 갔네   墮河而死
임이시여, 이몸 앞으로 어찌하리까   公將奈何

고조선의 곽리자고는 강가에 나갔다가 들어와서 아내 여옥에게
이러한 이야기를 들려주었다.

"허리에 술병을 찬 머리 허연 사람이 모래밭 길을 미친 듯이 달려
오더니 강을 건너가더군요. 강 한가운데 이르러 빠져 죽었는데 얼
마쯤 뒤에 그를 뒤쫓아 온 여자가 모래밭에 두 발을 뻗고 슬피 울
더니 강물에 뛰어들어버렸소."

아내는 위의 공무도하 가사를 공후에 맞추어 불렀다.

『고금주』에 이것이 기록되어 전하는데, 이것은 아무래도 잘못 기
록된 듯싶다. 곽리자고의 아내 여옥은 명석하고 자상한 여자였다.
살림살이를 깐깐하고 짜임새 있게 했다. 남편이 한눈 한 번 팔지 못
하도록 관리를 잘했다. 아내의 부추김에 따라 남편은 낮이면 부지
런히 밭을 일구었고, 밤이면 집에 들어와 짐승들을 돌보았다. 점차
그는 살림살이의 틈바구니에서 질식할 것 같은 답답함을 느끼곤
했다. 어느 날 문득 자기의 틀에 박힌 삶으로부터 탈출하고 싶어졌
다. 노자 한 푼 없이 길 떠날 차비도 갖추지 않은 채였다. 그는 강가
모래밭에 앉아 멍히 낙조를 바라보았다 .그의 머리에 미친 듯이 강

을 건너가다가 물에 빠져 죽은 머리 하얗게 샌 미친 남자(白首狂夫) 와 그 남자를 뒤쫓아 달려와서 뒹굴며 통곡하다가 강물에 뛰어들어 죽는 여자의 모습이 그려졌다. 땅거미와 함께 집으로 돌아간 그는 그것을 실제로 본 일인 양 아내에게 이야기하였다.

이 글을 읽고 있는 당신은 혹시 그 머리 하얗게 샌 미친 남자의 넋이 씌어 헤매거나 몸부림쳐본 적이 없으십니까.

— 한승원의 『포구』 129~130쪽에서

단편 「미망하는 새」는 한국의 신화에서 가져왔다.

그 신화는 인간의 원초적인 행위 가운데서 무엇을 감추고 무엇을 어떻게 드러내야 하는가를 가르쳐준다.

전통 혹은 향기

나는 어떤 소재와 줄거리가 확보되었다 할지라도 금방 집필에 들어가지 못한다. 그것이 아름다움과 삶의 진실에 바탕을 두게 될 때까지 기다린다. 그것은 나만이 가질 수 있는 것, 즉 나를 있게 한 전통에 뿌리 대기인 것이다. 전통은 우리 민족만이 가지는 독특한 향기다.

소설은 꽃이다. 사람과 벌레들을 취하게 하는 그윽한 향기 없는 꽃이 꽃일 수 있는가.

나는 바닷가에서 나고 자랐다. 바다는 육지보다 더 짙은 신화적인 성질을 가지고 있다. 신화는 성에 바탕을 두고 있다. 성은 우주를 있게 한 원초적인 율동이다. 그 율동이 내 소설 속에 스며들고 배어 들곤 하는 게 아닐까.

그 바다의 응달 개포에는 천만년의 신화가 살고 있었다. 흩어지면 별빛 햇빛 달빛 안개 바람 땅 하늘 숲 벌레 이슬 물결소리가 되고, 한데 모이면 유령 같은 거대한 괴물이 되어 꿈틀거리고 술렁거리고 앓아대었다. 그 응달 개포는 입 험한 뱃사람들이 오짓개라고 이름해 부르는 자그마한 연안이었다. 검푸른 해송 숲이 빽빽하게 들어선 두 개의 산굽이가 자줏빛 바위를 디딘 채 바다 깊숙이 묻히면서 연안을 만들고 있었다. 두 산굽이 사이에는 흰 모래밭이 있었다 모래밭 너머로는 솔숲 짙은 계곡이 새텃몰로 넘어가는 잔등의 메밀씨같은 바위 밑으로 음험하게 패어들어갔다.

(중략) 그 계곡에는 여기저기 응달샘들이 많고 질척질척한 습지가 많았다. 사람들은 그곳을 봇골이라고 불렀다. 아기봇골〔子宮〕이라는 말이었다.

― 한승원의 『해일』 중 「그 바다 끓며 넘치며」 서두 부분

합리와 비합리의 문제

6·25전쟁 뒤에 한 관리는 미국인 의사에게서 많은 도움을 받았

다. 치료를 받기도 하고 정신적인 위안을 얻기도 했다. 미국인 의사가 임기를 마치고 돌아갈 때, 그 관리는 의사에게 무슨 선물을 할까 하고 고심했다. 그는 한국의 신비스러운 명약인 인삼을 가장 크고 좋은 것(6년근)으로 구하여 공항을 떠나는 그 의사에게 선물했다. 선물 꾸러미 속에, 그 명약의 신통한 효능과 복용 방법을 소상하게 적어 넣었다.

그 의사가 돌아간 지 반 년쯤 뒤에 그 의사한테서 편지와 소포 꾸러미 하나가 왔다. 관리는 그 의사가 자신의 선물을 고맙게 복용했으며 많으 효험을 보았다는 편지와 함께 그에 대한 답례로 선물을 보낸 모양이라고 생각하며 소포를 뜯어보았다.

한데 소포 속에는 그가 선물한 인삼이 그대로 들어 있었다. 편지에는 미국인 의사가 인삼을 되돌려보내는 까닭이 적혀 있었다. 그 의사는 편지 아래에 자기 병원 실험실에 의뢰하여 얻어낸 '인삼에 함유된 성분과 함유량'까지 도표로 그려놓았다.

관리는 아찔했다. 그 성분과 함유량에 의할 것 같으면, 인삼이라는 것은 전혀 아무것도 아니었다. 탄수화물 몇 퍼센트, 수분이 얼마, 철분이 얼마, 섬유질이 얼마…….

"나는 이것을 먹고 싶지 않으니 당신이나 많이 잡수십시오."

미국인 의사는 이렇게 빈정거렸는지도 모를 일이었다.

— 한승원의 『허무의 바다에 외로운 등불 하나』 중 「고려인삼과 그물 이야기」에서

사람들은 누구든지 자기 나름의 그물을 한 개씩 가지고 있다. 코가 작은 그물, 코가 중간쯤 큰 그물, 코가 아주 큰 그물, 이중 그물,

삼중 그물.

그물을 한 자리에 막아놓고 지나가는 고기를 잡는 사람이 있는가
하면, 그물을 싣고 다니면서 고기떼를 발견하면 빙 둘러쳐서 잡는
사람이 있다. 그물을 바다 밑바닥에 내리고 발동선으로 끄집어서 잡
는 사람도 있다. 그물코 작은 것을 쓰는 사람은 잔고기를 잡고, 그
물코가 큰 것을 쓰는 사람은 작은 고기들을 버리고 큰 고기만 잡는
다. 주로 새우를 잡는 그물처럼 그물코 작은 그물에 어쩌다가 큰 고
기가 잡히기는 하지만 그것의 임자는 그것을 반가워하지 않는다. 새
우를 잡는 사람에게 큰 고기는 잡고기에 지나지 않는다.

앞의 미국인 의사는 자기의 그물이 인삼 속에 들어 있는 신통한
약효를 잡아낼 수 있는 그물인지 아닌지 알지 못했을지도 모른다.
인삼의 신통한 약효는 합리주의자인 그의 얼멍얼멍한 그물코 밖으
로 그를 비웃으며 빠져나갔을 수도 있다. 한데 그는 자기 그물의 성
능이 이 세상의 어떠한 것도 다 잡아낼 수 있다고 착각하고 있다.

이 땅에는 그러한 합리주의자의 그물이 많이 수입되어 있다. 나는
그 합리주의자들의 그물이 놓치는 것들을 주의 깊게 살피고 있다.
나는 그것을 잡아낼 그물코 미세한 그물을 만들어 가지려고 애써
왔다.

이렇게 말하면 합리주의자들이 나를 비웃을지 모르지만, 나는 우
주가 합리만으로서 이루어져 있다고 생각하지 않는다. 합리가 50이
고 비합리가 50이다. 우리 민족은 우주를 알 수 있는 것과 알 수 없
는 것으로 나누어 생각하는 버릇이 있는데, 알 수 없는 것을 신비하
다고 하거나 신통스럽다고 말한다.

작가는 나무와 같다. 그 땅에 부는 바람, 내리쬐는 햇살, 그리고 촉촉히 대지를 적시는 이슬과 비와 눈과 서리를 맞으며 부대끼며 자란다. 그리하여 꽃피고 열매를 맺는다.

어떤 이들은 데리다의 해체를 잘못 이해하고 있다. 모든 것을 깨부수기만 하는 것이 해체가 아니다. 해체는 논리를 깨부수고 지름길로 진리에 이르는 것이다. 데리다는 동양의 불교적인 선(禪)에서 힌트를 얻어 해체를 생각하기 시작했는지도 모른다. 선은 단박 깨치기이다. 우리가 태어난 시원의 하늘(태허:太虛) 혹은 깨달음이라는 커다란 공(空)으로 회귀는 길, 모든 알음알이를 해체하고 원형으로 돌아가기이다. 그것은 순리에 다름 아니다.

그렇다면 한국소설의 전통 회복이야말로 한국문학에 우주적인 원형(순리)을 담는 길이다. 가장 한국적인 것이 가장 세계적인 것이다. 그러려면 보편 타당성을 얻어야 한다.

불교는 힌두의 땅 인도에서 나온 것이지만, 그것은 지금 인도에서 아주 미약한 세력을 유지하고 있다. 그러나 그것은 진리를 가장 잘 가르쳐주는 세계적인 종교임에 틀림없다.

소설 문장은
소설 문장답게 써야 한다

'문학'과 '문학 아닌 것'을 구별할 줄 알아야 한다

나를 매료시킨 '문학'이라는 것은 대체 무엇인가? 시와 소설의 문장 차이를 알아보기 전에, 먼저 '문학'과 '문학 아닌 것'은 어떤 차이점을 가지고 있는지부터 살펴보도록 하자.

진달래는 진달래 과의 낙엽 활엽 관목. 산간 양지에 나며, 높이는 2~3m 정도 됨. 잎은 어긋남. 봄에 엷은 분홍색 꽃이 잎보다 먼저 가지 끝의 곁눈에서 1개씩 나오는데, 그것이 2~5개가 모여 달림. 꽃은 아이들이 따먹음. 한국 · 일본 · 만주 · 중국 북부 · 몽고 북부 ·

우수리 등지에 분포함.

이것은 '진달래'에 대해 설명하고 있는 국어사전의 한 대목이다. 이 글은 우리의 현실 생활에 도움을 주는 것이다. 그렇기 때문에 명백하고도 객관적인 진리를 가지고 있다. 이러한 글은 실용적인 목적을 위해 쓰인 것일 뿐, 우리 삶의 아름다움이나 아픔, 고통, 절망, 행복 따위의 정서를 담아내는 '문학'과는 엄연히 구별되는 것이다. 즉 '문학 아닌 글'이라는 말이다.

이러한 글들은 주로 '바깥 세계'를 지향하고 있다. 말하자면 대체로 정보를 전달하거나 어떤 사실을 설명하고 논증하려는 목적을 지니고 있다는 뜻이다. 그에 비해, '문학'은 그 글을 쓰는 사람의 '가슴 속의 세계'로 나아간다.

나 보기가 역겨워
가실 때에는
말없이 고이 보내 드리우리다.

영변에 약산
진달래꽃
아름 따다 가실 길에 뿌리우리다.

가시는 걸음걸음
놓인 그 꽃을

사뿐히 즈려밟고 가시옵소서.

나 보기가 역겨워

가실 때에는

죽어도 아니 눈물 흘리우리다

이것은 김소월의 「진달래꽃」이라는 시다. 우리에게 현실적인 정보를 주지 않을뿐더러, 객관적인 설명이나 논증도 하지 않는다. 즉 실생활에 보탬이 되는 글은 아니라는 뜻이다. 다만, 한 편의 시로서 그것을 지은 사람의 아픈 감정, 다시 말해 사랑하는 사람을 떠나보내기 싫어하는 한스러운 정서를 진실되고 아름답게 그려 보이고 있을 따름이다. 이러한 것이 문학이다.

문학은 「진달래꽃」처럼 가슴속으로 아련히 밀려드는 정서를 음악적인 가락에 실어 담아내기도 하고, 『심청전』이나 『춘향전』처럼 특별한 재미와 감동을 자아내기 위해 있을 법한 이야기를 상상하여 그럴듯하게 꾸며내기도 한다.

소설의 문장이란 어떤 것인가

소설의 문장과 시의 문장은 어떤 차이점을 가지고 있을까.

잠을 자면 눈썹에 서캐가 서리처럼 허옇게 슨다는 음력 정월 열
나흗 날 초저녁이었다.

진메 잔등의 검은 솔숲 위로, 올볏짚(철 이르게 익은 벼의 짚)으로
엮은 샛노란 맷돌방석 같은 달이 솟았다. 안마당에 절진했던(가득
찼던) 어둠이 구정물통에 맹물을 퍼넣듯 묽어졌다. 달을 보는 순간,
얼굴이 달떡같이 동글납작한 달식이가 생각났다.

― 한승원의 『아리랑별곡』 중 「해신의 늪」 56쪽에서

위의 소설 문장은 하나하나가 생각의 단위로 되어 있다. 그리고
이 문장의 연결 방식이 시간의 순서에 따라 이루어지고 있다. 어떤
사물(달)을 표현하기 위하여 비유(올볏짚으로 엮는 샛노란 맷돌 방석 같
은)를 동원하고 있다. 또 문장과 문장 사이에는 원인과 결과라는 질
서가 놓여 있다. 가령 '달'이 진메 잔등의 검은 솔숲 위로 떠오르자
'얼굴이 달떡 같은 달식이가 생각났다'는 게 그것이다.

한마디로 소설은 지어낸 이야기이다. 그래서 그 속에는 인물들이
나오고, 시간과 장소가 나오고, 사건이 있고, 지은이의 사상과 감정
이 고스란히 묻어난다. 지은이의 마음에 따라 슬픈 이야기가 될 수도
있고, 행복한 이야기가 될 수도 있고, 무서운 이야기가 될 수도 있다.

따라서 이러한 소설 문장에서는 음악적인 가락(리듬) 따위는 거의 찾
아보기 힘들다. 소설의 문장은 대개 '대화'와 '지문'으로 이루어져 있다.

대화는 등장인물이 한 말을 독자가 직접 듣도록 따옴표를 써서
그대로 드러내 보여주는 것이다. 대화하는 사람의 이름이나 모습은
당연히 문장 속에 나타나지 않는다. 그 뒤에 숨어 있기 마련이다.

반면에 지문은 그것을 말하는 사람의 모습이 확연히 드러난다. 지문은 인물들이 지껄인 대화를 보충해주기도 하고, 그런 일이 벌어지게 된 상황이나 사건의 모양, 진행과정 등을 안내해주기도 한다. 그래서 지문에는 대개 묘사적인 것과 설명적인 것이 혼합되어 있다.

> 나는 그 새끼무당이 어디엘 갔느냐고 윤월 무당에게 물었다.
> "제 언니들이 굿하는 데 따라갔지. 저도 살아갈라면은 굿을 배워야 할 것이 아니여?"
> 오래지 않아서 그 새끼무당이 굿판에서 돌아와 가지고 윤월이 무당에게 인사를 했다.
> "인사드려라. 네 삼촌 되는 어른이시다. 아주 훌륭한 글을 많이 쓰는 어른이시란다."
> 새끼무당은 수줍어하면서 나에게 코가 땅에 닿을 만큼 곱게 절을 했다. 이때 나는 그 새끼무당의 얼굴과 자태를 속속들이 살폈다. 그 새끼무당은 윤월이 무당 어린 시절의 그 얼굴 그 자태를 빼다가 박아놓은 것이었다. 윤월이보다 약간 더 호리호리하고 목이 길고 얼굴이 갸름한 것이 다르다면 다를 듯싶었다.
>
> ─ 한승원의 『내 고향 남쪽바다』 중 「새끼무당」 387쪽에서

위의 문장 지문들이 '설명적 서술'이라면, 다음의 것은 '묘사적 서술'이다.

> 불덩이 같은 햇볕이 내리쬐었다. 담 위로 올라간 호박덩굴 잎사귀들은 뜨거운 물을 뿌려놓은 것처럼 처져 있었다. 삽살개가 그 호

한승원의 소설쓰는 법

박 잎사귀 같은 혀를 내놓고 헐떡거리며 나무 그늘 밑으로 들어가 쓰러지듯이 누웠다.

그는 선풍기 바람 앞에 얼굴을 들이밀었다. 선풍기 바람마저 뜨거웠다. 등과 겨드랑이에는 벌레가 기어가는 것처럼 땀방울들이 흘러내리고 있었다. 숨이 막혔다.

위의 글은 한여름의 무더위를 표현하고 있다. '덥다'는 말은 한 마디도 나오지 않지만, 독자는 숨 막히는 더위를 온몸으로 느낄 수 있다. 그것은 바로 묘사의 힘 때문이다.

시의 문장이란 어떤 것인가

불이 켜진다
밤이면 집집마다
불이 켜진다

멀리 가까이
우는 듯 속삭이는 듯
불이 켜진다
사랑하는 이들의
사랑하는 이들의

우는 듯 속삭이는 듯

불이 켜진다

— 김춘수의 「밤이면」

이 글은 밤이면 불이 켜지는 모습을 아름답게 노래하고 있는 시이다. 문장의 연결은 행갈이 방식을 취하고 있다. 이 시의 문장을 살펴보면, 시간적인 순서 또는 원인과 결과에 의한 질서를 전혀 따르지 않고 있다는 것을 느낄 수 있다.

이 시는 머릿속에 하나씩 떠오르는 연상작용(이미지)의 질서를 따르고 있다. 밤에 불이 켜지는 모습에서 '울음과 속삭임'을 연상하고, 다시 나아가 '사랑하는 사람들의 울음과 속삭임'을 연상하는 것이다. 그 속에는 많은 뜻이 함축되어 있다. 말하자면 집집에서 벌어지고 있는 사랑과 다정다감한 사람의 모습들이 그 시 속에 숨어 있다는 것이다.

이러한 시에서는 다른 장르의 글에서는 찾기 어려운 음악적인 가락을 느낄 수 있다. 마치 노래를 부를 때와 같이 말에 가락이 실려 있다는 뜻이다. 이처럼 시에 쓰인 말의 가락을 '운율'이라 한다. 운문과 산문을 가르는 가장 큰 기준은 바로 이 운율이다. 운율을 느낄 수 있는 글을 운문이라 하고, 운율을 느낄 수 없는 글을 산문이라 하기 때문이다. 다시 말해, 시는 마음속에 떠오르는 생각이나 느낌을 운율이 담겨 있는 말로 압축해서 나타낸 글이라 할 수 있다.

여기에서 주의할 점은 행갈이만 한다고 해서 다 시가 되지는 않는다는 것이다.

쾌적한 자연이 있습니다
편리한 생활이 있습니다
자연과 가족이 되고
이웃과 따스한 정을 나누는
즐거운 하루가 시작됩니다
풍요한 행복의 약속을
'태양열 주택'에서 이루십시오

위의 글은 태양열 주택의 좋은 점을 선전하고 있는 광고 문안이다. 여느 시 못지않게 행갈이를 했지만, 이 글은 실용적인 가치를 전달하려는 목적을 지니고 있을 뿐 결코 시로서의 모습은 갖추어져 있지 않다.

문장의 밀도란 무엇인가

봄부터 가을까지 채취선을 빌려다 쓰기로 하고, 지난해 겨울 동안 양산댁네 김 채취 머슴을 산 석주는 어처구니가 없었다. 양산댁이 하루아침에 마음이 싹 변하여 채취선을 못 내주겠다고 발뺌을 하는 것이었다. 스물다섯에 홀어미가 되어, 올해 중학교에 들어가게 되는 아들과 단둘이 사는 여자로, 이 마을에선 흔하지 않은 채취선을 한 척 가졌기로니 이럴 수가 있느냐 싶었다. 그 채취선은 육 년

전 그녀가 양산에 있는 친정 산에서 나무를 얻어다 지은 것인데, 그 것을 부리면서는 해마다 김을 잘 해먹었노라고 언젠가 그녀가 말 했었다. 그래서 선뜻 내어주기가 아깝고 짠했는지도 모른다. 그러 나 한번 빌려주겠다고 단단히 하였던 약속을 이렇게 내리 씻어버릴 수 있느냐 싶었다. 석주는 꾀죄죄하게 검은 때가 엉긴 마루 위에 걸 터앉아서 담배 한 개비를 꺼내 물었다. 허우대가 큰 데다 누른빛 나 는 머리칼이 더부룩하고 눈이 부리부리한 그는, 뾰로통해서 토라져 앉은 양산댁의 갸름한 얼굴을 건너다보았다. 양산댁은 작달막한 몸집에 거무스름한 얼굴빛이 조금 야윈 듯했다. 양미간과 볼에 잔 주름이 한둘 잡혀 있었다. 이마가 넓고 코가 작았다. 사십대에 들어 선 여자치곤 매끈하고 앳된 얼굴이었다. 그녀는 입술을 뾰족하게 오므리고, 부어오른 듯 부석부석한 눈두덩이 툭 까지도록 눈살을 찌푸린 채 바다를 바라보고 있었다. 걸핏하면 커다란 떡니를 하얗 게 내어 놓고 환히 웃곤 하던 여자가 어쩌면 저렇게도 사납게 일그 러진 얼굴을 할 수 있을까 싶었다.

그는 버팀목같은 뻐드렁니 때문에 더 튀어나온 두꺼운 입술로 담 배개비 끝을 꼭 누르며 성냥을 그어 댕겼다. 담배 연기를 빨아들였 다. 양산댁이 태수의 농간에 넘어가고 있음에 틀림없었다. 간밤 태 수가 하얀 두루마기에 중절모자를 비뚜름하게 쓰고 쿠릿한 술 냄 새를 풍기며 왔다. 볼일이 있어 읍에까지 나간 김에, 양산댁의 심부 름으로 그녀네 아들 태범의 입학금을 학교에 넣었는데, 그 영수증 을 넘겨주려고 온 것이라 했다. 영수증을 건네는 데 그처럼 오랜 시 간이 걸릴까 싶었다. 태수는 두어 시간 동안이나 양산댁과 무엇인가를 도란도란 이야기하다가 돌아갔다. 모퉁이에 있는 방에 앉아서 이야깃소리가 들려오는 안방 쪽으로 귀를 기울여보았지만, 너무 작은 소리로 말을 하기 때문에 한마디도 알아들을 수가 없었다. 태수가 돌아갈 때 마당에서 하는 소리만은 귀를 기울이지 않고도 알아들을 수 있었다.

─ 한승원의 『목선』 11~12쪽에서

① 봄부터 가을까지 채취선을 빌려다 쓰기로 하고, 지난해 겨울 동안 양산댁네 김 채취 머슴을 산 석주는 어처구니가 없었다.

② 양산댁이 하루아침에 마음이 싹 변하여 채취선을 못 내주겠다고 발뺌을 하는 것이었다.

③ 스물다섯에 홀어미가 되어, 올해 중학교에 들어가게 되는 아들과 단둘이 사는 여자로, 이 마을에선 흔하지 않은 채취선을 한 척 가졌기로니 이럴 수가 있느냐 싶었다.

②와 ③은 ①의 까닭이다.

②의 '양산댁'과 앞 문장의 '양산댁'은 고리로 이어진다. ③은 양산댁의 삶을 간략하게 이야기하고 도리에 어긋난 것을 이야기함으로써 마찬가지로 고리를 만들어 잇고 있다.

④ 그 채취선은 육 년 전 그녀가 양산에 있는 친정 산에서 나무를 얻어다 지은 것인데, 그것을 부리면서는 해마다 김을 잘 해먹었노라고 언젠가 그녀가 말했었다.

⑤ 그래서 선뜻 내어주기가 아깝고 짠했는지도 모른다.

④와 ⑤는 분쟁의 이유가 되는 채취선에 대한 내력과 양산댁의 당위성을 설명한다. ④의 '그 채취선'은 ③의 '채취선'과 고리가 형성되어 있다. ⑤의 '그래서'는 ④의 '그것을 부리면서는 해마다 김을 잘 해먹었노라'와 고리가 만들어져 있다.

⑥ 그러나 한번 빌려주겠다고 단단히 하였던 약속을 이렇게 내리 씻어버릴 수 있느냐 싶었다.

⑥은 석주의 분노에 대한 당위성이고, ⑦은 석주의 분노의 모습을 말한다.

⑦ 석주는 꾀죄죄하게 검은 때가 엉긴 마루 위에 걸터앉아서 담배 한 개비를 꺼내 물었다.
⑧ 허우대가 큰 데다 누른빛 나는 머리칼이 더부룩하고 눈이 부리부리한 그는, 뽀로통해서 토라져 앉은 양산댁의 갸름한 얼굴을 건너다보았다.

⑦과 ⑧은 석주의 외양과 도전 자세를 표현한 지문이다.

⑨ 양산댁은 작달막한 몸집에 거무스름한 얼굴빛이 조금 야윈 듯했다.

⑩ 양미간과 볼에 잔주름이 한둘 잡혀 있었다. 이마가 넓고 코가 작았다.

⑪ 사십대에 들어선 여자치곤 매끈하고 앳된 얼굴이었다.

⑫ 그녀는 입술을 뾰족하게 오므리고, 부어오른 듯 부석부석한 눈두덩이 툭 까지도록 눈살을 찌푸린 채 바다를 바라보고 있었다.

⑨ ⑩ ⑪ ⑫는 양산댁의 외양과 도전을 뿌리치려 하는 자세로서 문장들이 긴밀하게 이어지고 있다.

⑬ 걸핏하면 커다란 떡니를 하얗게 내어 놓고 환히 웃곤 하던 여자가 어쩌면 저렇게도 사납게 일그러진 얼굴을 할 수 있을까 싶었다.

⑬은 ⑫의 양산댁의 모습과 이어지고 ⑭의 김석주의 심리와도 이어진다.

⑭ 그는 버팀목같은 뻐드렁니 때문에 더 튀어나온 두꺼운 입술로 담배개비 끝을 꼭 누르며 성냥을 그어 댕겼다.

⑮ 담배 연기를 빨아들였다.

⑭ ⑮는 석주의 심리와 맞대거리의 자세를 표현한 지문이다.

⑯ 양산댁이 태수의 농간에 넘어가고 있음에 틀림없었다.

⑰ 이하 ⑱ ⑲ ⑳은 ⑯에서 언급한 태수가 부린 간밤의 농간에 대하여 구체적으로 말한다.

⑰ 간밤 태수가 하얀 두루마기에 중절모자를 비뚜름하게 쓰고 쿠릿한 술 냄새를 풍기며 왔다.
⑱ 볼일이 있어 읍에까지 나간 김에, 양산댁의 심부름으로 그녀네 아들 태범의 입학금을 학교에 넣었는데, 그 영수증을 넘겨주려고 온 것이라 했다.
⑲ 영수증을 건네는 데 그처럼 오랜 시간이 걸릴까 싶었다.
⑳ 태수는 두어 시간 동안이나 양산댁과 무엇인가를 도란도란 이야기하다가 돌아갔다.

㉑은 김석주가 파악한 사실로서 독자들에게 김석주의 도전에 대한 당위성을 말하고 있다.

㉑ 모퉁이에 있는 방에 앉아서 이야기 소리가 들려오는 안방 쪽으로 귀를 기울여보았지만, 너무 작은 소리로 말을 하기 때문에 한 마디도 알아들을 수가 없었다.
㉒ 태수가 돌아갈 때 마당에서 하는 소리만은 귀를 기울이지 않고도 알아들을 수 있었다.

㉑ ㉒는 양산댁이 변심한 이유에 대한 생각과 따질 거리를 마련하고 있다.

한승원의 소설쓰는 법

단문과 복문은 어떤 것인가

① 미역장사를 해야겠다고 이를 악문 채, 왼팔과 오른손에 든 지팡이를 부지런히 내저으며 윗마을로 들어서는 늙은 어머니는, 비루먹은 황소 등허리의 털 빠진 살갗처럼 희끗희끗 쌓인 앞산의 눈을 쓸어 들판을 건너온 찬바람이 마을앞 사장의 늙은 팽나무 가지를 스치고, 흰 가는베 치맛자락과 반백의 머리털을 쥐어뜯을 듯이 싸고돌았을 때 쿨룩하고 기침을 하기 시작했는데, 그게 시작되자 쪼그리고 앉아 윗몸을 움츠리며 연거푸 쿠울룩쿠울룩 소리를 터뜨려 놓았다.

— 한승원의 『목선』 「어머니」 212쪽에서

② 바다로 눈길을 돌렸다. 먼 바다에서 달려온 파도가 모래톱에서 두루마리처럼 하얗게 말리고 있었다. 한 스님의 잘린 목에서 솟구쳤다는 흰 피 같은 거품이었다. 그 파도는, 혀를 깨물고 싶을 만큼 울화통이 끓어오르거나 짜증스럽거나 자신이 혐오스러울 때면 문득 고개를 돌려 눈으로 확인하곤 하는 화두였다. 그 화두는, 그래도 이 세상은 참을성 참을성하고 소리치면서 살아볼 만한 의미와 가치가 있다는 것과 제일 오래 사는 자가 최후의 승리자라는 것을 일깨워주곤 했다.

— 한승원의 『검은댕기두루미』 중 「검은댕기두루미」 311쪽에서

③ 존재하는 모든 것들은 시간을 가지고 있다. 멀고 먼 과거로부터 현재에 이르러 있고 또 영원한 미래를 향해 흐르고 있으므로 그 모든 것들은 신화적이다. 내 주위에는 신화적인 사람들이 많다.

— 한승원의 『검은댕기두루미』 중 「바늘」 214쪽에서

④ 누나와 함께 강에 나간 적이 있었지. 잔잔한 강물 위로 산이 거꾸로 비쳐 있었다. 우리는 바위 위로 올라갔다. 누나는 말했다. 나 목욕하는 동안 너 여기 있어. 그리고 누나는 나를 바위 위에 뉘었다. 너 일어나면 안 된다. 왜. 나 지금 옷 벗는단 말이야. 누나의 목소리가 바위 밑에서 들렸다. 나는 하늘에 떠가는 구름을 바라보았다. 누나가 옷으로 앞을 가린 채 내 옆에 몸을 굽혔다.

— 한승원의 『누이와 늑대』 중 「누이와 늑대」에서

이들 문장에서 문장의 밀도와 짜임에 대해 생각해보자.

④는 단문으로 되어 있고, ①은 중문과 복문이 섞여 있는 한 개의 긴 문장이다. 판소리의 가락(아니리) 같은 것이 느껴지는 만연체이다. ②, ③은 단문과 복문이 섞여 있는 문장이다.

단문은 쓰기 쉽고 속도가 빠르고 경쾌하다. 틀린 문장을 쓸 우려가 없다. 긴 문장은 흐름이 장강처럼 느리면서도 굽이굽이 맛볼 곡진한 맛이 있다. 틀린 문장을 쓸 우려가 있다. 한스러운 타령조의 정서나 낭창거리는 의지를 표현하기에는 안성맞춤이다.

제12강
좋은 문장을 쓰기 위해서는
수사법을 익혀야 한다

비유법의 신비한 묘미를 터득하라

"어머니, 어머니, 굉장해요! 정말정말 굉장해요!" 하고 창길이는 현관 안으로 들어서면서, 그야말로 감격 어린 목소리로 소리쳤다.

위의 글을 쓴 사람은 자기의 글에 비유를 동원할 줄 모르는 사람이다. '감격 어린' '굉장해' '정말정말' '무지무지하게' 이런 말로는 글쓴이의 감정을 제대로 전달할 수가 없다. '창길이는 현관 안으로 들어서면서, 그야말로 감격 어린 목소리로 소리쳤다'의 부분을 다음과 같이 고쳐야 한다.

창길이는 현관 안으로 들어서면서, 난생 처음으로 쌍무지개를 보고 돌아온 소년처럼 상기되어 소리쳤다.

이렇게 비유를 해놓고 보니까, 어머니 앞에서 감격적으로 말하고 있는 창길이의 모습이 요술처럼 강한 영상으로 머릿속에 그려지지 않는가? 다음 글들을 비교해보면 '비유법'이 무엇인지 알 수 있을 것이다.

① 진짜로 무더운 날씨였다. 할아버지께서 "아이고, 그 날씨 한 번 무지무지하게 덥다" 하고 말씀하셨다. 그러자 아버지께서도 "굉장히 덥구나" 하셨고, 형도 "아이고, 더워서 그냥 미치고 환장하겠네" 하였다. 잠시 후에는 어머니께서도 "나, 이렇게 더운 날씨는 생전 처음 보겠네. 후유 덥다" 하고 말씀하셨다.

② 섭씨 사십 도가 넘는 한증막 속에 들어앉아 있는 것 같았다.

③ 하늘에는 구름 한 점 없었다. 마당에는 하얀 불볕이 쏟아졌다. 밖에 나갔던 바둑이가 혀를 길게 빼늘이고 헐떡거리며 들어와 담벽 그늘에 주저앉았다. 돌담벽에 기어 올라가는 호박 덩굴의 잎사귀들이 바둑이의 혀처럼 늘어져 있었다. 담벽에 둘러선 감나무에 매달린 잎사귀 하나 움직거리지 않았다. 선풍기를 틀고 얼굴을 그 앞에 들이밀어 보지만 그 바람마저 후끈거렸다. 등줄기에는 벌레가 기어가는 것처럼 땀방울이 스멀스멀 기어 내렸다.

한승원의 소설쓰는 법

①은 비유를 할 줄 모르는 사람의 글로, 공연히 엄살과 허풍만 떨고 있는 것처럼 보인다.

②는 단 한마디의 비유를 통해서 무더움의 정도를 명쾌하게 표현하고 있다. 그러므로 이 글은 매우 차분하고 여유가 있다.

③은 무더위를 아주 차근차근하게 묘사해주고 있다. 작가가 설명하려 애쓰지 않고 그 상황을 그대로 드러내주어(형상화시켜) 읽는 이가 저절로 느낄 수 있도록 하고 있다. 그래서 이 글 속의 무더위는 읽는 이의 가슴마저도 답답하게 할 만큼 절실하다.

비유는 나타내려고 하는 대상이나 내용을 읽는 이가 알기 쉬운 다른 대상이나 내용에 빗대어서 보다 구체적이고 생생하게 그림 그리듯이 드러내는 것이다.

직유법과 은유법이 무엇인지 알아야 한다

'무엇은 무엇과 같다'고 할 때 그것은 직유법이다.

- 옥색 비단을 깔아놓은 것 같은 강
- 진한 쑥물을 뿌려놓은 듯한 산
- 쪽물을 들여놓은 듯싶은 하늘
- 늦은 가을 아스팔트 바닥에는 은행잎들이 노랑나비들의 시체처럼 퍼덕거리고 있었다.

- 함박꽃마냥 탐스런 눈송이가 쏟아지고 있었다.
- 황소같이 큰 파도들이 모래톱을 들이받고 있었다.
- 직유법은 안내원이나 누님처럼 다정다감한 비유법이다.

　직유법은 비유법 가운데서 가장 소박하고 친근한 표현이다. 어렵거나 까다롭지도 않다. 길눈이 어두운 사람을 친절하게 손잡아 안내해주는 예쁜 안내원이나 누님처럼 다정다감한 비유법이다. 그만큼 호소력이 강하다.

　직유법은 표현하고자 하는 대상, 즉 '원래의 생각(원관념)'에다 '비유가 동원된 생각(보조관념)'을 고리로 연결해놓은 것이다. 손을 잡아 안내해주는 고리들은 '~처럼', '~듯이', '~같이', '~듯싶다', '~마냥', '~인 양' 등이 쓰인다. 그래서 직유법은 '무엇은 무엇과 같다'의 형태를 띠게 된다. 하나의 문장 속에 '원래의 생각'과 '비유가 동원된 생각'이 어우러져 그 의미를 더욱 생생하게 드러내준다. 이때 이 둘 사이에는 반드시 같거나 비슷한 점이 있어야 한다. '황소같이 큰 파도들이 모래톱을 들이받고 있었다'를 분석해보면 다음과 같다.

- 파도 : 원래의 생각
- 황소 : 비유가 동원된 생각
- 같이 : 위의 두 개념을 연결시켜주는 고리

　여기에서 '원래의 생각'과 '비유가 동원된 생각'은 '크다'는 점에서 같다고 할 수 있다.

'무엇은 무엇이다'라고 표현할 때 그것은 은유법이다

직유법보다 약간 어렵게 느껴지는 것이 은유법이다. 은유법은 직유법에서 사용하던 연결고리를 생략한 모양새이다. 그래서 은유법은 '무엇은 무엇이다'의 형태로 나타난다. '황소같이 큰 파도들이'라는 말을 은유법으로 바꾸려면 '같이'를 생략하면 된다. 즉 '파도는 황소이다'가 그것이다. 그러면 밑줄 친 부분에 유의하면서, 아래의 예문들을 살펴보도록 하자.

- 낙엽은 폴란드 망명 정부의 지폐
  포화에 이지러진 도룬 시의 가을 하늘을 생각게 한다.
  길은 한 줄기 구겨진 넥타이처럼 풀어져
  일광의 폭포 속으로 사라지고
  조그만 담배 연기를 내뿜으며
  새로 두 시의 급행 열차가 들을 달린다.

  — 김광균의 「추일서정」 중에서

- 수필은 청자 연적이다. 수필은 난(蘭)이요, 학이요, 청초하고 몸맵시 날렵한 여인이다. 수필은 그 여인이 걸어가는 숲 속으로 난, 평탄하고 고요한 길이다. 수필은 가로수 늘어진 페이브먼트(포장한 길)가 될 수도 있다. 그러나 그 길은 깨끗하고 사람이 적게 다니는 주택가에 있다.

  — 피천득의 「수필」 중에서

앞에서 직유법의 예로 들었던 문장을 모두 은유법으로 바꾸어보
도록 하자.

- 옥색 비단을 깔아놓은 것 같은 강 → 강은 옥색 비단이다.
- 진한 쑥물을 부려놓은 듯한 산 → 산은 진한 쑥물이다.
- 쪽물을 들여놓은 듯싶은 하늘 → 하늘은 쪽물이다.
- 늦은 가을 아스팔트 바닥에는 은행잎들이 노랑나비들의 시체처
  럼 퍼덕거리고 있었다. → 은행잎들은 노랑나비들의 시체이다.
- 함박꽃마냥 탐스런 눈송이가 쏟아지고 있었다. → 눈송이는 함
  박꽃이다.
- 황소같이 큰 파도들이 모래톱을 들이받고 있었다. → 파도는
  황소이다.
- 직유법은 안내원이나 누님처럼 다정 다감한 비유법이다. → 직
  유법은 안내원이나 누님이다.

비유는 글쓴이의 개성에 따라 다르다 ▎

직유법과 은유법은 어떤 차이가 있을까?

직유법은 그 뜻을 쉽게 알 수 있어 친근하고 소탈한 반면, '같이',
'처럼', '듯이', '마냥' 등의 연결고리를 붙이기 때문에 조금은 너덜너
덜해 보인다. 이에 비해 은유법은 그 연결고리를 생략하기 때문에

한승원의 소설쓰는 법

깨끗하고 산뜻한 느낌을 준다. 그런 만큼 은유법은 좀 거만해 보이고 쌀쌀해 보인다고 할까.

하지만 이 둘 가운데 어느 것이 더 훌륭하다고 한마디로 잘라 말할 수는 없다. 둘 다 그 나름의 장·단점이 있기 때문이다. 글을 쓰면서 직유법으로 쓸 것인가, 은유법으로 쓸 것인가 하는 것은 그 글을 쓰는 사람의 성격이나 취향에 따라 다를 뿐이다.

상징법을 잘 활용하여 글이 고급스러워 보이게 하라

상징법은 구체적인 사물에 빗대어 표현하는 비유법이다.

> • 남자는 장미 한 송이를 사서 여자의 손에 쥐어 주었다. 그러고
> 난 며칠 후, 그 남자가 사랑하는 여자를 다시 만났을 때, 여자
> 는 그 남자에게 백합 한 송이를 수줍게 내밀었다.
> 그 남자는 장미를 통해 무슨 말을 하려 했을까? 또, 그가 사랑
> 하는 여자는 하고많은 꽃들 중에서 하필이면 왜 백합을 그에게
> 내밀었을까?

장미는 '정열적인 사랑'을 상징하고, 백합은 '순결'을 상징한다고 한다. 그렇다면 그 남자는 "나는 당신을 정열적으로 사랑합니다"라고 말한 셈이고, 여자는 "저는 순결합니다"라고 말한 셈이 된다.

• 모든 사람들에게 한 시울의 눈물을 줄 수 있는 작은 책

여기서 '눈물'은 무엇인가를 상징하고 있다. 무엇을 상징하고 있는 지는 문장 속에 구체적으로 드러나 있지 않다. 하지만 우리는 '눈물'이 어떠한 '감동'이나 '공감'을 의미한다는 것을 금방 알아챌 수 있다.

• 소박하기도 벅차기도 한 이내 꿈들을 언제……
• 내게는 꿈이 있다.

여기서 '꿈'은 무엇을 상징하는 것일까? 각자 생각해보기 바란다. '장미'를 가지고, 직유법, 은유법, 상징법의 차이를 살펴보자.

	원래의 말(생각)	연결고리	비유가 동원된 말(생각)
직유법	정열적인 사랑	처럼	빨간 장미
	→ 빨간 장미처럼 정열적인 사랑		
은유법	내 사랑은	생략	빨간 장미
	→ 내 사랑은 빨간 장미이다.		
상징법	생략	생략	빨간 장미
	→ 장미		

상징법은 일상생활 속에서도 흔히 쓰인다. 예를 들면 다음과 같은 것들이다.

한승원의 소설쓰는 법

- 깃발 : 그 나라, 그 학교, 그 단체를 상징한다.
- 국화(나라꽃) : 그 나라 그 민족의 국민성과 민족성을 상징한다. 우리의 나라꽃은 무궁화이고, 북한의 나라꽃은 진달래이며, 일본의 나라꽃은 벚꽃이다.
- 황금 : 재물을 상징한다. 예) 황금 보기를 돌같이 하라. 황금에 눈이 어두워서…… 등등.
- 우리의 태양 : 우리의 희망, 우상을 상징한다.
- 서울의 달 : 서울의 가난한 사람들의 꿈을 상징한다. 여기에서 꿈은 신분상승을 위한 노력을 뜻한다.
- 곱슬머리와 옥니 : 오기와 집념이 강하고 영악한 사람을 상징한다.
- 뿌리 : 전통, 근본을 상징한다.
- 날개 : 자유나 상승할 수 있는 도구를 상징한다.

또한 상징법은 산문보다 시에서 더 많이 쓰인다.

창공을 움켜쥔 적이 있었다.

창공도 별것이 아니다.

내 손아귀 속에서 펄럭펄럭 가슴 두근거리고 있었다.

처마 구멍에 그물을 받치고 잡아 낸 참새 한 마리

그 참새와 한 구멍에 있다가 푸르륵

어둠을 가르고 날아간 다른 참새는

어느 창공을 헤매고 있을까

그때 실수로 날려보낸 참새의

발목에 묶어 놓은 내 가슴속의 명주실 꾸리는 계속 풀렸고

어른이 되었다.

나는 지금 내 손아귀 속에 가슴 두근거리던

그 참새같이 누군가의 거대한 손아귀에

잡혀 있다. 그는 나를 놓아 주지 않는다.

서울에서 부산으로

부산에서 제주로

제주에서 광주로

광주에서 서울로

날고 또 날아 보아도 나는

내내 붙잡혀 있는 참새 한 마리일 뿐.

— 한승원의 「새」

　여기서 '새'는 자유를 상징하고 있다. 또 그것을 붙잡고 있는 것은
그 새를 억압하는 어떤 거대한 존재이다. 다시 말해, 사람의 힘으로
는 어찌할 수 없는 하느님이라든지 부처님이라든지, 혹은 나를 지배
하는 사랑하는 사람이라든지…….

의인법을 써서 자연이나 사물을 친근하게 표현하라

의인법은 사물이나 동물도 사람처럼 생각하는 비유법이다.

의인법은 세상에 존재하는 모든 것을 사람으로 여기고, 그것의 모양새나 움직임을 사람의 그것인 것처럼 표현하는 방법이다.

- 간지럼을 먹이듯 불어오는 따스한 바람에 부끄러워 고개 숙이는 아카시아 잎사귀들.
- 잉크병, 그는 언제나 말없이 앉아 있다.
- 도시락 뚜껑은 나를 향해 눈물을 흘리고 있었다.
- 함께 늙어 온 그와 나는 늘 서로의 눈을 들여다보곤 한다. 내 우울을 먼저 알고 그는 꼬리를 치면서 산책을 하자고 조른다. 그는 앓을 때 나한테 미안해한다. 나를 위하여 함께 즐길 수 없음을 사과하듯이 여리게 꼬리를 치면서 안타까워한다.

— 한승원의 「개에 관한 이야기」 중에서

활유법을 써서 죽어 있는 것을 살아 움직이는 것처럼 보이게 하라

활유법은 죽어 있는 것에게 생명을 불어넣는 비유법이다.

우주에는 살아 있는 것(생물)과 죽어 있는 것(무생물)들이 있다. 가령 바위나 돌이나 산이나 강이나 바다는 죽어 있는 것이고, 사람, 뱀, 닭, 소, 소나무, 메뚜기, 파리, 벌, 애벌레 따위는 살아 있는 것이다. 죽어 있는 것들을 살아 있는 것처럼 표현하는 것이 활유법이다.

- 강물은 슬피 울면서 꿈틀거리며 달려가고 있었다.
- 나무들도 우쭐우쭐 춤을 추고, 시냇물도 소리쳐 노래하고 있다.
- 자동차들은 눈을 부릅뜨고 식식거렸다.
- 시(市)를 남북으로 나누며 달리는 철도는 항만의 끝에 이르러서야 잘려졌다. 석탄을 싣고 온 화차(貨車)는 자칫 바다에 빠뜨릴 듯할 머리를 위태롭게 사리며 깜짝 놀라 멎고, 그 서슬에 밑구멍으로 주르르 석탄 가루를 흘려 보냈다.

— 오정희의 「중국인 거리」 중에서

활유법과 의인법은 어떻게 다를까?

의인법은 반드시 그 대상을 사람으로 여기고 표현하는 것이며, 활유법은 책상이나 바위 같은 무생물들을 생물로 여기고 표현하는 것이 그 차이점이다.

풍유법을 써서 농담하듯이 해학적으로 진리를 말하라

풍유법은 사람들의 잘못을 꼬집는 비유법이다.

① 당나귀 두 마리가 길을 가고 있었다. 앞에 가는 당나귀는 황금 보따리를 싣고 가고, 뒤에 가는 당나귀는 보리 자루를 싣고 갔다. 황금을 실은 당나귀는 기세당당하게 가고 있었으므로 방울이 요란스럽게 딸랑거렸고, 보리를 실은 당나귀는 기가 죽어 있었으므로 방울 소리가 그리 크게 나지 않았다.

얼마나 갔을까. 별안간 산모퉁이에서 도둑들이 나타나더니 방울 소리가 요란한 당나귀를 죽여버린 뒤, 황금을 모두 빼앗아 갔다. 살아난 당나귀는 후유 하고 안도의 숨을 내쉬면서 생각했다. 황금을 싣지 않기를 얼마나 잘한 일이냐, 하고.

② 이 세상에서는 너무 호화롭고 너무 당당하고 너무 오만하면, 사람들의 표적이 되어 해를 입을 수 있는 법이다.

—『이솝 우화』 중에서

①에서는 동물들의 이야기를 그냥 재미있게 늘어놓았고, ②에서는 독자들에게 경고를 하고 있다.

- 송충이는 솔잎을 먹어야지 갈잎을 먹으면 죽는다.
- 혹을 떼러 갔다가 되레 하나 더 붙이고 왔다.
- 초저녁에는 살이 통통하게 찐 암송아지나 한 마리 잡았으면 하고 바라던 호랑이가, 새벽녘이 되니까 비루먹은 강아지라도, 쥐나 개구리라도, 하루살이라도 한 마리 잡혔으면 한다.
- 절이 싫으면 중이 떠난다.
- 하룻강아지 호랑이 무서운 줄 모른다.

이러한 속담을 비유로 표현하는 것도 풍유법이다. 즉 풍유법은 인간들의 잘못된 행동을 직접적으로 꼬집는 것이 아니라, 속담이나 우화 등에 빗대어 표현하는 방법이다.

속담은 선조들로부터 전해내려온 보석 같은 지혜의 말이다. 민족의 정서가 고스란히 담겨 있고 해학과 재치가 깃들어 있다. 우리 민족의 생활과 정서를 제대로 이해하고, 그것을 잘 드러내는 글을 쓰려면 속담 공부를 하는 것이 좋다. 그리하여 글을 쓸 때 속담을 직접 활용해본다면 더욱 유익할 것이다.

반어법을 써서 역설적으로 진리를 표현하라

반대되는 말을 겉으로 내세우고 진리를 속에 감추는 표현법이다.

> 이성계는 무학 대사를 시험해 보기 위해,
> "자세히 보면 대사는 영락없는 돼지야" 하고 말했다.
> 무학 대사는 얼굴빛 하나 변함없이 말했다.
> "상감께서는 부처님 같사옵니다."
> 그 일이 있고 난 며칠 뒤, 한 신하가 무학 대사를 추궁하였다.
> "대사께서는 어찌하여 그러한 모욕을 당하고도 화 한 번 내지 않고, 도리어 왕에게 아첨만 하셨소이까?"
> 무학 대사는 신하의 말을 듣고 빙그레 웃으면서 대답했다.

한승원의 소설쓰는 법

"당연하지 않습니까? 돼지의 눈에는 돼지만 보이고, 부처님 눈에는 부처님만 보이는 법이니까요."

옛날 이름 높은 스님들이 주고받았다는 말(선문답)들에는 이렇듯 우리 마음을 통쾌하게 씻어주는 맛이 있다.

이성계가 "대사는 영락없는 돼지야"라고 한 말은 언뜻 보기에 하나의 은유법에 지나지 않는다. 또 무학 대사가 "상감께서는 부처님 같사옵니다"라고 한 것도 직유법에 지나지 않는다. 그러나 훗날 무학 대사가 신하에게 한 말에는 어마어마한 뜻이 숨어 있다.

"돼지의 눈에는 돼지만 보이고, 부처님 눈에는 부처님만 보이는 법이라니까요."

무학 대사를 돼지라고 말한 이성계는 돼지처럼 천하고 안목 없는 눈을 가진 사람이 되고, 이성계를 부처님이라고 한 무학 대사는 부처님처럼 지혜로운 눈을 가진 자비로운 사람이 된 것이다.

이와 같이 나타내려는 뜻과 반대되는 말을 앞으로 내세우는 표현법을 반어법이라고 한다.

가령, 어른이 타이르는 말을 듣지 않은 채 장난을 치고 까불거리던 아이가 땅바닥에 넘어졌다고 하자. 그때 어른들은 대개 "아이고, 잘한다!" 하고 말한다. 그러나 그것은 '진정으로 잘했다'는 뜻도 아니고, '아이고, 네가 다치니 내 마음이 시원하다'는 뜻도 아니다. '그것 보아라. 어른 말을 듣지 않더니 그렇게 다치지 않느냐? 앞으로는 어른의 타이름을 잘 받아들여야 한다. 알겠느냐?' 하는 뜻인 것이다.

이러한 반어법에는 상대방을 비꼬아서 말하려 하는 의미를 한층 더 강조하는 익살과 해학과 유머가 담겨 있다.

도치법이란 무엇인가

　문장의 배열순서를 바꾸어놓음으로써 강한 인상을 주는 표현법을 도치법이라고 한다. 이것은 흔히 특정한 내용을 강조하거나 문장에 변화를 주려고 할 때 쓴다.

- 보고 싶어요, 붉은 산이, 그리고 흰 옷이!
- 보십시오, 얼마나 장엄한지를.
- 안녕하십니까, 여러분.
- 왔구나, 봄이.
- 울렸네, 새벽종이.
- 아아 잊으랴, 어찌 우리 이 날을.

　이 문장들은 모두 문장의 배열순서를 앞뒤로 바꿔놓은 것이다. 그 바뀐 순서를 제자리에 놓으면 다음과 같다.

- 붉은 산이, 그리고 흰 옷이 보고 싶어요!
- 얼마나 장엄한지를 보십시오.
- 여러분, 안녕하십니까.

- 봄이 왔구나.

- 새벽종이 울렸네.

- 아아, 우리 이 날을 어찌 잊으랴.

- 그 색시 서럽다. 그 얼굴 그 동자가

  가을 하늘 가에 도는 바람 씻긴 구름 조각

  핼쓱하고 서느라워 어디로 떠갔으랴.

  그 색시 서럽다. 옛날의 옛날의.

— 김영랑의 「그 색시 서럽다」

인용법을 써서 자기 주장이 옳음을 증명하고 글의 권위를 세워라

인용법은 다른 사람의 말을 인용하는 표현법이다. 다른 사람의 말이나 격언, 속담, 일화 등을 인용하여 자기 주장을 뒷받침하는 것이다.

적절한 인용은 자기 주장에 대한 신뢰도를 높이고, 또 글의 흐름에 변화를 주어 단조로움을 피할 수 있게 한다.

- 일찍이 타고르가 '한국은 동방의 등불'이라고 말했듯이…….

- 석가모니가 마음을 비우라고 한 것처럼, 우리도 겸허한 마음으로 그 일에 착수해야 한다.

- 예수가 가난한 자는 복이 있다고 했듯이, 헛욕심을 부리지 않고 성실하게 사는 사람은 반드시 복을 받게 된다.

- 인생은 짧고, 예술은 길다고 누군가 그랬듯이…….
- 어느 성인이, 다른 사람을 사랑하면 그 사람들이 자기를 마찬가지로 사랑해 준다고 말했듯이…….
- '인생은 한 권의 책이요, 우리는 태어나서 죽을 때까지 매일 그 한 페이지를 창작한다.'『파랑새』의 저자 메테를링크의 이 말은 인생을 책에 비유한 명언이다.

문답법을 써서 글에 변화를 주어라

스스로 묻고 대답하는 표현법이다. 글 쓰는 사람이 스스로 묻고 대답하는 문답법은 답답하고 지리한 글에 변화를 줄 뿐만 아니라 읽는 이로 하여금 그 말에 대해 생각하게 하는 효과가 있다. 문답법은 읽는 이들을 글 속으로 끌어들이는 강한 힘이 있어서 연설문에 많이 쓰인다.

- 우리는 왜 자연을 보호해야 합니까? 그것은 자연이 곧 우리를 보호하기 때문입니다.

① 여러분은 왜 공부를 해야 하는가. 정녕 누구를 위해서 하는 공부인가. 부모를 위해서인가, 형제들을 위해서인가.
② 내가 공부를 하는 것은 지금보다 더 나은 삶을 살기 위해서이

며, 또한 나의 발전을 위해서이다. 그리고 나의 발전은 나라와 민족과 인류의 발전을 가져오는 것이다.

①에서는 질문을 던져서 읽는 이의 생각을 유도한 다음, ②에서는 대답을 했다. 그 대답은 곧 글쓴이의 주장이라고 할 수 있다.

> • 선이란 무엇인가? 위엄을 바라는 마음을 높이는 모든 것이다. 사람이 가진 힘 자체이다. 악이란 무엇인가? 약함으로써 일어나는 모든 것이다. 행복이란 무엇인가? 위엄이 커짐을 느끼고 저항을 이겨냈다고 느끼는 일이다.
>
> ―니체

점층법을 써서 독자의 주의를 끌어라

정도나 범위를 점차 높여가는 표현법이다. 지도책을 펴보면, 산에는 낮은 곳에서 높은 곳으로 올라가는 등고선이 그려져 있다. 정상까지 제대로 오르기 위해서는 그 등고선에 따라 한 걸음씩 위쪽으로 올라가야 한다. 글도 마찬가지이다. 가장 작은 것에서 점차 큰 것으로 나아가거나, 아니면 덜 중요한 것에서부터 점점 더 중요한 것으로 나아가야 한다.

- 사람은 집에서 부모의 아들딸 노릇을 해야 하고, 학교에서는 그 학교의 학생 노릇을 해야 하고, 동네에서는 동네 사람 노릇을 해야 하고, 그 민족 속에서는 민족의 한 구성원 노릇을 해야 하고, 그 나라 안에서는 그 나라의 국민 노릇, 더 나아가 세계에서는 세계인으로서의 노릇을 충실히 하지 않으면 안 된다.

한 마디를 더할 때마다 그 정도나 범위, 또는 그 중요성이나 강도를 점점 높여가는 표현법을 점층법이라 한다. 처음에는 작은 이야기로 시작해서 읽는 이를 잔잔히 끌어들이다가, 나중에는 읽는 이의 감정을 최고조로 이끌어갈 수 있기 때문에 점층법도 문답법처럼 연설문에 많이 쓰인다. 점강법은 점층법과 반대되는 표현법이다. 즉 점강법은 큰 데서 작은 데로 범위를 조금씩 좁혀가면서 글의 내용을 강조하는 표현법을 가리킨다.

- 저 끝에선 황소만하게 밀려오던 파도가 방파제께로 올수록 작아져 강아지만 해지고 곧 암탉으로 되더니, 이윽고 둑에 철썩 부딪히면서 점점이 물보라를 일으키며 사라진다.

열거법을 써서 내용을 강조하라

열거법은 서로 비슷한 성격을 지닌 낱말들을 죽 늘어놓음으로써

한승원의 소설쓰는 법

그 내용을 강조하는 표현법이다.

- "그 반 반장이었던 영식이 형, 또 지난번 백일장에서 장원한 찬일이 형, 총학생회장 규정이 형, 생활반장 종석이 형도 옆에 있었는데, 다들 그러더라. 믿기 싫으면 관둬. 괜스레 깝죽거리다가 된통 혼나 보라구."
- 들국화, 쑥부쟁이, 코스모스, 장다리는 모두 가을 꽃이다.
- 들판 한가운데 서 있는 한 그루의 소나무는 무척 외로워 보이지만 사실은 그렇지 않다. 그의 옆에는 들과 강과 바다를 건너온 바람이 있고, 또 구름과 별과 달과 해와 이슬, 그리고 합창하는 새들과 벌레들이 열심히 자기 표현을 하고 있으므로.

소설쓰기에서 '장치' 혹은 소도구란 무엇인가

소설가들은 자기 소설의 주제를 도출해내기 위해 여러 가지 장치들을 사용한다. 그것들은 연극에서 소도구(장치)의 역할을 한다.

「춘희」라는 연극에서 주인공 춘희가 들고 있는 동백꽃이 소도구이다. 그 동백꽃은 어떤 장면에서는 흰 동백이다가 다시 어떤 장면에서는 붉은 동백으로 등장한다.

김훈의 『화장(火葬)』에는 다비라는 뜻의 화장과 얼굴을 곱게 꾸미는 '화장(化粧)'과 개가 장치로서 사용된다. 죽음을 향해 가는 인간의 참담한 실존을 극명하게 묘파한 이 소설은 화장과 화장, 개와 나의 전립선염 이야기가 이중주 삼중주로 연주된다.

이승우의 소설 「나는 아주 오래 살 것이다」를 분석해보면 재미있는 세 개의 장치를 발견하게 된다.

① 주인공 '나'가 딸의 권유에 따라 건강회복(수명 연장)을 위하여 목공 기술을 습득하는 과정에서 관(棺)을 만든다. 그 속에 들어가 누우니 편안해진다.

② 어린 시절 술에 취해 들어온 폭군 같은 아버지를 피하기 위해 다락에 있는 뒤주에 들어간 이야기이다. 그 속에 들어갔다가 편안해져서 잠이 들어버린 기억이 있다.

③ 내가 한 여행단을 따라 아내와 함께 여행을 갔다가 산 중턱의 동굴 속에 들어갔다가 그곳이 편안해지자 잠이 들어버림으로써 일행들이 그를 찾느라 소동이 일어난다.

①②③의 장치는 자궁을 상징하는 일화들이다. 그 세 가지 장치는 주제를 확실하게 도출하는 구실을 한다. 자궁은 생명을 낳은 곳이면서 동시에 그 생명의 병을 치유해주는 신성한 시공이다.

소설 「나는 아주 오래 살 것이다」는 노조 파업으로 사업이 망해버리자 울화증에 걸려 건강이 극도로 악화된 주인공이 모든 것으로부터 벗어나 자궁 회귀를 함으로써 새로이 거듭난다는 이야기이다.

한편, 임철우의 「개도둑」에서는 개와 손가락들이 장치로 활용된다. '개'는 주인공이 놓치고 있는 어떤 세계를 형상화시켜준다. '손가락'은 인간의 밝은 인정과 어두운 비정함을 함께 보여준다. 계모의 손가락은, 다른 사람들이 보는 곳에서는 의붓아들을 쓰다듬고 다독

여주며 곰살갑게 하지만, 보지 않은 곳에서는 꼬집어 뜯고 쥐어박는다. 그 손가락은 빛과 어둠의 양면성을 가지고 있는 흉측한 것이다.

한강의 『여수의 사랑』에서는 많은 장치들이 사용된다.

먼저, 아무도 돌보아주지 않은 고아인 '자흔'이 가지고 다니는 '금붕어'가 있다. 자흔은 금붕어를 보호해주면서 누군가로부터 보호받고 싶어하는 자신의 욕구에 대해 대리 충족을 얻는다.

그리고 주인공인 나의 머리에 그려진 '여수 앞바다에서 바람에 두들겨 맞으며 울부짖고 있는 녹슨 철선'이 등장하는데, 이것은 주인공의 신세를 말해준다.

또한 자흔의 '차표'는 여수로 가고 싶은 이루지 못할 소망을 상징한다.

한승원의 「목선」에서는 목선이 장치이다.

'영어에서 배는 he가 아니고 she이다'라는 유치환의 「상선」이란 시 한 구절이 있다.

두 남자가 목선 한 척을 서로 소유하기 위하여 싸우는데, 그것은 과부 '양산댁'과 동격이다.

로맹가리의 『새들은 페루에 가서 죽다』에서는 '새'가 중요한 장치이다. 이 소설 속 화자는, 새들은 왜 하필 페루의 리마 해안에 와서 죽는 것인지, 그 까닭을 말해주는 사람은 아무도 없다고 진술한다. 새들은 모래밭에 떨어져 퍼덕거리는데 아이들은 그들을 발로 밟아 죽인다. 이 소설 속의 주인공은 다른 곳에서 갖은 세파에 시달리다가 절망하여 리마 해변에서 자살하려 한다.

로맹가리의 『하늘의 뿌리』에서는 두 가지의 커다란 장치가 있다.

　　　　　　　　　　　　　　　한승원의 소설쓰는 법

하나는 '숙녀'이고 다른 하나는 '풍뎅이'이다. 그것들은 주인공이 포로생활을 하면서 경험한 것들이다.

포로들은 감시병들의 학대 속에서 살아 배기려고 본능적으로 비굴해진다. 감시병 쪽에서는 포로들의 비굴함을 즐긴다. 어느 날 그 포로들 앞에 숙녀 한 사람이 나타난다. 그 숙녀는 한 장교였던 포로의 깍듯한 대접을 받으며 그의 손을 잡고 등장한다. 물론 그 숙녀는 비가시적인 숙녀이다. 장교는 그녀를 정중하게 맞은편 자리에 앉히고 신사적인 행동을 한다. 옆의 다른 포로가 신사답지 못한 행위를 하면 숙녀 앞에서 할 짓이냐고 꾸짖는다. 이후 포로들의 행동이 달라졌다. 포로들은 숙녀 앞에서 비굴해지지 않고, 신사로서 당당해진다.

감시병들은 포로들이 전처럼 비굴하게 행동하지 않은 것에 놀란다. 그리고 그 이유가 포로들 가운데 나타난 숙녀라는 것을 알고, 그 숙녀를 빼앗아가려고 한다. 그렇지만 어떠한 방법을 써도 그 숙녀를 빼앗아갈 수 없고, 포로들은 의젓한 행동을 하면서 감시병들을 곤혹스럽게 한다.

등과 머리를 땅에 대고 드러누운 풍뎅이는 여섯 개의 발을 허우적거리고 있다. 몸을 뒤집어야 기어갈 수 있고 날아갈 수 있지만, 그렇게 하지 못하고 고통스러워하고 있다. 아무도 그것을 뒤집어주려 하지 않는데, 주인공이 그것을 뒤집어준다.

한승원의 『흑산도 하늘 길』에서의 장치는 '승률조개'이다. 스님들의 머리처럼 생긴 그 승률조개. '어느 날 파랑새 한 마리가 그 조개 속으로 들어갔는데, 또 어느 날 보니 그 새가 창공으로 날아갔다'고 어부가 말했다. 그것은 주인공 정약전이 그의 『현산어보』라는 책 속에서 승률조개에 대하여 기록한 일화이다.

그 장치로 사용된 심연 속의 승률조개 껍데기는 흑산도이고, 그 승률조개 속으로 들어간 파랑새는 정약전인 것이다. 창공으로 날아간 파랑새는 자유자재의 삶을 말한다.

한승원의 『아버지와 아들』 속에는 '쥐 잡이에 대한 해괴한 수수께끼'가 장치로 사용된다.

> 커다란 독 위에 십(十)자로 된 유인 기구를 만든다. 세로 축의 막대는 독의 시울에 걸쳐놓고, 가로축의 막대는 짧게 하고, 양쪽 끝에 구운 갈비 조각을 달아 놓는다. 쥐는 그것을 먹으려다가 독 속으로 떨어져 갇힌다. 또 다른 한 놈이 갈비 조각을 먹으려다 떨어진다. 두 마리의 쥐는 굶주린 끝에 상대를 잡아먹는다. 그리고 다른 쥐 한 마리가 또 갈비 조각을 먹으려다가 밑으로 떨어진다. 기존의 쥐는 신참 쥐를 잡아먹는다. 이러한 일이 거듭되면서 세월이 흐르고 나면 모든 쥐를 잡아먹으며 살아남은 쥐는 쥐 잡이의 (고양이 역할의) 쥐가 된다. 그놈을 독 밖으로 내보내면 그놈은 평생 동안 쥐만 잡아먹으며 사는 것이다.

'과연 그 쥐는 고양이 역할을 하며 살까, 그렇지 않을까.' 수수께끼는 그것이다.

한승원의 『검은댕기두루미』에서는 '검은댕기두루미'라는 새와 '둔갑한 여우 이야기'가 장치로 사용된다.

검은댕기두루미는 혼자 외롭게 살면서 외로운 모습으로 사냥을 하는 새이다.

다음은 『검은댕기두루미』에 실린 둔갑한 여우 이야기 부분이다.

옛날 왕씨 성을 가진 사람이 과거를 보러 가는데, 눈처럼 하얀 여우 두 마리가 사람같이 뒷다리로만 서서 종이 한 장을 들고 들여다보며 무슨 이야기인가를 주고받고 있었다. 키 작은 여우가 한쪽 앞발로 종이 한 장을 들고 다른 한쪽 앞발로 그것을 가리키면서 속삭였다. 마주선 여우는 심각한 표정으로 그 말을 듣고 있었다. 그것을 발견한 왕씨는 여우들을 향해 "야!" 하고 소리를 질렀다. 그 여우들은 그의 외침을 아랑곳하지 않았고 달아나려고 하지도 않았다. 왕씨는 달려들어 종이를 낚아채버렸다. 여우 두 마리가 빼앗긴 것을 되빼앗으려고 덤벼드는 것을 왕씨는 발길로 차기도 하고 주먹을 휘두르기도 하여 여우들을 쫓았다. 몸집 작은 여우는 눈두덩을 호되게 얻어맞고, 좀 살가운 여우는 옆구리를 차인 채 켕켕하고 울부짖으며 달아났다. 종이에는 알아볼 수 없는 글씨들이 씌어 있었다.

그는 그것을 주머니에 접어넣고 주막으로 갔다. 이 종이에는 필시 어떤 은밀한 사연인가가 적혀 있을 것이다 싶었다.

여남은 명의 과거꾼들이 술이나 밥을 시켜 먹고들 있었다. 왕씨는 그들을 향해 금방 자기가 백 년 묵은 여우 두 마리와 결투를 하고 그들에게서 빼앗은 종이에 대하여 이야기를 하였다. 그때 주막의 사립으로 괴나리봇짐을 짊어진 체구 작달막한 남자 하나가 들어왔다. 그 작달막한 남자는 눈두덩에 퍼런 멍이 들어 있었다. 그 남자는 으스대는 왕씨의 무용담을 한동안 듣고 있더니, 어디 그 여우들에게서 빼앗았다는 종이를 한 번 보자고 말했다.

왕씨가 주머니에서 문제의 그 종이를 꺼내려 하는 순간 평상 가장자리에 앉아 국밥을 먹고 있던 한 손님이 눈두덩에 멍든 남자를 가리키며 "여우다!" 하고 소리를 질렀다. 그는 멍든 나그네의 바짓가랑이 사이로 나온 여우의 꼬리를 발견한 것이었다. 눈두덩에 멍이 든 남자는 재빨리 여우로 변하여 달아나버렸다. (중략)

왕씨는 자기 주머니 속에 들어있는 그 종이에 대한 궁금증 때문에 견딜 수가 없었다. 꺼내어 펼쳐보았다. 너무 난삽하게 흘려쓴 글자들이라 읽을 수가 없었다. 이것은 과거시험에 나오게 될 글제일 터이다. 과거에 거듭 낙방한 어느 한 많은 귀신이 이렇게 베껴낸 것일 터이다. 이것만 풀이한다면 나는 장원급제를 할 것이다. 앞으로 여우가 어떤 술책으로 빼앗으려 할지라고 나는 절대로 속아넘어가지 않으리라. 그는 그 종이를 주머니에 넣고 이를 악물었다.

강나루에 이르렀을 때 왕씨는 소스라쳐 놀랐다. 시골에서 농사를 지으며 살고 있어야 할 그의 젊은 아내와 머리 희끗희끗한 어머니가 나귀등에 봇짐을 실은 채 나룻배를 기다리고 있었다. 왕씨가 달려가서 대관절 어찌된 일이냐고 물었다. 어머니가 말했다.

"네가 정승댁의 책사가 되어 살게 되었다고 하루속히 집안 살림살이를 정리하고 서울로 올라오라고 하여 이렇게 올라가는 길이다."

그의 아내는 주머니에서 그가 서울에서 만나자고 써 보낸 편지를 내놓았다. 왕씨는 그 편지를 들여다보았다. 거기에는 아무런 글자도 씌어 있지 않았다.

왕씨는 "아아!" 하고 탄식을 했다. 그 여우란 놈들이 둔갑을 해서

한승원의 소설쓰는 법

우리 집안을 이렇게 망쳐놓고 있구나. (중략)

바야흐로 나룻배가 건너오고 있었고, 산굽이의 자드락길에서 한 나그네가 그 나룻배를 타기 위해 헐레벌떡 달려왔다. 어머니가 그 나그네를 보고 깜짝 놀라 소리쳤다.

"아니, 이것이 누구냐!"

왕씨는 그 나그네가 다름아닌 10년 전에 집을 나간 동생임을 알아차렸다. (중략)

동생이 눈물을 닦으며 어찌하여 망하게 되었다는 것이냐고 물었다. 왕씨가 여우에게 희롱당한 이야기를 모두 했다. 그러자 동생이 "대관절 무슨 종이인데 집안을 망하게 했다는 것입니까? 어디 한번 봅시다" 하고 말했다.

왕씨가 주머니에서 그것을 꺼내주었다. 그것을 받아든 동생이 들여다보더니, 빙긋 웃고 "아아, 이것! 아이고, 이것이 이제야 내 손에 들어왔네" 하며 그것을 움켜쥐고는 몸을 획 돌렸다. 왕씨가 "어!" 하는 사이에 동생은 여우로 변신하여 도망을 쳐버렸다. 물론 어머니와 아내와 나귀도 여우로 변신하여 앞서간 여우를 뒤따라 도망쳤다.

—『검은댕기두루미』 315~317쪽에서

소설가들은 왜 소설 속에 어떤 장치를 마련하는가. 그것은 주제를 형상화시키기 위해서, 다시 말해 그림 그리듯이 독자에게 보여주기 위해서이다.

제14강

'말[言]'은 우리를 어떻게 배반하고
어떻게 절망하게 하는가

말이 인간을 배반한다

   중학시절, 자취를 하던 나는 점심을 굶곤 했는데, 나보고 도시락을 함께 먹자고 말을 한 부잣집 친구에게 도리질을 하며 "너나 먹어라" 하고 말했다가 심하게 다투었다. 불행히도 그 친구에게서는 노린내가 심하게 났는데, 그것을 아는 친구는 유다르게 몸을 청결하게 하곤 했다. "더럽단 말이야?" 하고 거절의 이유를 따지는 친구의 말에, 나는 "무슨 소리야? 우리 반에서 너처럼 깨끗한 아이가 어디 있는데?" 하고 말을 했는데, 친구는 "이 자식아, 놀리지 마!" 하고 말한 것이었다.

                                  한승원의 소설쓰는 법

내가 뱉은 말이 나를 배반하고, 그 배반한 말을 달래려고 뱉은 말이 나를 더욱 곤혹스럽게 배반했다.

말의 전달하는 기능은 완벽하지 않다

우리가 사용하는 말은 하나의 허상에 지나지 않는다.

내가 '내 남쪽의 고향 바다'를 떠올리며 '바다'라고 말했을 때, 그 말을 들은 사람들은, 자기 출신지와 경험에 따라 '바다'를 여러 가지로 달리 연상하게 된다.

이때 '바다'는 하나의 '관념'이 된다. 어떤 관념에 대한 인식이나 해석은 그것을 인식하는 사람의 삶에 제한받는다. 사람들은 자기 귀의 사이클에 걸리는 말만 듣지 걸리지 않은 말은 듣지 못한다. 사람은 참으로 미련한 동물이어서 자기가 볼 수 있는 것만 보지 볼 수 없는 것은 보지 못한다.

내 바닷가 산 언덕에 지은 허름한 작가실에 '해산토굴'이란 현판을 걸어놓았더니, 군청 문화관광과에서 마을 앞 골목의 어귀에다 안내 입간판을 세워놓았다. 네모반듯한 바다 색깔의 판에 검은 글씨로 '해산토굴 500미터'라 쓰고 화살표 하나를 그려놓았다.

어느 날 밤에 한 남자가 문을 두들겨서 나가보니 "여기 부처님 모셨습니까?" 하고 물었다. 나는 빙긋 웃으면서 도리질을 하고 건너편에 있는 암자를 가리켜주었다.

어느 날 한낮에, 200미터 아래에 있는 살림집으로 점심을 먹으려고 나가는데 승용차 한 대가 주차장으로 들어왔다. 차에서 50대쯤의 남자가 내렸다. 내가 무슨 일로 오셨느냐고 물으니, 그가 물었다.

"여기 새우젓 팝니까?"

나는 어처구니없어서 도리질을 세차게 하며 대답했다.

"여기는 제 작가실입니다. 저는 글을 쓰는 사람이거든요."

그는 불쾌해하며 돌아갔다. 그의 심사를 추정하건대, '빌어먹을 새우젓도 팔지 않으면서 왜 토굴이란 말은 붙여가지고 사람을 헷갈리게 하는 거야!' 하고 투덜거렸을 터이다.

그의 안목을 비웃으며 그의 차 꽁무니를 보고 살림집으로 내려가던 나는 '아, 그렇다!' 하고 깨달았다. 내 작가실인 '해산토굴'은 풋늙은이인 내가 맛깔스러운 소설을 쓰는 공간이다. 새우젓을 사러온 그는 '토굴 속에서 아주 고소하게 곰삭은 새우젓'을 떠올린 것이다. 그렇다면 곰삭는다는 점에서 그것이 그것이다.

그는 새우젓을 늘 생각하며 살아온 사람(장사꾼)인만큼 '해산토굴'을 새우젓을 곰삭게 하는 공간으로 알아보았고, 나는 '새우젓을 곰삭게 하는 공간'이나 '소설을 곰삭게 하는 공간'이나 그것이 그것이라고 장사꾼인 그의 내방을 즐겁게 해석한 것이다.

이와 같이 모든 사람들은 자기의 눈높이에 따라 사물과 세상을 읽는다.

내가 뱉은 '바다'라는 말, 그것은 결국 하나의 관념이므로 사람들은 그것을 자기 눈높이의 언어로 번역하여 듣고 자기 눈높이에 알맞게 연상한다.

한승원의 소설쓰는 법

예를 들면, 다음과 같은 것들이다.

- 바다에 한 번도 가보지 못한 여자는 내 '바다'란 말을 듣고 자기 아이를 데리고 소아과 병원에 가서 본 '금붕어 헤엄치고 수차 돌아가는 수족관의 물'을 떠올리게 된다.
- 해수욕장에 캠핑을 갔다가 성폭력을 당한 여자는 내 '바다'를 두렵고 무섭고 치욕적인 시공으로 연상하게 된다.
- 어린 시절에 해수욕장에 갔다가 어머니가 사준 흰 운동화를 잃어버린 사람은 내 '바다'에 대하여 흰 운동화 분실로 인하여 입은 상처와 짠하고 안타까운 마음을 가지게 된다.
- 강릉에 사는 사람은 내 '바다'란 말을 듣고, 자기 고향의 일망무제로 탁 트인 동해와 수평선 위로 떠오르는 해를 떠올리게 된다. 내 '바다'란 말에서 갯벌과 거기 기어다니는 꽃게나 송장게, 낙지 따위를 연상하지 못한다.
- 군산이나 변산 등 서해안이 고향인 사람은 내 '바다'라는 말을 듣자 서해의 새빨간 낙조와 드넓은 갯벌과 새만금 방조제를 떠올리게 된다.

그런데 내 고향 바다는 사방이 섬으로 둘러싸인 호수같이 조용하고, 썰물 때에는 갯벌이 진한 회색으로 드러나기도 하는 바다이다. 게와 낙지와 주꾸미들을 얼마든지 볼 수 있다.

인간은 상대의 말을 자기 나름으로 번역하면서 살기 때문에, 말을 하는 나는 내 '바다'란 말이 제대로 전달되지 않으므로 절망하게 된다. 절망을 뛰어넘으려면, 즉 내 '바다' 속에 들어 있는 사념과 정서와 사상을 제대로 담아 전하려면 어떻게 해야 하는가.

내 고향의 '바다'를 형상화시켜야 한다. 형상화시키는 것은 '바다'를 제대로 표현한다는 것이다. 즉 그림 그리듯이 표현하여 보여준다는 것이다.

형상화란 무엇인가

자기 정서나 사상을 전달하기 위하여 지껄인 모든 말은 하나의 관념이므로, 소설가는 그 관념의 하부구조를 만들어 그림 그리듯이 독자에게 보여주어야 한다.

> "아이고 이 머슴애, 너 말 잘했다. 우리가 쓰는 관념어 하나하나가 시퍼런 강 물줄기인 거야."
>
> 이계두가 갑자기 눈살을 찌푸리고 고개를 살래살래 저으면서 말했다.
>
> "이 가시내야, '우리'라고 말하지 말고 '나'라는 1인칭을 써서 말해. 그것은 네 혼자만의 아둔하고 편벽된 생각일 뿐이니까."
>
> 허소라는 1인칭을 쓰라는 그의 말에 절망하여 차가운 고독감 속으로 빠져들면서, 자기가 쓰는 비유의 세계와 이계두가 쓰는 관념어의 세계에 대하여 말하고 싶은 충동을 느꼈다.

"야, 이 머슴애야, 잠자코 들어봐! 내가 대학에 들어갔을 때, 우리 어머니는 나에게 '법(法)' 공부를 하라고 말씀하셨지. 만일 내가 여성 판사나 검사를 꿈꾸며 골방에 들어앉아 고시 공부를 하겠다면 당신 몸을 팔아서라도 끝까지 뒷바라지를 해주시겠다고 말했지. 어머니는 아버지의 노름 빚으로 말미암아 주조장을 빼앗긴 한을 가지고 있었지. 효도를 하기 위해서는 고시에 합격하여 권력을 가진 새까만 법복의 '영감'이 되어야 했어. (중략) 그런데 법률에 관한 책들을 사다가 펼쳐 들자 새까만 낯선 단어들이 개미 떼처럼 진을 치고 있었어. 나의 언어 소화기관은 '헌법(憲法)' '법학개론' '법철학' 따위의 책 제목도 씹어 삼키지 못했어. 사전을 찾아서 그 뜻을 알아보았지만, 그 단어들은 모두가 성곽 같은 장벽을 치고 으스대는 솟을대문이나 전각 같은 난공불락의 관념어들이었어. 그 설컹거리는 관념어들을 꿀꺽꿀꺽 삼켰는데 그것들은 속에 들어가자, 흑연(黑鉛) 같은 절망의 덩어리들이 되어버렸지. 그 덩어리들 때문에 나는 부글거리면서 뒤틀리는 위장을 부둥켜안고 토악질을 했지. '제1조(第一條) 대한민국(大韓民國)은 민주공화국(民主共和國)이다.' 대한민국이나 민주공화국이란 말들 앞으로 다가서지도 않았는데, '조(條)'라는 글자가 먼저 내 발부리에 채였어. 대한민국 헌법은 몇 조 몇 항 몇 개의 부칙으로 되어 있다는데, 그 '조'라는 것은 한없이 멀고 높고 가파른 계단처럼 나를 절망하게 했지. 그러할지라도, 눈 딱 감고 외워놓으면 보약처럼 몸을 이롭게 하는 거라고 하여 한 조 한 조 외었지만, 그것들은 내 속에서 굴비 담은 상자처럼 차곡차곡 쌓이지 않고 무성한 숲이 되고 있었어. 그리고 그 숲과 더불어 나를 옥

죄는 것은 수직적인 논리와 인위적으로 만들어놓은 사회 윤리 구조였지. 그것들은 전족(纏足) 같은 것이었고, 가슴을 조이는 가죽조끼였고 아랫도리를 감싼 정조대 같은 것이었어. (중략) 나는 늘 모든 문을 열어놓은 채 나를 가두는 모순과 역설로 살아간다. 내가 법 공부를 못하겠다고 하고 소설가가 되겠다고 하자 어머니는 절망했고, 서가에 꽂혀 있는 소설책들을 마당으로 내던지면서 말했어. '소설 좋아하는 년놈들 가운데 제대로 된 것들 한 놈도 없더라. 신문막 배달되면 연재소설부터 보는 도영채란 사람은 아편하다가 죽었고, 이광수라면 환장을 한 김춘희란 년은 요정 마담 노릇하다가 시방은 어디로 가서 죽었는지 살았는지 모른다.' 나는 그러한 어머니의 뜻에 반발했고, 드높은 성곽이나 누각처럼 딱딱하고 차갑고 답답한 관념어들로부터 놓여나고 드넓고 푸르고 부드럽고 다사롭고 푹신거리는 활짝 트인 비유의 뗏목 쪽으로 나아가려고 몸부림쳤어. 크기가 정해진 가죽신이나 가죽조끼나 정조대에 몸을 맞추는 삶이 아니고, 짚신이나 무명옷이나 밀짚모자처럼 거칠고 헐렁헐렁할지라도 운신이 편한 넉넉한 것들을 걸치고 살고 싶었어. 의식을 가두고 절망하게 하는 고품격의 권위적인 관념어에 대항하면서 살아온 거지. 대항하는 방법은 그 관념어의 패러다임(하부구조)이 결을 따라 순리대로 생성되게 해주는 것이야. 그 얼굴을 그려주고 손과 발을 붙여주고 날개를 달아주고 더듬이가 생기게 해주고 터럭이 나게 해주고 옷을 입히고 색칠을 해주고 무늬를 새겨주고 말을 지껄이게 하는 거야. (중략) 가령 내 사전에서는 '생명력'이란 단어의 뜻이 다음과 같은 하부구조로 서술되어 있는 거야. 〈엄마가 네 살 된 아들을 데리고 놀이터에 갔다. 아들은 신나게 그네도 타고 미끄럼도 탔다. 두 시간쯤이 흘렀을 때 몸이 약한 엄마는 지쳤다. 이제 그만 가자고 하며 아들의 손을 억지로 끌고 아파트 안으로 들어갔다. 아들이 현관 안에 들어오자마자 나가서 더 놀자고 울음을 터뜨렸지만 엄마는 소파에 쓰러졌다. 20분쯤 울던 아들이 '나 우유 좀 줘' 하고 말했고, 엄마는 이제 그만 울려나보다 하고 냉장고에서 우유를 꺼내주었다. 그것을 벌컥벌컥 다 마시고 난 아들이 이제야말로 다시 크게 울기 시작했다.〉 나는 관념어들을 타넘어 가기 위해 비유라는 뗏목(하부구조)을 사용하고, 그것을 통해 우주 속으로 들어가고 그 우주를 내 속으로 끌어들이는 거야. 나는 비유 없으면 한 토막의 이야기도 지껄이지 못한다. 비유가 있기 때문에 나는 존재하고, 그 비유를 위하여 나는 존재한다. 내가 쓰는 소설은 비유 덩어리, 말하자면 나의 그림자야. 태어나면서부터 나에게는 그림자가 있었는데 그놈은 그때마다 나를 흉내 내고 있었지. 그런데 살아보니 내가 그놈의 흉내를 내고 있어. 석가모니가 제자들에게 연꽃 한 송이를 들어보였듯이, 내가 나의 사랑하는 모든 가섭(독자)들의 미소를 위하여 들어 올리곤 하는 연꽃송이들은 말(손가락질) 저 너머에 있는 또 다른 말 아닌 말(달)인데, 그것들은 내 심장이나 위장이나 머리털이나 얼굴이나 배꼽이나 유방이나 거웃 무성한 여근이나 내가 배설한 침이나 오줌똥을 닮아 있곤 한단 말이야."

— 한승원의 『키조개』 52~56쪽에서

위의 인용된 부분 가운데서 다시 확실하게 음미할 것은 다음과 같은 것이다.

'생명력'이란 단어의 뜻이 다음과 같은 하부구조로 서술되어 있는 거야. 〈엄마가 네 살 된 아들을 데리고 놀이터에 갔다. 아들은 신나게 그네도 타고 미끄럼도 탔다. 두 시간쯤이 흘렀을 때 몸이 약한 엄마는 지쳤다. 이제 그만 가자고 하며 아들의 손을 억지로 끌고 아파트 안으로 들어갔다. 아들이 현관 안에 들어오자마자 나가서 더 놀자고 울음을 터뜨렸지만 엄마는 소파에 쓰러졌다. 20분쯤 울던 아들이 '나 우유 좀 줘.' 하고 말했고, 엄마는 이제 그만 울려나보다 하고 냉장고에서 우유를 꺼내주었다. 그것을 벌컥벌컥 다 마시고 난 아들이 이제야말로 다시 크게 울기 시작했다.〉

생명력은 하나의 관념어인데, 그것의 하부구조를 통해 형상화(표현)하지 않으면 독자는 작가의 정서나 사상을 확실하게 알아차리지 못하는 것이다.

인간은 왜 말을 부정하는가

성경은 '말'을 앞세운다. '태초에 말씀이 있었다'로 시작한다. 그러므로 성경은 논리와 이념의 구조를 앞세운다. 구약을 바탕으로 해서 신약이 이루어졌고, 신약 속에 구약이 들어 있다.

노자는 '말'을 부정한다. 노자에 의하면 태초에 말이 있었던 것이 아니다. 태초에는 이 세상이 그윽함(玄)으로 가득 차 있었는데, 그것을 가시화한 것이 도(道)라는 것이다.

석가모니는 말을 긍정하고, 동시에 그 말을 부정한다. 그의 설법은 만리장성보다 더 크고 기다란 팔만대장경 속에 들어 있다.

그런데 말로써 전달할 수 없는 오묘한 진리를 말 없음의 말로써 전한다. 마음에서 마음으로 전하는 이심전심(以心傳心)의 비법, 그것은 선(禪)이다. 석가모니가 죽어갈 때 제자들이 유언을 말하라고 하자, 그는 "우리 법은 모든 것을 파괴하는 법(壞法)이다. 정진하라" 하고 말했다.

'시간 앞에서 영원한 것은 없다'는 말은 시간이야말로 최고의 진리라는 것이다. 시간은 진리 아닌 것을 모두 파괴하는 진리인 것이므로. 그런데 석가모니는 자기가 설파한 도가 '시간'과 똑 같은 영원한 진리라고 말한 것이다.

석가모니가 남긴 유언은 '나는 아무 말도 하지 않았다'는 말이라고 전하는 사람도 있다. 그것은 팔만대장경을 남긴 석가모니가 자기 말을 부정한 것이라는 말이다.

그것은 말 저 너머의 가장 참된 말을 전하는 선(禪)의 시작이다.

여기서 우리는 데리다의 말 '해체'를 끌어와서 이야기해보자.

데리다의 '해체'는 동양의 선(禪)에서 힌트를 얻어 만들었다. 해체는 형이상학적인 논리를 통해 진리에 도달하는 길(방법)에 대한 절망에서 시작된다.

진리가 논리의 숲에 가려 보이지 않아 절망하게 되고 그 절망을 극복하기 위해 형이상학적인 친친한 논리의 숲을 쳐 없애고 지름길로 나아가 진리에 도달하는 것, 그것이 바로 해체이다. 지름길로 나아가기 위해서는 비유라는 것이 필요하다.

비유는 뗏목이나 배, 다리와 같다. 진리에 도달하기 위해 강을 건너야 하는데 건널 도구가 없으면 빠져 죽는다.

비유의 참된 의미를 알아야 한다

비유를 알아야 인생을 빨리 알 수 있다.

노자의 말 '곡신(谷神)은 현빈(玄牝)이고 현빈의 문은 천지근(天地根)이다'를 가장 쉽게 이해하려면 비유를 통해 공부해야 한다.

> '곡신은 그윽한 암컷(玄牝)이고, 그윽한 암컷의 문은 우주의 뿌리
> (天地根)'에서 가져온 것이다. 대개의 노자 번역자들이 곡신을 '골짜
> 기의 여신(女神)'으로 풀이하는데, 잘못이다. 나는 곡신을 여성 성기
> (女根)에 비유하여 다음과 같이 풀이한다.
>
> 곡(谷)은 음으로서 자궁에 해당하고, 신(神)은 양으로서 클리토리
> 스(음핵)와 질(膣)에 해당한다. 질과 클리토리스는 여성 몸 가운데서
> 성감대가 가장 잘 발달해 있어, 여자가 자기의 몸을 여성답도록(女
> 性性) 매혹적이고 향기롭게 가꿈으로써 남자로 하여금 발기하여 사
> 정하게 한다.

자궁은 자기 시공 속으로 들어와 착상한 난자로 하여금 정자를 받아 수태하게 하고 잘 자라도록 영양을 꾸준히 공급한다(母性性). 자궁은 멍청스럽고 둔한 데가 있다. 만일 자궁이 질과 클리토리스처럼 예민한 성감대를 가진 기관이라면 열 달 동안 고통스럽게 아기를 키우고 있겠는가.

그러므로 나는 그것을 '곡신은 여성성과 모성성을 완벽하게 갖춘 현묘한 암컷이고, 그 암컷의 문은 우주를 생성시키는 근원이다'라고 풀이한다.

— 한승원의 『키조개』 16~17쪽에서

하나의 음(─陰)에 하나의 양(─陽)이 더해지는 것을 진리(道)라 이른다는 『주역』의 말이 그것이다. 즉 그것은 우주 시원의 뿌리, 순리, 진리에 대한 비유이다. '우주의 시원'을 나는 다음과 같이 풀이했다.

김선두 화백이, 내 토굴 앞에 가로 누워 있는 회청색 연꽃바다와 회색 갯벌과 녹색 득량도와 청자색 하늘을 화선지에 오려붙이기 수법으로 형상화한 그림 위에 투명한 유리판을 덮어주었는데, 나는 그것을 메모판으로 사용한다.

그 메모판은 밭이다. 거기에 검은 붓으로 씨앗의 말 하나를 써놓으면, 그 밭은 남근을 수용한 여근처럼 꿈틀거린다.

이번, 그 밭에 몸을 묻은 씨앗 말 '곡신'의 경우는, 한동안 조용히 그 비옥한 밭과 더불어 요분질 치다가 오르가슴에 이르고, 천천히 핵분열을 하기 시작하더니 '곡신(谷神) = 갯벌 = 연꽃 = 키조개'라는 등식 하나를 만들어놓았다.

'모든 생명은 바다에서 기어 나왔다'는 생명학자들의 주장과, 사람의 손가락 끝에서 회돌이 치는 지문, 소라고둥의 무늬(螺線), 브라운관에 비쳐진 태풍의 눈, 천체의 운행 무늬 따위가 가지고 있는 유사성을 프랙탈이라고 말한 만델브로트 박사의 논리에 따른다면, '곡신=갯벌=연꽃=키조개'는 우주라는 자궁의 생명력과 신비로움을 아주 잘 표현해준다.

그 씨앗 말에서 이야기들이 급속도로 싹터나고 줄기와 가지를 치기 시작했으므로 나는 그것을 서재의 컴퓨터(인큐베이터) 안으로 옮겨놓고 그것들이 헌걸차게 자라는 모습을 즐기고 있었다.

서울을 버리고 장흥 바닷가 작가실 해산토굴로 이사하면서 나는 '득량만 바다, 혹은 곡신'을 형상화해보려고 마음먹었다. 내 작가실엘 찾아온 한 안목 있는 스님은, '해산토굴'이란 현판을 쳐다보더니 가느다란 목소리로 농담을 한 바 있다.

'한 선생님은 날마다 해산(解産)을 하겠구먼요.'

그렇다. 해산토굴은 날마다 소설을 해산하곤 하는 자궁일 터이다.

중학교 1학년 때 내 영혼 속에 깊이 각인되어 있는 낱말 하나가 있다.

한겨울에 어머니를 따라 장엘 갔는데, 섬마을에서 매생이 한 구럭을 짊어지고 나온 남자와 한 건달 장돌뱅이가 흥정을 하다가 침을 튀기면서 입 다툼을 했다. 매생이 남자는 갯벌 소금기가 희끗희끗 묻은 핫바지 차림이었고, 장돌뱅이는 까맣게 염색한 군복 차림이었다. 장돌뱅이가 "뻘ㅂ지에서 나온 새끼가 지랄하고 자빠졌네!"
하고 빈정거리자, 매생이 남자는 얼굴이 빨개져 가지고 "아니, 그라
면은, 자네는 천관산 꼭대기 돌팍엉설ㅂ지에서 나왔것구만잉!" 하
고 소리쳤다.

　건달 장돌뱅이가 사용한 그 짭짤하고 축축한 낱말은 나의 얼굴
을 화끈 달아오르게 하고 온몸에 소름이 돋아나게 했다.

　당시, 내 고향 마을 대부분의 처녀와 아낙들은 차지고 무른 갯벌
밭으로 낙지 게 고막 망둥이 갯지렁이 따위를 잡으러 가기 위해 탁
한 잿빛의 바닷물이 괴어 있는 개웅(소용돌이치면서 흐르는 해류가 만
들어놓은 갯벌의 웅덩이)을 건너가곤 했다. 개웅의 물은 허리가 잠기
는 깊이였으므로, 그곳을 건너가는 모든 여인들은 속속곳을 벗어
머리에 이거나 목에 두른 채 홑치마바람이 되어야만 했다.

　나는 초등학교 4학년 때부터 갯지렁이를 잡기 위해 마을의 여인
들을 따라 개웅을 건너 갯벌 밭으로 가곤 했다. 그 갯벌 밭은 흡인
력이 아주 강했으므로 깊이 빠져 들어간 발을 뽑아들어 옮기려면
안간힘을 써야만 했다. 한 나절 동안 두 손끝으로 그 갯벌을 파 일
구어 갯지렁이 잡는 노동을 하고 돌아오면 아랫배와 사타구니와
두 다리의 근육들이 뻐근하고 시큰거리기 마련이었다.

　그 갯벌 밭을 누비고 다닌 그곳 여인들의 발목과 종아리와 오금
과 허벅다리와 사타구니와 아랫배 살은 튼실하고 강인하게 발달하
기 마련이었다. 때문에 그 짭짤하고 축축한 낱말(뻘ㅂ지)은 해변 여
인들 몸의 깊은 속살을 상징하는 말이 되었고, 그 말 속에는 다산성
의 헌걸찬 생명력이 담기게 되었다.

우주의 뿌리를 상징하는 말로 '연꽃'과 '조개'라는 것이 있다.

불교에 '옴 마니 반메 훔'(om mani padma hum)이란 주문(呪文)이 있는데, '옴'은 남녀가 생명을 잉태시키기 위해 교합(交合)하는 도중에 발음하는 성스러운 오르가슴의 안간힘 소리, 혹은, 갓 말을 배우는 아기가 어머니를 부르는 소리이고, '훔'은 성스러운 사업을 마치는 안식의 숨소리, 요가를 통해 몸과 영혼과 우주가 하나 되는 순간의 소리이다. '마니'는 금강석인데 남근을 상징하고, '반메'는 연꽃인데 여근을 상징한다.

그러므로 그것은 '나 연꽃에 안기어 하나 되고 싶소이다!' 혹은 '옴, 나 하나의 보주로서 연꽃에 안기어 하나 되는 안식을 얻고 싶사옵니다. 훔'이라고 풀이할 수 있다. 우주적인 여성 에너지(연꽃)와 남성 에너지(금강석)의 합일로써 성행위의 오르가슴 같은 깨달음의 환희에 이르고 싶다는 소망을 염하는 주문인 것이다.

그것은 주역에 있는 말, '하나의 음과 하나의 양이 어우러지는 것을 도라고 이른다(一陰一陽 謂之道)'와 같다.

'심청전'에서 장님인 심학규는 아내가 딸 '청'을 낳자 손으로 딸의 사타구니를 더듬어보고 나서 '큰 조개(자궁)가 작은 조개를 낳았네!'라고 말한다. 훗날, '청'의 자궁은 공양미 삼백 석에 팔려 죽음의 세계를 다녀온 다음 관세음보살의 그것으로 변하여, 이 세상의 탐욕과 미망에 빠져 있는 모든 사람들의 눈을 뜨게 해준다. 말하자면 깨달음의 새 우주를 창조하는 자궁(곡신)이 된 것이다.

— 한승원의 『키조개』 17~20쪽에서

말의 절망을 선(禪)이 해결한다. 선은 단박 깨달음을 말한다.

'선'은 말이 끝나는 곳에서 시작된다. 언어도단(言語道斷)이란 말이 그것이다. 그것은 말 저 너머의 진리를 가르쳐준다.

① 석가모니가 제자들에게 연꽃을 들어보이자 모두들 멍해져 있
는데 오직 수제자 가섭만이 빙그레 웃었다.

왜 그랬을까.

그것을 염화시중의 미소라고 한다.

그것은 불교의 진리는 연꽃과 같은데, 그 꽃은 진흙 속에 뿌리
를 내리고 있지만 아름답고 향기로운 꽃을 피운다는 것이다.
꽃은 참된 깨달음의 경지이고, 진흙탕 물은 중생들이 사는 속
세를 상징한다.

② 석가모니가 제자들과 함께 길을 가다가 다자탑 앞에서 걸음을
멈추고 한 사람이 앉을 만한 자리를 남겨놓은 채 엉덩이를 붙
이고 앉았다. 다른 제자들은 모두 무슨 영문인지를 몰라 멀뚱
거리는데 가섭이 석가모니가 비워둔 자리에 가서 앉았다.

왜 그랬을까.

비워둔 자리에 앉는 것은 퍽 자연스러운 일이다. 진리는 가장
가깝고 편한 곳에 까다롭지 않게 존재하는 것이다. 이것을 암
묵적으로 가르친 것이다.

③ 석가모니는 길에서 태어나 중생들에게 진리를 가르치기 위하
여 길을 걸어다니다가 길에서 죽었다. 석가모니가 죽자 제자
들은 수제자인 가섭이 도착할 때까지 스승을 곽(널) 속에 모셨

다. 며칠 뒤 가섭이 도착하여 널을 향해 절을 하자, 널 아래쪽
이 터지면서 석가모니의 두 발이 나왔다.

왜 그랬을까.

석가모니의 발은 맨발이었다. 평생 동안 사막을 걸어다닌 그
발바닥은 구두바닥처럼 두껍고 단단했다. 진리는 그렇듯 맨
발로 걸어다니면서 중생들을 제도하는 데 있는 것이다.

나는 인도나 태국을 여행하면서 가끔 열반부처의 두 맨발을
보곤 한다. 그때 나는 '나도 맨발로 세상을 살아야 한다. 철군
화를 신고 살면 안 된다' 하고 생각하곤 한다.

위의 세 가지를, 말없는 말로써 전해준 가르침[三處傳心]이라고
한다.

　　　'눈앞을 가리는 꽃나무 가지를 쳐내자
　　　황혼 빛 아름다운 먼 데 산이 보이네.'

이것은 초의 스님의 선시 한 대목이다. 탐욕과 환혹을 일어나게
하는 눈앞의 꽃나무 가지를 쳐 없애고 나니, 먼 데 산, 즉 우리 삶의
지순 지고한 경지(진리)가 보인다는 것이다.

나뭇가지를 입에 물고 떨어지지 않으려고 안간힘을 쓰고 있는 제
자에게 스승이 말한다.

"네 이놈, 물고 있는 가지 놓아라."

백척간두(百尺竿頭)에 서 있는 자에게 스승이 말한다.

"네 이놈 한 걸음 앞으로 내디뎌라."

이것은 무엇을 가르치려는 것일까.

위의 말은 진흙으로 만들어 말려놓은 '진흙소'에게 "네 이놈 저 강물을 건너가거라" 하고 말하는 것과 똑 같다. 진흙소는 물에 들어서면 곧 황토물 한 바가지로 변해버린다. 죽는다는 것이다. 그럼에도 불구하고 강물을 건너가라는 것은 죽으라는 것이다.

그것은 빨리 죽으라는 말(殺人刀)이고, 그 죽음을 통해 깨어나서 확실하게 살라는 말(活人劍)이다.

죽음을 겁내고 그것에 얽매여 있으면 영원히 그 죽음으로부터 벗어나지 못한다. 그러나 죽음을 겁내지 않고 죽으면 확실하게 깨달음을 얻고 좋은 삶을 살게 된다. 다시 말하면, 죽을 각오를 하고 진리를 찾는 자는 올바른 진리를 찾아 큰일을 이루지만 순간의 살아 있음을 즐기는 겁쟁이는 아무런 일도 이루지 못하고 값 없이 죽고 만다는 것이다. 이것이 선(禪)이다.

장감에게 '청량'이란 미인 딸이 있었는데 외생질인 '왕주'와 결혼을 시키기로 약조해놓았다. 한데 장감은 뒤에 마음이 변하여 부잣집 아들에게 딸을 시집보내려고 들었다.

청량은 아버지의 명을 거절하고 기어이 왕주에게 시집가겠다고 우기다가 병이 든 체하고 누워 식음을 전폐해버렸다. 그러다가 정말로 병이 나버렸다. 왕주는 그 소식을 듣고 울화가 치밀어 고향을 떠나기로 작정하고 길을 나섰다. 한데 강을 건너려고 나루터에 서 있는데, '왕주!' 하고 달려오는 여인이 있었다. 그녀는 청량이었다.

둘은 얼싸안고 눈물을 흘리다가 멀리 떠나가 동거했다. 5년 뒤 그들은 아들 하나를 낳았다. 청량은 어느 날 고향의 부모에게 돌아가 허락을 얻고 떳떳하게 가정을 이루고 살자고 제안했다.

"아들까지 낳은 마당인데 허락해주지 않겠소?"

왕주와 청량은 고향으로 돌아갔다. 왕주는 청량과 아들을 밖에 세워두고 혼자 장인 장감에게로 가서 인사를 올리고, 지난 일들을 낱낱이 이야기했다.

그러자 장감은 깜짝 놀라 "자네 무슨 이야기를 하고 있는 것인가? 지금 우리 딸 청량은 이제껏 앓아누워 있는데……" 하고 말하며 뒤곁 방으로 그를 데리고 갔다. 그 방에는 수척한 청량이 누워 있었다.

왕주 또한 깜짝 놀라 "어디가요? 그럴 리 없습니다" 하면서 대문 밖에 세워둔 청량과 아들을 데리고 들어왔다. 그때 앓아누워 있는 청량과 대문 밖에서 들어온 청량은 서로에게로 다가가더니 거짓말처럼 한몸이 되어버렸다.

—『무문관』「청녀 혼이 떠나다」에서

이 이야기를 하는 것은 다음과 같은 질문을 던지기 위해서이다.
'분리되어 있는 두 청량 가운데, 어느 쪽이 진짜 청량인가.'
이 질문은 대답해야 하는 사람을 곤혹스럽게 한다.
한쪽은 등신이고 다른 한쪽은 정신이라고 구분할 것인가. 등신이 진짜인가 정신이 진짜인가 구분하려는 것은 차별하는 것이다.
우리는 선과 악을 구분하고, 정신과 육체를 구분한다. 밤과 낮, 남자와 여자, 자본주의와 사회주의, 떠남과 머무름, 진보와 보수, 노동자와 사용자, 서울과 시골, 부자와 빈자, 부처님과 중생, 하느님과 사람, 목사와 신도, 기독교와 불교, 네 편과 내 편, 경상도와 전라도, 네 동네와 내 동네, 남한과 북한…… 이와 같이 구분한다. 그렇게 구분하는 것을 차별(분별)이라고 말한다.

차별은 우리를 절망하게 한다. 차별은 '먼 곳에서 왕주와 더불어 살아온 청량이 진짜다' '아니다, 집에 앓아누워 있는 청량이 진짜다' 하는 다툼을 일어나게 하고, 편을 가르게 한다. 편 가르기는 서로의 사이에 골을 깊어지게 한다.

이와 같은 편 가르기의 싸움을 일어나게 한 죄악은 서구적인 '합리주의'라는 것이고, 우리의 '상식'이라는 것이다. 합리적이고 상식적으로 차별하여 생각한다면 '분리된 두 청량 가운데, 어느 쪽이 진짜 청량인가'에 대한 대답은 절대로 나오지 않고 싸움만 일어난다.

차별을 극복해야 대답이 나온다. 분별을 극복하는 것을 '평등'이라고 한다. 평등은 초월이다. 기존의 생각, 즉 고정관념에서 벗어나는 것이다. 고정관념에서 벗어나기 위해서는 역설을 이해해야 한다.

불교에서는 "도는 불이(不二)이다"라고 말한다. 둘이되 둘이 아니라는 것이다. 이제 그 대답을 할 때이다.

청량이라는 여인은 불이, 말하자면 둘이되 둘이 아닌 것이다.

차별(분별)하기에서 평등으로 나아가기는 자유자재(自由自在)로 나아가는 길이고, 자유자재는 진리로 가는 길이다.

선을 알지 못하고는 좋은 문학을 하지 못한다. 문학은 말의 절망으로부터 벗어나게 하는 것, 차별(분별)로 길들여진 인간의 절망을

치유해주는 묘약이다. 그것이 시이고 소설인데, 소설 한 편이 사실
은 비유 덩어리, 곧 선(禪) 그 자체이다.

인간 역사 속에서의 절망을 선 그 자체인 소설과 시가 해결한다.
소설이 그 절망을 넘어선 희망이어야 한다.

> 그대의 바다에는
> 낙동강물 섬진강물 영산강물 금강물 한강물 대동강물
> 두만강물 압록강물 청천강물
> 탐진강물 보성강물 다 모였는데
> 자기 색깔 내보이면서 잘난 체들 하지 않는가
> 나의 바다에 한번 들어온 물들은
> 주장이나 뽐냄이 의미 없다는 것 알므로
> 그냥 짠물 되어
> 내 바다 하나로
> 잘들 살고 있네.
>
> ― 한승원의 시 「바다는」 전문

다시 형상화에 대하여

상(象)은 현상에 대한 말로서 본질, 실체를 의미한다

'상'이라고 하는 것은 성인이 천하의 눈에 보이지 않는 심오한 법
칙을 보고, 그 형용을 모방하여 물건에 적당하게 형상화한 것이다.
그러므로 이것을 상이라 한다."

—『주역』의 「계사상전」에서

따라서 형상화(形象化)는 사물의 본질을 눈에 보이고 손에 잡히도
록 모양새를 드러내주는 것이다. 마치 그림을 그려 보이듯이.

황두표 씨가 젊었을 시절부터 마을 사람들은 그를 '억살대'라고 불렀다. 억살대는 '으악새'라고 하기도 하고 '억새'라고 하기도 하는 다년생 풀이었다. 알 만한 사람들은, 그것이 옛날 옛적 어느 양반집의 예쁜 딸을 짝사랑하다가 죽은 한 무당 아들의 넋이 된 풀이라는 것을 다 알고 있었다. 그리하여 그것은 짝사랑을 상징해주는 풀꽃이 되기까지 했다.

　　산이나 들판 어디에서나 억세도 헌걸차고 이악스럽게 잘 자라는 그 풀은 봄에 땅 속에서 머리를 내밀면서부터 서슬이 멀게 있곤 했다. 대꼬챙이처럼 가늘고 길고 뾰족한 잎사귀 양쪽 가장자리에는 희부연 톱날이 자잘하게 박히어 있으므로 예로부터 꼴을 베거나 푸나무를 하는 사람들은 그 풀잎에 손을 할퀴거나 베곤 했다. 그 톱날에는 독기가 있어서 벤 자리가 쓰리고 아리게 마련이었다. 한데 재미있는 것은, 바람이 불면 그 서슬 멀건 잎사귀들이 서로를 잡아먹을 듯이 할퀴고 비비대면서 금속성의 울음소리를 내곤 한다는 것이었다. (중략)

　　누가 붙였는지 모르지만, 황두표 씨에게 있어서 그 '억살대'라는 별명은 썩 잘 어울리는 것이었다. 언제부터 어찌하여 그리 되었는지 모를 일이지만, 황두표 씨는 언제 어느 때든지 얼굴 살갗을 철갑처럼 차고 딱딱하게 굳히고 눈꼬리를 칼끝처럼 표독스럽게 찢은 채 상대를 잡아먹기라도 할 듯이 노려보며, 이를 갈고 비아냥거리고, 꼬집어도 그냥 꼬집은 것이 아니고 힘껏 꼬집어가지고는 야무지게 확 비틀어 뜯는 듯한 미운 소리를 내뱉고, 으르렁거리며 시비 걸고, 증오와 저주의 말을 잘 퍼붓곤 했다.

— 한승원의 『해변의 길손』 첫머리(341~342쪽에서)

　　　　　　　　　　　　　　　　　　　한승원의 소설쓰는 법

위의 글은 황두표의 별명 '억살대'에 대하여 독자가 확실하게 알아듣도록 서술하고 있다. 억새풀과 황두표의 생김새와 성정의 비슷함을 통해서 서술했는데, 그것이 바로 형상화이다. 형상화는 어떤 관념어의 하부구조를 만들어 보여주는 것이다. 한 개의 문장, 한 개의 관념어를 그렇게 하기도 하지만, 작가는 한 작품의 주제를 여러 장치를 통해 형상화시키기도 한다.

이청준의 연작 소설인 '남도 사람' 『천년학』에 들어 있는 「서편제」「소리의 빛」「선학동 나그네」의 주제는 결국 '소리'를 형상화시키는 데 있다.

주인공인 나그네가 이 주막 저 주막을 더듬고 다니면서 소리를 하고 다니는 장님 여인의 삶을 추적한다. 그 주인공의 뒤에는 작가의 그림자가 따라다닌다. 작가는 비가시적인 소리를 가시적인 빛, 혹은 환상적인 모양새로 형상화시키는 데 목표를 두고 있다.

> 소리를 들을 때마다 그의 머리 위에 이글이글 불타오르는 뜨거운 여름 햇덩이가 있었다. 어렸을 적부터의 한 숙명의 햇덩이였다.
>
> ―이청준의 『천년학』 중 「소리의 빛」

소리는 나그네의 어머니를 잡아먹었고, 그 소리는 어머니로 하여금 핏덩이를 생산하게 했고, 그 핏덩이가 장차 장님 여인이 되었다.

작가는 한 서린 소리를 만들기 위하여 그 여인을 장님으로 만들었다. 작가는 소리를 그윽한 어떤 것으로 형상화시킬 목적으로 하나의 장치를 만드는 데 그것은 '선학동'이다.

선학동(仙鶴洞)―그곳에는 예부터 기이한 이야기 한 가지가 전해
오고 있었다. 이야기는 포구 안쪽에 자리 잡은 선학동의 뒷산 모습
으로부터 연유한 것이었다. 그 산세가 영락없는 법승의 자태를 닮
고 있었기 때문이다. 마을 뒤쪽으로 주봉을 이루고 있는 관음봉은
고깔처럼 뾰죽하게 하늘로 치솟아 오른 모습이 영락없는 법승의
머리통을 방불케 하였고, 그 정봉을 한참 내려와 좌우로 길게 펼쳐
내려간 양쪽 산줄기는 앉아 있는 법승의 장삼자락을 형용하고 있
었다. 선학동 마을은 이를테면 그 법승이 장삼자락에 안겨 있는 형
국이었다. 그런데다 마을 앞 포구에 밀물이 차오르면 관음봉쪽 산심
의 어디선가로부터 둥둥둥둥 법승이 북을 울려대는 듯한 신기한 지
령음(地靈音)이 물 건너 돌고개 일대까지 들려오곤 한다는 것이었다.

―이청준의 『천년학』 중 「선학동 나그네」 103쪽에서

"연전에 한 여자가 이 동네엘 찾아들었지요. 그 여자가 지나간 다
음부터 이 고을에 다시 학이 날기 시작했어요. (중략)"

―「선학동 나그네」 112쪽에서

"(중략) 연고를 알고 보니, 노인은 그때 이 주막에 앉아 소리를 하
면서 선학동 비상학을 즐기셨던 거드구만요. (중략) 해저물녘 포구
에 물이 차오르고 부녀가 그 비상학과 더불어 소리를 시작하면 선
학이 소리를 불러낸 것인지 소리가 선학을 날게 한 것인지 분간을
짓기가 어려운 지경이었지요. (중략) 노인넨 그냥 비상학을 상대로
소리만 즐긴 게 아니라 어린 딸아이의 소리에 선학이 떠오르는 이

한승원의 소설쓰는 법

포구의 풍정을 심어주려 했다고나 할까……. 하여튼지 한 서너 달 그렇게 소리를 하고 나니 노인네 뜻이 그새 어느 만큼은 채워졌던 가 봅디다."

— 「선학동 나그네」 117쪽에서

"(중략) 여자가 간 뒤로 이 선학동엔 다시 학이 날기 시작했다니 께요. 여자가 이 선학동에 다시 학을 날게 했어요. 포구 물이 막혀 버린 이 선학동에 아직도 학이 날고 있는 것을 본 사람이 그 눈이 먼 여자였으니 말이오……."

— 「선학동 나그네」 128쪽에서

그녀의 소리는 한 마리 선학과 함께 물 위를 노닐었다. 아니, 이 제는 그 소리가 아니라 여자 자신이 한 마리 학이 되어 선학동 포 구 물 위를 끝없이 노닐었다. (중략)

그리고 사내는 그때 그런 몽롱한 마음가짐 속에서 또 한 가지 기 이한 광경을 보았다. 사내가 다시 눈을 들어보았을 때, 길손의 모습 이 사라지고 푸르름만 무심히 비껴 흐르는 고갯마루 위로 언제부 턴가 백학 한 마리가 문득 날개를 펴고 솟아올라 빈 하늘을 하염없 이 떠돌고 있었다.

— 「선학동 나그네」 135쪽, 146~147쪽에서

작가 이청준은 '천상천하 최고의 아름답고 그윽한 소리'라는 비 가시적인 관념을 위와 같이 가시적인 모습으로 형상화시키기 위하여 세 편의 연작소설을 쓴 것이다.

예술가의 삶을 표현하는 경우, 그 예술가가 추구하는 세계를 형
상화시키기는 지난한 일인데 이청준은 그 작업을 성공적으로 해내
곤 한 작가이다.

형상화의 실제 들여다보기

한승원의 소설 「그러나 다 그러는 것만은 아니다」도 예술가의 삶
을 표현한 소설인데, 그 작품에서 그는 '농현의 시간'을 형상화시키
고 있다. 그것은 어떤 모양새일까. 작품의 전문을 꼼꼼히 읽으면서
살펴보자.

시간 속에서 모든 것들은 점차 낡아진다. 낡아지면 흉물스러워지
고 힘이 빠지고 제 구실을 다 하지 못한다. 그러다가 파괴되고 소멸
해간다. 마당 가장자리에 서 있는 나이 60년을 넘어선 늙은 재래종
감나무는 나에게 시간을 인식시켜주는 계량기 노릇을 한다.

작가는 다음에서 감나무가 어떻게 시간의 계량기 노릇을 하는지
를 형상화시킨다.

밑동이 한 아름쯤 되고 가지끝이 토굴의 지붕보다 더 높은 이놈

은, 한여름부터 황달기 든 잎들이 하나씩 둘씩 생기는 듯싶더니 그 잎사귀들과 병들어 주황색으로 물러진 감들을 잔디밭 위에 흘려놓곤 했다. 어린 시절에 먹은 그 시자의 달콤한 맛을 되새기며 먹어보려 했지만 시금털털하면서 떫고 달크무레할 뿐이어서 먹을 수가 없었다. 사나흘에 한 차례씩은 그것들을 주워내고 긁어내다가 이놈의 뿌리 위에 놓아주어야 했다. 늦가을로 접어들자 이놈은 여느 젊은 것들보다 빨리 잔가지들을 앙상하게 드러냈다. 거대한 지신의 머리털처럼. 이놈은 여름철부터 혼자만 아는 어떤 병인가를 앓아온 것이다.

화자인 '나'는 자기가 감나무와 어떻게 닮았는가를 형상화시킨다.

이놈처럼 나도 앓아오고 있다. 아침은 쌀쌀하고 한낮에는 후텁텁한 기온으로 인하여 무시로 감기가 들랑거린다. 감기는 온몸 무력증과 가슴 쓰라림증과 답답증과 부정맥을 가져다주고 콧물을 주체 못하게 한다. 거기다가 담까지 생기고 기침을 하게 한다. 그래도 쓰는 일은 하지 않을 수 없으므로 나는 서재의 컴퓨터 앞에 앉아 모니터를 들여다보며 자판을 두들기곤 한다. 짜증과 안으로만 기어드는 음습한 우울증에 찌든 채 가을철의 황혼같은 현기증을 느끼면서.
아침 식후 차를 마시고 나서 마당에 나와 감나무 밑을 어정거린다. 동병상련인 이놈과 말 없는 말을 주고받는다. 몸의 아픔은 영혼을 겸허하게 하고 오만으로부터 벗어나게 한다.

화자가 '바람'의 짓궂은 행위를 어떻게 형상화시켰는지 살펴보자.

바람은 언제 어느 때 보아도 짓궂다. 술래에게 바람벽에 머리를 처박은 채 기역 자로 허리 굽히고 있게 해놓은 다음 말뚝박기를 하는 개구쟁이들처럼. 바다 쪽에서 달려오는 바람은, 주렁주렁 매달린 황금색 열매의 무게를 감당하지 못하고 뻐드러진 유자나무 가지를 올라타고 한동안 엉덩방아를 찧어대다가 모두걸음으로 뜀박질쳐 올라가서 토굴 처맛귀에 대롱거리는 풍경의 양철판 물고기를 흔들어댄다. 그 물고기의 요분질같은 요동을 견디지 못하고 풍경은 간지럼 잘 타는 아기처럼 몸을 흔들어대며 떼엥 뗑그렁 웃어댄다.

다음은 감나무의 아픈 시간들을 형상화시키고 있다.

그래, 삶은 의무감으로서 사는 것이 아니고 저런 바람을 품은 채 한껏 즐기는 것이다. 숨이 붙어 있는 한 저렇게 웃으면서 버티는 것이다. 각자 받은 소명을 다하기 위해서.

쪽빛 천을 깔아놓은 듯한 하늘을 배경으로 산발한 지신의 머리털같은 검은 잔가지들에는 감 몇 십 개가 꽃봉우리들같이 달려 있고, 그것들은 아침 햇살을 받아 빛난다. 내 생각에 대하여 그렇다고 대답하기라도 하듯.

이놈에게는 상처가 있다. 동쪽으로 뻗었던 가지가 전에 이 집터에 살던 사람이 빨랫줄을 매는 바람에 말라 죽었고, 그 자리에는 내 주먹이 들어갈 만한 구멍이 패어 있고 불개미들이 서식하고 있었다. 그들은 황갈색 나뭇가루를 표피 밖으로 밀어 내놓았다. 혹시 이 자식들이 다른 줄기도 갉아 나무 전체를 죽이지 않을까. 농약을 뿌

　　　　　　　　　　　한승원의 소설쓰는 법

려 멸살시킬까 어쩔까. 한참을 망설이다가 소금 몇 줌을 부어넣고
물을 뿌렸다. 그 뒤로 불개미들은 다른 곳으로 이도를 했는지 더 이
상 나뭇가루를 내놓지 않았다. 그 상처의 옹이 밑부분에서 움터나
온 새 가지 예닐곱 개가 엘크사슴의 뿔처럼 자라나더니 하늘을 향
해 줄곧 뻗어 올라갔다. 금년에는 그 새 가지에 감이 대여섯 개나
달렸다. 그 감들이 다른 헌 가지들의 감들보다 더 굵고 살갗이 매
끄럽고 고운 듯싶었다.

다음은 화자인 나에게도 아픈 시간이 있었음을 형상화시킨다.

　　내게도 저런 상처가 있고 상처 아문 자리 밑에서 새 가지가 뻗어
나고 있을까. 그것에는 앞으로 몇 해 동안 어떤 모양새의 열매가 얼
마나 달리게 될까. 새 가지의 감들을 쳐다보고 있는 내 눈과 가슴에
시디신 전류가 흘러들고 있었다.

다음은 사실상의 주인공인 '이장환'에 대한 이야기를 끌어들이기
위하여 김명윤을 등장시킨다.

　　그때 마을의 한 노인이 마당으로 들어섰다. 그 노인은 평상에 엉
덩이를 붙이고 앉기가 바쁘게 기막혀 죽겠다고 하소연부터 했다.
율산마을의 김명윤이었다.
　　"무슨 일이 있으십니까?"
　　내가 묻자, 김명윤이 무뚝뚝하게 말했다.

"어야, 이, 이런 때레쥑일 놈이 있는가잉?"

김명윤은 두 달쯤 전 뇌성벽력 치면서 비 억수로 쏟아진 날 밤에 수방청 우사의 소 열두 마리를 모두 광주 사는 아들에게 도둑맞은 다음 도사견 강아지 열 마리를 분양해다가 키우고 있었다. 그는 우사 속에 잠자리를 마련하고 거기에서 자곤 했다. 몸 건강이 그만그만해 있고 노망 들지 않았을 때 손자의 대학 등록금을 통장에 담아 놓는 것이 그의 꿈이었다.

여느 때 웃음도 말수도 없던 그의 구릿리빛으로 그은 주름살투성이의 말상인 얼굴이 가뜩이나 납처럼 차갑고 딱딱하게 굳어져 있었으므로 나는 한동안 그의 눈치를 살피다가 왜 무슨 일이 일어났는데 그러느냐고 조심스럽게 물었다.

"사, 사진쟁이 그 늙은 놈 아, 알제?"

그는 이장환에 대하여 말하고 있었다. 화가 치민 까닭인지 여느 때와 달리 말을 심하게 떠듬거렸다.

이장환은 77세의 늙은 사진작가이고 소설가 한승원이 쓰려고 하는 예술 소설의 주인공이다.

바닷가에서 만난 이장환이 "한 작가, 가야금이나 거문고를 연주하는 사람들이잉, 어째서 줄을 퉁김스롬 흔드는지 아는가?" 하고 말한 지 며칠 뒤에 일어난 일이었다.

작가는 이제 이장환이란 인물을 형상화시키기 시작한다. 곁들여 김명윤을 형상화시킨다.

키가 호리호리하고 얼굴이 깡마르고 창백한데다 눈썹과 머리털들이 파뿌리처럼 하얀 이장환은 수문포 마을에 사는 장흥지방의 원로 사진작가였다.

김명윤과 이장환은 친구 사이였다. 그들 둘이 수문포의 푸줏간을 겸한 식당에서 삼겹살을 구워놓고 마주앉아 소주를 마시고 있는 자리에 잠깐 낀 적이 있었다. 그들은 자기들의 사이를 7학년7반 동창생(77세 동갑)이라고 말했다. 그래놓고 서로 자기가 형이고 상대가 동생이라고 우김질을 했다. 이장환은 나를 향해 코를 찡긋하더니, 자기가 두 살이나 위인데 김명윤이 자기를 형이라고 부르지를 않는다고 하소연했다. 김명윤은 "어디가?" 하고 고개를 절레절레 저으면서, 사실은 이장환이 자기보다 정확하게 열 달이나 생일이 늦다고 했다. 이장환이 발끈하여, 그러면 주민등록증을 꺼내 생년월일을 비교하자고 자신만만하게 나섰다. 김명윤은 밑이 찔리는지 거기에 응하려 하지 않고 안주만 집어먹었다. 이장환은 나를 향해, "저저저, 주민등록증 내놓으면 동생인 것이 분명해진께 못 내놓는 것 보소" 하고 밀을 받쳤고, 김명윤은 눈을 거슴츠레하게 뜬 채 고개를 허공으로 쳐들면서, 주민등록증이라는 것은 그 사람의 출생 날짜를 진실로 말해주는 것이 아니라고, 그것보다 더 확실한 진실은 이 세상 뒤편에 있다고 버티었다. 그 말을 하는 김명윤의 얼굴에 웃음이 사라져 있었다. 그러자, 이장환도 얼굴에 웃음을 거두고 사실을 밝혀주었다.

김명윤의 생일이 자기의 생일보다 열 달이나 빠른 것은 사실이지만, 호적에 늦게 오른 이유로 그가 늘 자기에게 당하곤 한다는 것이었다.

김명윤은 그렇게 당하곤 하는 것이 상처가 되어 있었다. 그 상처 아문 자리는 성장과정에서 생긴 상처로 이어졌다. 이장환의 아버지는 일찍 개화된 사람이어서 아들이 태어난 제 날짜를 호적에 올린 것이고, 김명윤의 아버지는 그렇지 못하여 태어난 지 두 해나 지난 다음에 입적시킨 것이었다. 또한 이장환은 아버지 덕에 중학교 문턱을 디뎌보았지만, 김명윤은 초등학교 문턱도 밟아보지 못한 것이었다. 그 까닭으로 이장환은 사진관을 운영하면서 손톱 밑에 때 들이지 않은 채 평생 베레모 쓰고 카메라 걸치고 멋 부리며 살았고, 김명윤은 평생 고기잡이 하고 짐승 키우고 논밭 일구면서 살아온 것이었다. 지금은 늙어 이 친구 저 친구들이 저승으로 떠나고 몇 남지 않아 외로워져서 그렇지, 예전 같으면 같은 술자리에 마주앉을 수도 없었다. 길거리에서 만나도 기껏 고개나 까딱하고 지나치는 정도였다. 옛날 안양면 관내에서 사진기 가진 사람이 그 혼자였을 때 그에게는 처녀들이 줄줄이 따랐었다. 파출소장이나 면사무소 과장이나 계장이나 면장이나 조합장이나 우체국장들하고만 어울렸었다.

한데 이제는 수문마을과 율산마을을 통틀어 동갑내기가 오직 두 사람 남았을 뿐이었다. 언제부터인가 외로운 이장환이 김명윤에게 접근하기 시작했다. 오래전부터 개들까지도 카메라 한 대씩 들고 다닐 정도로 세상이 바뀌고 그의 사진관 영업이 끝장나버린 것이 그들을 가까워지게 한 이유 중 하나였다.

한승원의 소설쓰는 법

푸줏간을 겸한 식당의 술자리에서 무슨 말끝에 이장환이 "이 자식, 형님한테 하는 버르장머리 조깐 보소이?" 하고 말했었다. 그러자 김명윤이 나를 향해 "저놈이 어린 시절부터 하두 총명하고 귀여워서 오냐오냐 하고 키웠등만은 어린양 벗던 버르장머리가 남어 갖고 시방도 저렇게 까부네이" 했었다. 허물없어 보이는 그들 사이에는 보이지 않은 장벽이 가로막혀 있었다.

이장환과 김명윤의 갈등 대립을 서술한다.

그런 그들 사이가 무슨 일인가로 새로이 틀어진 것이었다.

"아니, 수문포 이 선생님하고 무슨 일 있으셨어요?"

"머, 머여? 자네 시방 멋이라고 해, 했는가? 잉? 그런 자식은 자, 자네한테서 선생님 말 들을 자겍이 없는 호로 쌍, 쌍놈이여."

김명윤은 얼굴에 핏대를 올리면서 말했다. 나는 그들이 허물없는 체하며 나누던 농담들을 떠올리며 쓸쓸하게 웃었다. 나의 웃음이 김명윤을 더욱 화나게 했는지 그는 언성을 버럭 높였다.

"어야, 한 선생, 시, 시방 웃을 일이 아니네이. 나 밤새껏 그 자식을 어떻게 때, 때레 쥑에야 쓸꼬 하고 궁리를 했네이."

그 말을 듣고 보니 그의 안색은 초췌했다. 입술 표피가 하얗게 말라 있었고 군데군데 균열이 생겨 있었다. 나는 다시 대관절 무슨 일 때문에 그러느냐고 물으려다가 참고 그를 건너다보기만 했다.

"나는잉, 그 나, 나쁜 자식이 한 일을 차마 어츠쿨로 내 입에 담지를 못하겠네이."

213

나는 아찔한 생각이 들었다. 이장환은 홀아비였고, 수문포의 대지 2백여 평에 덩그렇게 서 있는 두 채의 집에서 혼자 살고 있었다. 외로움에 찌들어 있는 이장환이 잠시 술김에 눈이 뒤집혀 김명윤의 아내에게 어떤 실수를 저지른 것이 아닐까. 가령 술에 취한 이장환이 김명윤의 집에 갔을 때 하필 노모도 없고 그의 아내 혼자만 있었으므로 덥석 손목을 잡았다든지, 입을 맞추었다든지, 아니 그보다 더한 어떤 일인가를 저지르려 했다든지…….

김명윤의 아내는 늙어 주름살이 깊은 얼굴이기는 하지만, 젊은 시절에 아주 빼어난 미색이었음을 말해 주고 있었다. 햇볕과 바닷바람에 그을어 살갗이 거무튀튀하기는 해도 저승꽃이 피지는 않았다. 기름한 얼굴에 구명새들이 뚜렷뚜렷했고 균형이 잡혀 있었다. 눈은 쌍꺼풀이고 코는 오뚝했고 웃으면 볼우물이 패었다. 추하지 않게 늙어가는 여자였다.

"아니, 그분이 무슨 일을 저질렀습니까? 어르신 댁에 오셔서?"

얼른 대꾸하지 않고 오래 뜸을 들이고 난 김명윤은 마침내 "들어 보소이. 그 나쁜 놈이 글쎄, 우리 어무니를……" 하고 말했다. 그러나 기가 막힌 듯 말을 더 잇지 못했다.

나는 정수리를 한 대 얻어맞은 것처럼 멍했고 전보다 더욱 해쓱해진 그의 얼굴을 멀거니 건너다보고 있기만 했다. 이장환이 김명윤의 노모를 어떻게 했다는 것일까. 그의 노모는 백수를 한 해 앞두고 있는 허리 기역 자로 굽은 노파가 아닌가. 혹시 망령이라도 난 것일까. 치매, 그것은 그 사람의 육체와 영혼을 파괴하는 병 아닌가.

이장환과 김명윤의 삶, 사고방식의 차이점을 형상화시킨다.

　이장환은 여섯 해 전에 아내를 여의었다. 아들딸들은 서울과 부산과 광주에 흩어져 살고 있었다. 홀아비인 그가 혼자 거처하는 집은 선창에서 마을 안쪽으로 굽이도는 골목길 어귀에 있었다. 대문간을 겸한 바깥채는 예전에 그가 사진관을 경영하던 곳으로 스무 평쯤의 단층 건물이었다. 대문 안으로 들어가면 정구를 해도 될 만큼 너른 마당이 있고, 그 건너에 기와지붕의 네 칸 겹집인 안채가 늙은 팽나무, 동백나무, 느티나무 들 무성한 뒷동산을 등지고 있었다. 잔디 사이사이 쑥국화, 민들레꽃풀, 갯메꽃 덩굴, 질경이, 엉경퀴, 오랑캐꽃풀, 크로버, 달맞이꽃풀, 코스모스, 채송화, 봉선화, 나발나물, 비름 들이 지천으로 자라나 있는 마당 가에는 화단이 있는데, 철쭉, 모란, 장다리, 덩굴장미, 사계화, 금송, 동백나무, 만수향나무, 후박나무 따위가 철을 따라 꽃들을 피웠다. 나팔꽃 덩굴과 능소화 덩굴이 후박나무와 동백나무를 타고 올라가고 있었다. 그늘진 데다 습기가 많은 담 밑으로는 이끼들이 파랗게 돋아 있었다.
　농협 매장에 가는 길에 들른 김명윤이, 폐가처럼 이게 뭐냐고, 당장 제초제를 뿌려 마당의 풀을 죽여버리라고 했다. 그러나 이장환은 고개를 저었다. 세상에는 잡초라고 하는 풀은 없는 법이라고, 그것들은 꽃을 더욱 앙증스럽고 아름답게 피우는 꽃나무들이라고, 마당 전체를 묵혀버릴지라도 자기는 절대로 제초제를 쓰지 않겠다고 말했다.
　김명윤이, 그것은 말도 안되는 소리라고, 쑥국화풀, 엉경퀴, 달맞

이꽃풀, 명아주풀과 질경이나 비름이나 바랭이풀 들은 잔디를 다 죽이고 말 것이라고 하면서 너 없는 새에 약통을 짊어지고 와서 제 초제를 싹 뿌려버리겠다고 하자, 이장환은 "이 자식 그러면은 나 느 그 나락밭에다가 제초제를 뿌려버릴 것이댕" 하고 으름장을 놓 았다. 그리고 그늘진 곳의 이끼들을 손가락질하며 저것들은 또 얼 마나 이쁜지 아느냐, 가물 때면 나 저것들한테 물을 준다" 하고 말 했다. 김명윤은 어이없어 더 말대꾸하지 않았다.

다음은 이장환의 예술가로서의 작품행위에 대하여 형상화시킨다.

비뚤름하게 눌러쓴 검정 베레모 아래로 허연 머리털들을 기다랗 게 늘어뜨린 그는 날이면 날마다 적갈색의 양복 저고리에 검정 바 지를 차려입고 속에 입은 흰 남방셔츠 칼라를 밖으로 내놓은 채 고 물 수동 니콘 카메라 한 대를 가슴에 대각선으로 걸치고 파이프를 한손에 들고 가끔씩 물부리를 빨면서 나들이를 했다. 대개의 경우 그 물부리에서는 연기가 나오지 않았다. 평생동안 걸고 다니는 카 메라의 무게가 그렇게 만들었는지 목과 등이 약간 구부정했다. 구 부정한 윗몸 때문에 앞을 내다보는 그의 얼굴은 늘 위쪽으로 쳐들 려 있곤 했고, 턱이 새의 부리처럼 튀어나와 있었다. 읍내에 장이 서 는 날엔 시장바닥을 돌았다. 좌판을 벌이고 물건 흥정을 하는 아주 머니들과 어물전에 진열해놓은 물고기들에게 카메라 렌즈를 들이 댔다. 철 지난 스웨터에 정강이까지 내려온 검정 치마를 입은데다 노랑물을 들인 머리에 울긋불긋한 조화와 번쩍거리는 장식이 달린

빗을 찌르고 허름한 맹꽁이 가방을 짊어진, 반쯤 어리미친 여자가 구걸하러 다니는 것을 몰래 뒤따라다녔다. 가끔씩 카메라 렌즈를 통해 그녀의 모습을 바라보았다. 강냉이장사의 뻥튀기 하는 순간을 렌즈를 통해 보고, 쇠전에 끌려나온 소들의 모습과 흥정하는 장사 꾼들의 모습과 입에 문 담배 연기 때문에 얼굴을 찡그린 채 돈을 헤 아리는 모습들을 렌즈를 통해 들여다보았다. 그러나 그는 좀처럼 셔터를 누르지 않았다. 그러는 그에게 "필름이 들어 있어요?" 하고 묻는 사람들이 있었다. 그에 대해서 아는 체하는 사람들은 그기 사 진을 찍지는 않고 그냥 개멋만 부리며 돌아다닌다고 했다. 사진작 가로서의 삶이 이미 끝났다고 했다.

그는 가끔 산과 들과 바닷가를 혼자서 헤매었다. 썰물이 지면 카 메라에 망원렌즈를 끼워 가지고 갯벌밭으로 나갔다. 그 렌즈를 통 해 바지락 캐거나 낙지 잡는 아낙들을 보고 고기 사냥 하는 갈매기 를 바라보고 갯벌밭에 서서 먹이를 노리는 검은댕기두루미를 보았 다. 여름철이면 해수욕을 즐기는 아이들이나 다정스레 거니는 남녀 를 또한 그 렌즈를 통해 바라보았다. 정각암 연못에 수련이 피는 때 에는 아침 일찍이 가 하루 내내 머무르면서 시각과 햇빛의 정도에 따라 달라지는 수련꽃 봉오리들과 연못물에 어린 산과 꽃과 단청 칠해진 암자 건물을 그 렌즈를 통해 바라보았다. 수련꽃을 찍고 싶 어 암자 연못에 갔다가 연못 앞에서 어정거리는 그를 만났었다. 그 는 카메라를 들고 이리저리 다니면서 수련을 열심히 조준했지만 한 번도 셔터를 누르지는 않았다. 어쩌면 카메라에 필름이 들어 있지 않다는 사람들의 말이 사실일지도 몰랐다. 아니면, 벌이가 없는 그가 인색해져서 필름 사용하기를 두려워하는지도 모른다 싶었다.

나는 자전거를 타고 수문포에 갔다가 가끔 푸줏간에서 삼겹살구이를 놓고 소주잔을 기울이고 있는 이장환을 만나곤 했다. 그는 나를 푸줏간 안으로 끌어들여 소주를 권했다. 어떤 때는 횟집인 바다하우스에 혼자 앉아 바지락회나 전어회나 깔따구회나 세발낙지회나 키조개살, 새조개살을 놓고 소줏잔을 기울이고 있다가 나를 끌어들이기도 했다. 그럴 때 그의 얼굴에는 흰하게 화색이 번져 있었다.

그가 권하는 잔을 받으면서 한번은 "혼자서 어떻게 사십니까?" 하고 말을 건넸고, 또 한번은 "선생님의 작업실이랑 그 동안 해놓은 작품들이랑 한번 구경시켜 주십시오" 했고, 또다시 한번은 "제가 이렇게 말씀드리면 선생님께서 화를 내실지 모르지만, 어떤 때는 저도 작업실을 차려놓고 선생님한테서 흑백사진 현상하고 인화하는 법을 배워 작품 제작을 좀 해보고 싶은 충동이 들 때가 있어요" 하고 말했고, 얼마쯤 뒤에는 "칼라 작품을 주로 하십니까, 흑백을 주로 하십니까?" 하고 물어보았었다.

첫 물음에는 "이 사람아, 그런 것은 묻는 법이 아니여" 하였고, 두 번째, 세 번째, 네 번째 만났을 때 건넨 말에 대해서는 그냥 쓴 입맛을 다시며 쓸쓸하게 웃어버렸고, 네 번째의 물음에 대해서는 "그냥 그때그때 마음가는 대로" 하고 말했었다.

다섯 번째는 술집에서가 아니고 바닷가 모래밭에서 만났다. 산책을 나갔다가 아카시아 숲 그늘 아래 앉아 바다를 내다보고 있는 그를 만난 것이었다. 다가가서 옆에 앉자 그가 말했다.

"사실은 나 이렇게 돌아다님스롬 카메라를 들이대기는 해도 찍

한승원의 소설쓰는 법

지는 않아. 찍더라도 현상만 해놓고 인화를 안해.”

“왜요? 기왕 하신 작품들인데, 다 인화 해가지고 그 가운데서 좋은 것들 몇 십 점 골라 전람회를 한번 해보시지요. 군민회관 전시실이라든지, 안 그러면은 광주 어느 화랑이라든지……”

그는 고개를 저었다.

“다 부질없는 짓이야. 찍을 때 노렸던 것하고 뽑아낸 다음에 나온 것하고가 너무 달라. 내가 찍은 것이 아니고 어느 촌놈이 한껏 멋을 부려 찍은 것 같어. 그날 내내 찍은 것들 가운데서 한 장도 건지지 못하고 다 찢어버릴 때도 있었어. 사진 찍는 일은 절망만 하게 말들어. 나는 사진 찍을거리를 찾아댕기는 것, 그것을 찾아갖고 찍는 순간 머릿속에 떠오른 그것이 황홀하고 즐거울 뿐이여.”

나는 그의 말이 내포하고 있는 뜻을 얼른 알아차릴 수가 없어 하늘을 쳐다보았다. 사슴같은 구름 한 장이 떠가고 있었다.

“요즘은 무엇에 관심을 갖고 계십니까?”

나의 물음에, 먼 바다로부터 줄줄이 달려온 파도들이 모래톱에서 재주를 넘곤 하는 것을 바라보고 있던 그는 “시간!” 하고 말했다.

“아, 네에!” 하고 나는 감탄사를 뱉어냈다. 모든 것은 시간을 가지고 있다. 파도도 시간을 가지고 있고, 갈매기와 게와 통보리사초와 갯메꽃과 갈대와 물떼새와 숭어도 시간을 가지고 있고, 나도 그것을 가지고 있다. 그 시간에 떠밀려 하구로 흘려가고 있고 소멸되어 가고 있다.

“나는 아주 욕심이 많은 사람이여. 요즘은 컴퓨터로 사이버에 떠댕기는 것을 뽑아내기도 하고, 디지탈 사진기 하나로 못하는 것이 없다는디……. 아주 그렇게 발달하는 짐에, 오로라 현상을 찍어내 대끼, 사람들 머릿속에 떠댕기는 생각이나 황홀한 기억, 슬픈 추억들도 찍어내는 것이 나왔으면은 좋겠어. 현실보다는 기억이나 추억이 훨씬 안 아름다운가? 물속이나 유리창에 비친 세상같이 말이여."

이장환이 형상화시키려고 하는 '시간'을 화자가 더 확실하게 형상화시킨다.

한데, 사진작가 이장환이 김명윤의 노모에게 무엇을 어찌했다는 것일까. 그 궁금증을 가슴에 담은 채 나는 그날 그가 바닷가 아카시아숲 그늘에서 헤어지기 직전에 한 말을 떠올렸다.

"한 작가, 가야금이나 거문고를 연주하는 사람들이잉, 어째서 줄을 퉁김스롬 흔드는지 아는가?"

가야금 연주자가 줄을 퉁겨놓고 흔드는 것(弄絃)을 형상화시킨다.

농현(弄鉉). 왜 그 연주가들은 농현을 할까. 죄어 있는 상태인 한 줄의 한 음만으로는 어떤 감정의 결이나 무늬를 오롯이 표현할 수 없어 그럴 터이다. 감정은 술잔에 담아놓은 술처럼 늘 가만히 있는 것이 아니다. 술이라고 가만히 있겠는가. 그것은 불을 품은 물 아닌가. 보이지 않는 길항 작용을 거듭하고 있을 것 아니겠는가. 풀잎에 맺힌 이슬 한 방울도 속에 여울물과 강물과 바닷물 같은 움직임을 가지고 있기 마련 아닌가. 그 동하는 정서를 표현하기 위해 한 음으로 하여금 그

한승원의 소설쓰는 법

위쪽과 아래쪽 혹은 양옆으로 넘나들도록 하는 것이 농현 아닐까.

가야금이나 거문고는 두 선을 동시에 뜯어 화음을 내지 않는 대신 한 현을 뜯고 흔들면서 한 소리로 하여금 그 위와 아래 혹은 양옆으로 넘나들게 한다. 수평으로 넘나들게 하고 동시에 수직으로 넘나들게 한다. 대칭의 울림과 비대칭의 울림이 동시에 일어난다.

다음은 우주적인 농현을 형상화시킨다.

부처는 부처만이 아니고 중생은 중생만이 아니다. 부처가 중생이고 중생이 부처이다. 부처 속에 중생이 있고 중생 속에 부처가 있다. 여름에 피어 있는 해바라기꽃 속에 지난 가을에 맺힌 꽃씨가 있고 그 꽃씨 속에 지난해 여름의 꽃과 다음 여름에 피어날 꽃이 있다. 갓난아기 속에 자기를 낳아준 아비 어미가 있고, 그 아비 어미를 낳아준 할애비 할미가 있고, 그 갓난아기 속에 장차의 아비 어미, 할애비 할미가 있고, 더 먼 장래의 흙 한 줌이 들어 있다.

이장환은 농현 같은 시간을 카메라로 찍으려 한다. 가시적으로 보여주기 위하여.

이장환은 농현 같은 시간을 생각하고 있다. 카메라의 렌즈를 통해 시간 찍어낼 궁리를 하고 있다. 그리하여 그는 시간이 보이지 않으면 셔터를 누르지 않는 것이다. 그래, 그렇다. 내 소설 속에도 시간이 담겨 있도록 해야 한다. 모든 예술작품은 결국 시간을 형상화하는 것 아닐까.

김명윤이 말했다.

"내가 아침밥을 묵고 수, 수방청에 가고 없는 새에 그 사기꾼 같은 놈이 집엘 찾아왔드란 것이여. 그 나쁜 자식은 일부러 내가 집에 없을 때 차, 찾아왔단 말이여."

김명윤의 진술을 통해 이장환이 '농현의 시간' 촬영을(비가시적인 것을 가시적으로 나타내기) 위해 노모에게 저지른 일을 형상화시킨다.

이장환은 김명윤의 아내가 설거지를 마치고 바다에 나가려고 하는 참에 마당 안으로 들어섰다. 그의 아내는 이장환이 김명윤을 만나러 온 줄 알고 "시방 수방청 우사에 계시는디라우" 하고 말했다. 그 어른을 만나려거든 그리로 가보라는 뜻으로. 그러나 이장환은 배시시 웃으면서 "아니라우. 하두 오랜만이고 그래서 어무님께 인사를 드리고 옛날 이약도 조깐 듣고 그랄라고 왔구먼이라우" 하고 말했다.

그의 아내는 이장환을 노모의 방으로 안내해주었다.

이장환은 여느 때나 다름없이 베레모를 베틀짐하게 눌러쓰고 사진기와 보조가방을 한쪽 어깨에 걸치고 있었고, 한 손에 홍삼 한 뿌리가 그려진 음료수 상자를 들고 다른 한 손에는 진한 치자색의 옷보자기를 들고 있었다. 그 옷보자기 속에 무엇이 들어 있을까 궁금했지만 이장환이 그녀에게 주려 하지도 않고 펼쳐보여주려 하지도 않는 눈치였으므로 그녀는 모른 체하고 서둘러 바구니와 호미를 챙겨가지고 바다로 나갔다.

한승원의 소설쓰는 법

그날 그의 아내는 바지락과 뻘떡게와 꼬시락을 잡아가지고 점심 때가 훨씬 겨웠을 무렵에 돌아왔는데 노모는 집에 있지 않았다. 이웃집이나 노인당에 놀러 가셨겠지 하고 혼자 점심을 먹고 바다에서 잡아온 것들을 손질해놓고는 나른하여 한숨 잤다. 그랬다가 택시의 경적소리 때문에 잠에서 깨었다. 천근이나 되는 몸을 간신히 일으키는데 노모가 현관문을 열고 들어왔다.

이때 그녀는 놀라지 않을 수 없었다. 노모는 새로 지은 것임이 틀림없는 옥색의 치마저고리를 입고 있었고 술에 얼근하게 취해 있었다. 얼굴이 복사꽃색인 노모를 이장환이 등 뒤에서 보듬다시피 하고 들어왔다. 이장환이 노모를 택시에 태우고 어딘가 갔다가 그제야 돌아오고 있는 것이었다.

"어디 갔다가 오시는디 이렇게……?"

그의 아내가 물어도 노모는 대답하지 않았다. 이장환이 어색하게 웃으며 "지가 어디를 조깐 모시고 가서 점심 대접을 하고 옵니다이" 하고 말했다. 그리고 서둘러 돌아가려 하면서 노모를 향해 "그럼 어무니, 저는 이만 가볼랑께 편히 쉬십시요잉" 하고 나서 그의 아내를 향해 "말씀도 안 드리고 모시고 갔다가 너무 오래 지체하고 와놔서 혹시 많이 걱정 안하셌는지 몰것소야?" 하고 말했다.

"아니라우."

그의 아내는 고개를 세차게 저어주었다. 이장환이 대관절 어디를 모시고 갔다가 왔는지 궁금해 견딜 수 없었지만 묻지 않았다. 김명윤이 저녁밥을 먹으러 왔을 때에야 그에게 노모의 일을 귀엣말로 전했다.

노모는 자리에 누운 채 밥넘이 없어 저녁밥을 먹지 않겠다고 맥 풀린 소리로 말했다. 그 자식이 대관절 어디엘 모시고 가서 과음을 하게 했을까.

"그 사람하고 어디 다녀오셨소?"

김명윤이 퉁명스럽게 물었다.

"그냥 어디 조간 가자고 하길래 갔다가 왔다이. 오늘 나 그 사람한테서 대접 참말로 잘 받았다."

그는 더 묻지 않고 으흠 하고 헛목을 가다듬었다. 마음이 편하지 않았다. 아들인 자기가 못해드린 효도를 이장환이 대신 해드렸다는 사실이 그를 속상하게 했다. 자기가 그 가치를 알지 못한 채 헛간 구석에다가 함부로 방치한 보물을 이장환이 꺼내 싣고 가서 먼지와 흙을 털어내고 번쩍번쩍하게 닦아다가 놓은 듯싶었다. 노모를 이장환에게 빼앗긴 듯싶었다. 이제는 노모가 자기의 집 안에 있긴 있어도, 그렇게 있는 것은 등신일 뿐, 그 혼은 이미 이장환에게 건너가버린 것 같았다. 아니, 이장환이 노모를 싣고 어딘가 가서 실컷 희롱하고 온 듯싶었다. 몸이나 영혼의 보이지 않는 많은 부분들이 찌그러지고 망가져 있을 듯싶었다. 노모의 영혼을 이장환이 자기의 정서에 맞도록 개조하고 색칠과 기름칠을 해다가 놓았을 듯싶었다.

김명윤의 가슴은 아파오기 시작했다. 자곡지심과 손상된 자존심과 노모의 영혼을 잃어버린 듯한 상실감과, 대관절 어디에 모시고 가서 무슨 짓을 하다가 왔을까 하는 궁금증이 그를 견딜 수 없도록 들쑤셨다.

수문포의 개인택시 기사 둘한테 전화를 걸어, 혹시 이장환과 함께 어디 가지 않았느냐고 물었다. 그들은 이장환에게 불려간 일이 없다고 했다. 아마 율포 택시를 이용한 모양이라고 했다. 율포 택시 기사들한테 물었다. 그들도 이장환에게 불려가지 않았다고 했다. 안양 택시 기사들과 장흥 택시 기사들에게도 물었다. 그들도 율산 마을에 불려가지 않았다고 했다. 그는 울화가 끓었다. 이장환에게 전화를 걸었다. 신호만 갈 뿐이었다.

한데, 이튿날 괴상한 소문 하나가 떠돌았다. 이장환이 그의 노모를 모시고 간 곳은 순천만의 광활한 갈대밭이라는 것이었다. 거기서 노모를 발가벗겨놓고 사진을 찍었다는 것이었다. 이장환은 처음부터 계략을 야무지게 짠 것이라고 했다.

노모는 호사꾼이었다. 술을 좋아했고, 취하면 호탕해졌다. 대접하는 쪽에서 춤을 추라면 추고 노래를 하라면 했다. 그것을 안 이장환이 촬영 준비를 완벽하게 한 다음 맛깔스럽고 부드러운 술과 안주를 가지고 찾아온 것이었다. 아들인 김명윤에게 그렇게 하겠다고 말하면 허락하지 않을 줄 알고 몰래 찾아온 것이었다. 그리고 수문포 택시를 이용하면 말이 날 줄 알고 아예 율포 택시를 이용한 것이었다. 그리고 그 기사의 입을 막기 위해 요금을 곱으로 준 것이었다. 그런데 그 기사가 입이 근질거려 말을 퍼뜨렸고, 그것이 하루만에 율산마을까지 날아온 것이었다.

이장환이 김명윤의 노모에게 저지른 일 '농현의 시간' 촬영의 실상을 형상화시킨다.

드넓고 울창한 갈대밭 속으로 노모를 모시고 간 이장환은 갈대들을 쓰러뜨린 다음 한 평 넓이의 돗자리를 깔았다. 노모를 그 위에 앉히고 가지고 온 술과 안주를 꺼내 권했다. 노모가 그에게 잔을 건넸지만 그는 사양했다. 취기가 오르면 사진이 되지 않는다면서 마시지 않았다. 자기는 사진을 다 찍어드린 다음에 마시겠다고 했다. 노모는 그가 권하는 대로 다 받아 마셨다. 갈대숲에서 물떼새, 개개비 들의 울음소리가 들려왔다. 멀지 않은 개웅에서 청둥오리와 갈매기의 울음소리도 났다. 노모가 얼근해졌을 때 그는 가지고 온 진한 치자빛 보자기를 풀었다. 한복집에 새로 맡겨 지은 옥색 치마 저고리가 거기 들어 있었다.

"이 옷은 제가 어무님께 드릴라고 지어온 것입니다이. 장흥 읍내에서 지일로 솜씨 좋은 사람한테서 지어왔어라우. 갑자기 돌아가신지 어무니 생각이 나서……. 그 양반이 올해 여든아홉 살이시라는디, 아직까장도 안경을 끼고 바느질을 해라우. 옛날 읍내 기생옷은 그 양반이 다 했드라요. 기왕이면 새 옷으로 갈아입으시고 사진을 찍어야지라우. 저는 저쪽 갈대숲 속에 가 있을란께 이 옷으로 갈아입으십시오이. 속저고리, 저고리, 속속곳, 속곳, 속치마, 치마, 버선, 이렇게 갖추갖추 지었은께 시방 입고 기시는 옷은 속옷까지도 다 벗어뿔고 새각시 시절에 입으시대끼 한번 입어보십시요이. 그래사 태깔이 제대로 날 것 아니것소? 그라고라우, 여그는 키를 훨씬 넘게 자란 갈대밭 속 아니오? 아무도 보는 사람이 없은께 안심하시고 천천히 입으십시오이."

"아따, 색깔 곱다아! 이것 공단 아닌가? 잉? 아이고, 말년에 옥색

공단옷이라니이? 아이고, 이 사람, 비싼 돈 들여서어……!"

노모는 고마워 어쩔 줄 몰라 했다. 치마와 저고리를 이리 뒤적여

보고 저리 뒤적여 보았다.

"아따 참말로 바느질 실하게는 했네잉."

노모는 솜씨를 찬탄하면서 속저고리와 저고리와 속곳과 속속곳

과 치마와 버선 들을 하나씩 살폈다.

이때 이장환은 갈대밭 밖에서 앳된 여자 한 사람을 데리고 왔다.

열서너 살쯤 되었을 듯한 앳된 여자는 치자빛 나는 옷 보퉁이를 들

고 있었다.

"어무니, 혼자 사진 찍기 멋할까 싶어서 같이 찍을 이쁜 처녀 하

나를 데리고 왔구만이라우. 나란히 앉아서 똑같이 옷을 갈아입으십

시오이."

노모는 어리둥절했다. 앳된 여자는 어색해하면서 노모에게 고개

를 까딱한 뒤 옆에 앉아 옷보자기를 풀기 시작했다.

"난 저쪽에 가 있을란께 할무니하고 같이 옷 갈아입어라이. 너 혼

자만 먼저 얼른 갈아 입어뿔지 말고이…… 할무니한테 먼저 새 옷

을 입혀드리고 난 다음에 입어라잉. 무슨 말인지 알겄지야, 잉? 그

런께 똑같이 옷을 벗기는 하는데 말이여, 너는 옷을 다 벗은 채로

할무니의 옷을 입혀드리란 말이여, 잉? 절대로 서두르지 말고 천천

히……. 너는 먼저 할무니 옷을 완전하게 입혀드린 다음에 입으란

말이여. 먼 말인지 알겄지야? 잉?"

앳된 여자는 그의 말을 알아들었다고 고개를 끄덕거린 뒤 할머

니의 옷을 벗기기 시작했다. 그리고 자기의 옷도 허물을 벗듯이 모

두 벗었다. 하얀 알몸이 되었다.

이때 이장환은 갈대숲 속에서 망원렌즈로 노모와 앳된 여자의 벌거벗는 모습들을 카메라에 담았다.

이장환의 계략은 치밀했다. 그는 일부러 노모와 앳된 여자의 속저고리와 저고리의 고름, 속속곳끈, 속곳끈, 속치마끈, 치마끈 들을 잘 풀리지 않도록 단단하게 마주 홀맺어 놓았다. 홀맺힌 그것들을 푸는데만도 한 2, 3분씩이 걸리도록.

앳된 여자는 그가 지시한대로 노모의 옷들을 일단 모두 벗긴 다음 새 옷을 입히기 시작했다.

앳된 여자는 알몸이 된 채로 노모의 깡마른 알몸 위에 속속곳과 속곳과 속치마와 치마 들을 차례로 입혔다. 그러느라 앳된 여자는 고개를 젖히면서 몸을 굽히기도 하고 모로 틀기도 했다. 노모는 입혀주는 옷들을 꿰입느라 엉거주춤 일어나서 엉덩이를 쭉 빼주기도 하고 몸을 외틀어주기도 했다. 앳된 여자는 노모의 몸에 한복을 다 입힌 다음 자기의 알몸에 속속곳과 속곳, 속치마, 치마, 속저고리와 저고리를 차례로 입었다. 그녀의 옷고름과 치마끈들도 마찬가지로 단단하게 홀맺혀 있었으므로 그것을 푸는데 많은 시간이 허비되었다. 앳된 여자가 그것들을 풀어서 입는 동안 갈대숲 속에 몸을 숨긴 이장환은 열심히 사진을 찍어댔다. 뜻밖에 노모가 앳된 여자의 옷 입는 것을 하나하나 도와주었다. 노모는 "아이고 곱다, 참말로 탐스럽다" 하고 찬탄하면서 앳된 여자의 얼굴 여기저기와 봉긋한 젖가슴을 쓰다듬고 백자항아리같은 엉덩이와 사타구니와 늘씬한 다리를 쓸었다. 앳된 여자는 노모의 손길이 닿을 때마다 수줍어하며 몸을 움츠리기도 하고 모로 외틀면서 비비꼬기도 했다.

그는 카메라 속에 노모와 앳된 여자가 옷을 하나씩 벗어가는 모습들을 담고, 알몸이 된 두 여자의 모습, 속속곳과 속곳과 속치마의 끈을 푸는 모습, 알몸이 된 앳된 여자가 노모의 알몸에 옷을 입히는 모습, 한복을 곱게 차려 입은 노모가 앳된 여자의 옷 입는 것을 도와주는 모습, 노모가 앳된 여자의 알몸 여기저기를 탐스럽다고 찬탄하면서 쓰다듬고 어루만지는 모습, 속속곳·속곳·속치마·치마를 차례로 입느라고 엉거주춤 일어서거나 엉덩이를 빼거나 몸을 외튼 모습, 치마를 허리에 두르며 발아래를 내려다보는 모습, 저고리를 입고 고름을 매는 모습, 잘못 맨 것을 노모가 고쳐매주는 모습들도 담았다.

두 여자가 옷을 입고 나자 그는 그들을 나란히 앉혀놓고 찍고, 앳된 여자로 하여금 노모를 부축하며 걷게 하고 찍었다. 앳된 여자로 하여금 노모를 얼싸안게 하고 찍고, 두 여자의 얼굴을 대어 붙여놓고 찍었다.

이때 노모가 얼씨구 하면서 춤을 추기 시작했다. 두 활개를 벌리고 앳된 처녀의 두 손을 잡아 흔들면서 너울너울 추었다. 달콤한 매실주 석 잔에 노모는 얼근하게 취해 있었다. 이장환은 노모의 춤추는 모습들을 모두 카메라에 담았다.

김명윤의 분노와 그들 둘 사이를 화해시키려 하는 화자인 나와의 갈등 대립을 형상화시킨다.

"한선생, 그 자식을 어, 어떻게 했으면 좋겠는가?"

그러나 김명윤의 그 말에 대하여 나는 아무런 말도 하지 못하고 있었다. 그도 그럴 수밖에 없는 것이, 그가 전해주는 이야기를 듣는 순간 나는 안타까웠던 것이다. 그 촬영하는 현장에 나도 함께 갔으면, 카메라를 들고 가서 그 노모와 앳된 여자의 알몸 움직임들을 찍었으면 얼마나 좋을 것인가. 키를 훨씬 넘기게 자란 갈대숲, 메추라기 새끼들 같은 갈꽃들이 늦가을의 양광에 젖어 수런거리는 갈대숲 속에서 옷을 갈아입고 있는 노모와 앳된 여자의 모습은 얼마나 곱고 아름다우면서도 슬플 것인가.

이장환은 대단한 일을 도모하고 있는 것이고, 그의 행위는 결코 지탄받아야 할 일이 아니다 싶었다. 때문에 나는 김명윤의 울분 어린 비난에 동조할 수가 없었다.

나의 눈빛과 표정에서 내 생각을 읽어낸 김명윤은 발끈했다. 나로부터 쉽게 동조를 이끌어낼 수 있으리라고 생각했던 그는 나에게서 적잖이 실망하고 배반감을 느끼고 있었다. 내 눈을 뚫을 듯이 바라보면서 목줄에 핏대를 세우고 울분 어린 목소리로 말했다.

"그 자식을 응징하려고 한 내가 너무한 것인가? 잉?"

나에게 항의하듯이 말했다.

나는 아니요, 하고 강하게 부정하며 고개를 살래살래 저었다. 그러자 그는 침방울과 함께 줄줄이 거친 말을 뱉어냈다. 밤잠을 자지 못하고 내내 생각에 생각을 거듭한 듯 그의 말은 조리가 있었다.

"먼저 그 나쁜 자식이 찌, 찍은 것들을 죄 뺏어서 쫙쫙 찢어뿌러야 안 쓰겄냐고잉? 세, 세상에 남의 빡빡 느, 늙은 어무니의 다 말라비틀어진 알몸 사진을 찍어서 폴아묵을라고 하다니 말이나 되는

일인가? 잉? 나, 우리 어, 어무니를 욕보인 데 대한 울분이 풀릴 때
까지 그 자식 귀딱지를 몇십 번이든지 후려쳐뿌러야 쓰겄어. 그라
고는 도, 동네 사람들이 모두 모여 있는 자리에서 나한테 무릎을 꿇
고 비, 빌라고 해사 쓰겄어. 그 자식이 안 그라면은 절대로 요, 용서
해줄 수가 없네. 내 말이 틀렸는가?"

김명윤은 자기가 구상하고 있는 복수행위가 완벽하게 이루어질
수 있도록 나에게 협조해 달라는 것이었다.

그 말에도 나는 대꾸하지 못했다. 그렇지만, 그 복수가 너무 지나
치다는 말을 하기에는 그의 흥분상태가 너무 치열했다.

"좌우간에 한 선생이 마, 말씀을 조깐 해보시소이. 자네가 내 입
장이라면은 이 일을 어떻게 처결하겄는가? 잉?"

물론 이장환이 한 일을 떳떳한 것이라고 말할 수 없었다. 이장환
은 자기의 사진 예술만을 위해 이성을 잃었던 것이다. 그렇다고 김
명윤의 말대로 하는 것도 안 될 듯싶었다.

그 사건을 무마하는 데는 두 가지의 방법이 있을 것 같았다. 첫
번째 방법은, 무조건 이장환이 찍은 사진들을 모두 없애버리고 그
로 하여금 김명윤에게 사죄하게 하는 것이었다. 두번째 방법은, 이
장환이 김명윤에게 사죄를 하기는 하지만, 찍은 사진작품들을 없애
지 않는 것이었다. 사술을 쓴 것이 괘씸하기는 하지만 이장환의 예
술행위만큼은 고귀하므로 그것에 대하여 김명윤이 이해하고 어느
정도의 보상을 받은 다음 허락하는 것이었다.

그 두 가지 방법 가운데 하나를 택하여 해결하고 화해하도록 주
선해야 한다 싶었다. 그러나 그것이 가능할까. 화해란, 정반대되는

극과 극에 자리해 있는 장본인들이 자기가 지향하는 극을 등지고 돌아서서 그 중간의 어느 어름으로 다가서게 하는 것인데.

이장환이 김명윤에게 사죄를 할지라도 그 필름들을 절대로 내놓으려 하지 않을 듯싶었다. 초상권 침해와 명예훼손으로 말미암아 설사 얼마 동안 옥살이를 하고 자식들에게 위자료를 물어줄지라도 그 작품을 위하여 모든 것을 감수하려 들 듯싶었다.

나는 이장환이 말하던 시간을 생각했다. 갈대밭 속에서 벌거벗은 노파의 알몸과 앳된 여자의 알몸의 대비에서 이장환은 무엇을 건져냈을까. 그 작품들은, 인위적인 연출의 냄새가 배어 있는 작품이기는 하지만, 그 결점을 뛰어넘는 어떤 의미가 넉넉하게 있을 것 같았다. 비록 이성이 흐려진 노모에게 술을 마시게 하고 연출하는 비열한 방법을 동원하였을지라도.

그것을 구제해줄 길이 없을까. 그것은 김명윤으로 하여금 이장환의 예술행위를 양해하게 하는 길 뿐인데, 그게 가능할까. 양쪽을 다 구제할 수 있는 길이 없을까. 그러려면 두 사람이 화해하게 해야 하는데. 양쪽이 다 자기의 자존심을 누그러뜨리고 한 걸음씩 물러서게 해야 하는데.

먼저 이장환으로 하여금 노모에게 솔직하게 모든 것을 고백하게 하고 그 노모가 이장환이 만들려고 한 그 무엇에 대하여 판단함으로써 처결하게 하면 어떨까. 어쩌면 노모는 이장환을 용서해줄지도 모른다. 오히려 이장환이 한 일을 잘한 일이라 고마워하고 칭찬할지도 모른다. 노모는 죽으면 한 줌 흙이 되어버릴 몸뚱이, 그것을 이용하여 무언가를 얻어보겠다는 데 허락해주지 않을 이유가 있느냐고 생각할지도 모른다. 아, 그렇다. 노모로 하여금 아들인 김명윤을 설득하게 해야 한다.

그러나 그것은 이장환의 예술만을 위해주는 일방적인 생각일 뿐이다. 아들인 김명윤의 상처받은 자존심과 정서는 전혀 그 반대쪽에 놓여 있다. 어머니의 오글쪼글한 육신을 사진으로 박아 만천하에 내보이려 한 무도한 놈을 어떻게 용서할 수 있냐고 김명윤은 생각하고 있는 것이다. 노모가 설사 이장환을 이해하고 용서한다 할지라도 아들인 그로서는 그러지 않을 터이다. 김명윤 자기는 설사 용서할 수 있을지라도 다른 자식들이 그 일을 용납하지 않을 것이라며 왼고개를 틀 터이다. 그 노모의 몸과 영혼은 노모 자신만의 것이 아니고, 김명윤 혼자만의 노모도 아니고, 다른 자식들 모두의 것이라 말할 터이다. 몸과 영혼은 유산 이상의 것이라며, 다른 자식들이 알면 이장환을 몽둥이로 쳐죽이러 들 것이라고 말할 터이다.

헝클어진 실타래 같은 그 사건에 대하여 함부로 말할 수 없어서 나는 "글쎄요, 저로서는 지금 무어라고 말씀드릴 수가 없습니다" 하고 말했다.

그때 응접실의 전화벨이 울렸다. 나는 달려가서 창문을 열고 창턱에 올라앉아 있는 전화기의 송수화기를 들었다. 이장환에게서 걸려온 것이었다.

"한 작가, 나 이장환인디이, 시방 내가 아주 곤란한 지경에 처해 있네이." 기진맥진한 목소리로 이장환은 말하고 있었다. 나는 그가 김명윤의 노모에게 저지른 일로 말미암아 피해다니고 있는 곤혹과 난처함을 얘기하는 것으로 여기고 "네, 다 짐작하고 있는데요, 지금 어디 계십니까?" 하고 물었다. 한데 이장환은 내가 짐작하고 있는 것보다 더욱 곤란한 지경에 처해 있었다.

"내가 시방 경찰서 수사과에 와 있는디이, 자네가 얼른 이리 조간 와줘사 쓰겄네이."

내가 알았다고, 금방 가겠다고 말하자 김명윤이 눈치를 채고 "그 전화 그 자식한테서 왔제? 그 나쁜 놈 시방 어디 있다고 한가? 잉? 당장에 쫓아가서 요절을 내뿔라네" 하며 이장환이 있는 곳으로 함께 갈 뜻을 비쳤다.

나는 김명윤을 경찰서 수사과로 데리고 가선 안될 듯싶었다. 무슨 일 때문인지 모르지만 이장환이 그곳에 있다고 하니까 어르신의 노모와 관련된 일에 대해서는 나중에 다른 자리에서 만나 처결하는 게 어떻겠느냐고 통사정을 하듯이 말했다.

"그, 그렇다면은 더 잘 되아뿌렀제잉. 차제에 그 자식을 고발해갖고 버, 버르장머리를 때, 때려잡어뿌러야 쓰겄네이."

김명윤은 흥분으로 숨결이 가빠졌다. 얼굴이 창백해졌다.

"무슨 나쁜 일로 조서를 받고 있는 것 같은데, 지금 한참 화가 나 계시는 어르신까지 가서서 노모하고 관련된 문제로 고소하느니 어쩌느니 하시면 그 어른이 더욱 곤란한 지경에 빠지지 않겠습니까?"

김명윤을 설득하려 들었지만 그는 고개를 저었다. 그가 워낙 완강했으므로 나는 하릴없이 그와 함께 경찰서에 갔다.

'시간의 농현', 15세 여중생을 갈대밭에서 발가벗겨놓고 촬영한 사건으로 인해 경찰서에서 조서 받고 있는 이장환의 이야기를 형상화시킨다.

일제 때 지은 3층의 시멘트 건물이었다. 중앙현관 앞에 세운 두 개의 사각기둥이 나란히 옥상 스카이라인까지 치올라 가 있었다. 2층의 두 기둥 사이에 경찰의 상징인 무궁화가 걸려 있고 그 안쪽에 국기 게양대가 있었다. 스카이라인 위쪽으로 치솟은 국기봉 끝에 태극기가 펄럭이고 있었다. 두 개의 기둥이 날일 자를 그리고 있었다. 무궁화가 걸려 있는 국기 게양대는 날일 자 중간 획 한가운데에 위치해 있었다.

현관에 들어서자 한가운데에 복도가 있고 그것 양옆으로 과실들이 늘어서 있었다. 건물의 밑바탕도 날일 자를 가로 눕혀놓은 모양새로 설계한 것이었다. 일본인들은 주도면밀했다. 그들은 물러갔지만 그들의 흔적은 이 땅의 한복판 여기저기에 이렇게 남아 있는 것이다. 흉물스럽고 끔찍한 넋. 그것이 내 몸 속 어딘가에도 남아 있지 않을까.

수사과 안은 어수선하고 시끌덤벙했다. 한 형사가 컴퓨터 자판에 두 손을 얹은 채 맞은편에 앉은 피의자를 향해 경멸스러운 어조로 따지기도 하고 힐문하기도 했다. 송수화기를 들고 누군가하고 통화를 하고 있기도 했다.

그곳에서 이장환은 감색 양복의 중년 형사와 마주앉아 있었다. 담당 형사는 옥색 와이셔츠에 넥타이를 맨데다 동글납작한 얼굴이 희고 고와 도무지 형사답지 않아 보였다. 경찰서 건물이 지니고 있는 일본식의 위압으로부터 제법 멀리 벗어나 있는 듯싶은 그 형사는 노트북 컴퓨터 자판에 손을 얹은 채 부드러운 얼굴로 심문하고 있었고,

235

맞은편의 이장환은 한 손으로 다른 한 손을 주무르고 비비면서 쑥스러워하고 어색해하고 난처해하며 묻는 대로 고개를 끄덕거려주며 네네, 하고 대답하고 있었다. 혐의들을 모두 순순히 시인하고 있었다.

형사는 들어서는 나에게 고개를 끄덕거리며 이장환 옆에 앉으라고 말했다. 거짓말을 조금 보탠다면, 보험회사의 생활설계사의 말처럼 부드러웠다. 나는 함께 간 김명윤을 옆의 한 의자에 앉히고나서 이장환 곁에 앉았다.

김명윤이 이장환을 향해 "너 이 자식, 아, 안 그래도 너를 찾을라고 싸, 싸대는 판인디 여그 잘 붙잡혀 있구나이. 이 나쁜 자식. 너 오늘 나, 나한테 한 번 죽어봐라" 하고 소리쳐 말했다. 김명윤은 얼굴이 잿빛이 된 채 부들부들 떨고 있었다. 이장환은 김명윤의 얼굴을 한번 흘긋 건너다보고 나서 고개를 숙이면서 "미안하네이. 나, 참말이제, 이 미안한 말을 어떻게 다 하면 좋을지 모르겠네이. 내가 욕심 땀시 눈이 뒤집혀갖고 그랬네이. 그래서 그 일 저 일 얽혀갖고 내가 시방 여그 요렇게 나와 있네이" 하고 말했고, 김명윤은 씨근거리면서 "이 놈아, 사람을 쥐, 쥑에놓고 미안하다는 말만 해뿔면은 그 사람이 사, 살어나냐? 잉?" 하고 쏘아붙이고나서 형사를 향해 "헤, 헹사님, 이 늙어빠진 놈이 이만저만 나, 나쁜놈이 아니오이. 나 없는 새에 우리 늙으신 어, 어무니를 꾀어서 갈대밭으로 델꼬가서 욕을 보인 놈이오. 이 세상에서 지일로 무거운 벌을 받도록 해주시오이. 법에서 그렇게 안 해주면은 나라도 나서서 패쥑어뿌러야 쓰겠소" 하고 말했다.

형사가 김명윤을 향해 조용히 하라며 "지금 그 혐의를 다 시인했습니다" 하고 말했다.

한승원의 소설쓰는 법

조서는 금방 끝났다. 형사가 작성한 것을 흰 종이에 뽑아 이장환에게 건네면서 읽어보고 무인을 찍으라고 말했다. 이장환은 읽으려하지 않고 그것을 나에게 건네주면서 "내가 지금 이런 형편에 놓여 있네이. 한 선생 대하기 참으로 부끄럽네이" 하고 말했다.

나는 이장환이 건네준 조서를 얼떨결에 받아들었다. 내가 이것을 대신 읽어도 되는 것인가. 그것을 집어든 나는 얼굴이 화끈거렸고 눈앞이 어질어질했다. 그렇지만 워낙 궁금하던 참이라 얼른 내용을 훑어보았다.

이장환은 열다섯 살인 여중생에게 돈 20만 원을 주겠다고 유혹하여 갈대밭으로 데리고 가 발가벗기고 사진을 찍었다. 그날은 바람이 심하게 불었고 갈대숲이 어지럽게 출렁거렸다. 그 갈대숲 사이를 달려가게 하기도 하고 쪼그려앉아 있게 하기도 하고 하늘을 향해 누워 있게 하기도 하고, 갈대숲을 한 아름 끌어안게 하기도 하고, 김명윤의 벌거벗은 노모와 나란히 앉혀놓거나 눕혀놓기도 한 채 사진들을 찍었다. 그 일로 말미암아 여중생은 감기가 걸려 앓아누웠고, 그 소문이 학교 안에 퍼졌으며 그것을 안 학부모와 학교 측이 고소를 한 것이다.

화자가 두 사람 사이의 화해를 주선한다.

내가 조서 내용을 훑고나자 형사가 말했다.

"사실은 제가 한 선생님한테 전화를 거시라고 했어요. 이 조서 받으신 다음에 혼자 가시면 안될 것 같아서요. 말이 통하는 누구하곤

가 같이 나가서서 술이나 한 잔 하시는 것이 좋을 것 같아서요."

이장환은 내 손을 잡아 흔들어주고나서 김명윤을 향해 두 손을 내밀어 그의 손을 잡으려 했다. 김명윤은 이장환의 손을 뿌리쳤다. 이장환은 그에게 머리를 조아리면서 말했다.

"내가 죽일 놈이네이. 용서해주라는 말도 못하겠네야. 나로서는 자네의 억울하고 분한 것을 어떻게 다 풀어줄 수가 없네이. 법에 따라 처벌을 받는 수밖에. 법대로 처벌 받은 것으로 울분이 풀리지 않으면은 내 귀딱지를 치든지 주먹으로 두들겨패든지 걷어차든지 자네 알아서 하시소."

"그, 그래, 이놈아, 니가 니놈의 자, 잘못을 알기는 아는구나잉. 오냐, 이 앞 길바닥에 나가서 콱 패 죽여주마."

거기에 형사가 끼어들었다.

"친구 사이인데, 폭력으로 하면 안 되고요, 이장환 씨가 잘못을 시인하고 용서를 구하는 만큼 용서하고 서로 화해하여 다시 옛날로 돌아가셔야지요. 이제 팔십이 다 된 처지에 앞으로 사시면 얼마나 더 사신다고……."

이장환은 의자에 붙이고 있던 엉덩이를 들더니 시멘트 바닥에 꿇어앉았다. 김명윤을 향해 두 손을 마주 비볐다.

"내가 자네한테 어떻게 해주면은 분이 풀리겠는가? 자네가 하라는 대로 함세. 담당 형사 앞에서 말을 좀 해주소이."

김명윤은 조건을 제시했다. 찍은 사진들을 모두 찢어 없앨 것, 노모에게 사술을 쓴 죄를 빌고 용서받을 것, 친구를 속인 대가로 귀딱지를 열 대만 칠 테니까 잠자코 얻어맞을 것이었다. 이장환은 그 조

한승원의 소설쓰는 법

건들을 모두 받아들이겠다고 했다.

담당 형사가 고개를 젓고나서 말했다.

"이 자리에 있는 사람이 그럴 입장도 처지도 아니오마는 김명윤 씨한테 한 말씀 드립랍니다. 여중학생을 성희롱했다고 고소가 들어와서 지금 조서를 작성하기는 했는데, 조서를 다 받고 나니 이장환 씨의 예술정신이 참으로 순수하다는 생각이 들었습니다. 물론 어리고 순진한 학생을 자기 예술을 위해 돈을 주고 이용한 것은 응징을 받아야 합니다. 그런데, 그 행위는 성희롱 차원도 원조 교제같은 비도덕적인 음란 행위나 성매매 차원도 아니고 어디까지나 예술행위란 말입니다. 다만 욕심이 지나쳐서 어떠한 선을 넘은 것이란 말입니다. 나도 학생시절부터 사진을 찍는 취미가 있었거든요. 이번에 이장환 씨가 찍은 것을 보지는 않았지만, 그 사진은 저질의 외설적인 사진하고는 하늘하고 땅만큼의 차이가 있을 거예요. 그리고 김명윤 씨가 이장환 씨하고는 서로 모르는 처지도 아니고 이웃마을에서 어린 시절부터 꼬추 맞잡고 살아오신 벗이니까 외롭게 살아오신 예술가를 위해서 좀 양해를 해주시지요. 만일에 친구이신 김명윤 씨가 너그럽게 생각해버리기만 하면 해결되는 일이에요. 들어보니까 노모께서 갈대밭에 가 계시는 동안 정말로 즐거워하셨고, 또 집에 돌아오실 때까지 내내 유쾌해하셨다고 하고……. 애초에 이장환 씨가 노모나 김명윤 씨를 깔보고 희롱하려는 게 아니라 작품을 만들기 위해서 한 일이니까……. 물론, 허락을 받지 않고 한 일이므로 김명윤 씨가 또 고소를 하신다면 저로서는 어쩔 수 없이 함께 처리할 수밖에 다른 도리가 없습니다마는……."

담당형사의 말에서 용기를 얻어 나는 이장환이 말하던 〈농현〉을 떠올리며 "어르신들, 오늘 저기 싱싱횟집에 가서 소주나 한 잔 하시면서 이야기하십시다. 이 선생님께서 후회하고, 정중하게 사죄를 하고 그러시니까 오늘 모든 것을 풀어버려야 하지 않겠습니까?" 하고 거들었다.

이장환은 고개를 살래살래 저었다. 자기가 저지른 죄는 어떤 수를 써도 용서될 수 없는 일이므로 잠시 헛꿈을 꾸었다고 생각하고 필름들을 모두 불태우고 친구 김명윤 씨와 노모의 처분대로 따르겠다고 했다.

순간 나라도 김명윤에게 사술을 써서 이장환의 〈농현〉을 구해내고 싶었다. 진짜 필름을 감추고 가짜 필름을 김명윤이 보는 앞에서 파기하면 될 터이다.

횟집에서 술이 거나해졌을 때 내가 말했다.

"이 선생님, 먼저 노모에게 가서 사죄를 하시고, 필름을 모두 없애십시오. 김명윤 어르신께서는 울분이 풀릴 때까지 귀딱지 열 대를 치시겠다고 한 것은 접으시고, 이 일을 없던 일로 하시고 예전의 친구 사이로 되돌아가시지요."

김명윤 노모의 '시간의 농현'에 대한 인식이 사건을 해결하게 한다.

김명윤은 고개를 끄덕거렸고 나는 곧 택시 한 대를 불렀다. 우리 셋은 율산마을로 갔다.

이장환이 노모 앞에 큰절을 한 다음 꿇어앉은 채, 얼마전 갈대밭

한승원의 소설쓰는 법

에서의 무례한 행위를 안 아들이 화를 주체 못하고 있음을 말하고, 그날 찍은 사진들을 모두 없애기로 약조하고 이렇게 사죄드리러 왔다고 했다. 그러자 노모는 김명윤과 이장환과 나를 향해 거듭 손 사래를 쳤다.

"안 된다이. 절대로 안 된다잉. 그 사진 다 맨들어갖고 오너라이. 나 진작에 모든 것을 다 알고 있었어야. 장환이 이 사람이 사진에 미친 놈이란 것을 이 근동 사람쳐놓고 모른 사람이 어디 있냐? 잉? 나 그 사진 얼른 보고 싶다이. 그라고잉, 그것들 죽을 때 내 관 속에 넣어주라고 할랑께 한나도 뗀게뿔지 말고 옴씨래미 다 가지고 오너라이. 죽으면은 썩어질 몸뚱이 사진으로 조깐 찍으면 어짠다냐? 잉? 느그 어매 살이 닳어진다더냐? 명이 짧어진다더냐? 사진기 눈깔이 느그 어매 살을 파묵는다드냐, 잉? 그날 나 알매나 즐거웠는지 아냐? 이 늙은 몸뚱이가 아직 쓸모가 있다고 생각한께 환장하게 좋드라이. 그냥 춤을 덩실덩실 췄어야. 사람은 살어서 남 좋은 일을 해야 쓰는 법이여. 죽을 때 제 몸뎅이를 의사들한테 해부용으로 쓰라고 주기도 한다지 않드냐? 아무 소리 말고잉, 그날 찍은 사진 다 갖고 온나이. 잉? 젊고 싱싱하고 피둥피둥했던 살이 얼마나 어떻게 망가졌는지 한번 봐보게. 그라고 나하고 같이 찍은 그 이쁜 가시내 사진도 갖고 온나잉? 그 가시내 젖통, 엉뎅이, 눈, 코, 잎, 귀, 볼, 턱, 머리카락 들 참말로 참말로 참깨꽃같이 희고 보들보들하고 탐스럽드라이. 다 찌그러진 몸뎅이하고 참깨꽃같이 피어난 몸뎅이하고, 그 두 가지 것 한번 맞대보자이. 그 가시내 벗은 몸을 본께 나 젊었을 적 일이 생각나드라. 내가 다시 그렇게 싱싱해진 것같이 가슴이 수런거리고 환장하게 좋기만 하드라……."

무릎을 꿇고 엎드려 이마를 방바닥에 대고 있던 이장환은 몸을 일으키더니 노모를 향해 다시 큰절을 했다. 그것은 예사 절이 아니었다. 부처님 앞에 절할 때처럼 이마를 방바닥에 댄 다음 짚었던 손바닥 둘을 하늘 쪽으로 뒤집어 받들 듯이 폈다. 그 절을 세 번이나 거듭했다. 마지막 절을 한 다음에는 오래오래 엎드려 있었다. 어흑 어흑 하고 흐느껴 울고 있었다. "이 사람아 울기는……" 하고 노모가 소리치면서 앉은걸음으로 다가가 그를 얼싸안아 일으키고 얼굴에 번들거리는 눈물을 손바닥으로 닦아주었다. 이장환은 노모의 가슴에 얼굴을 묻은 채 밖에서 억울한 일을 당하고 들어온 아이처럼 엉엉 울고 있었다.

시간 속에서 모든 것들은 점차 낡아진다. 낡아지면 흉물스러워지고 힘이 빠지고 제구실을 다 하지 못한다. 그러다가 파괴되고 소멸해간다. 그러나 다 그러는 것만은 아니다.

— 한승원의 『잠수거미』 중 「그러나 다 그러는 것만은 아니다」 전문(69~98쪽에서)

이 소설의 첫 대목과 끝 대목을 비교해보자.

첫대목 : 시간 속에서 모든 것들은 점차 낡아진다. 낡아지면 흉물스러워지고 힘이 빠지고 제 구실을 다 하지 못한다. 그러다가 파괴되고 소멸해간다.

끝대목 : 시간 속에서 모든 것들은 점차 낡아진다. 낡아지면 흉물스러워지고 힘이 빠지고 제 구실을 다 하지 못한다. 그러다가 파괴

되고 소멸해간다. 그러나 다 그러는 것만은 아니다.

작가가 형상화하려는 것은 무엇일까. 한마디로 말한다면 시간의 농현이다. 위의 첫 대목과 끝 대목 속에 이런 진리가 들어 있다. '시간은 파괴자이다. 시간 앞에서 모든 것은 낡아간다. 낡아가는 것은 파괴되고 소멸되어가지만 이장환처럼 시간을 농현하는 예술은 영원을 살 수도 있다.' 작가는 낡아간다는 것을 값 없는 것으로 생각하고, 늙어간다는 것을 값 있는 것으로 생각하고 있다.

평론가 김춘섭이 그의 평문에서 「그러나 다 그러는 것만은 아니다」를 어떻게 읽었는지 살피면서 형상화에 대하여 확실하게 공부하기 바란다.

시간은 과연 존재하는가? 시간에 관한 회의론자들은 시간은 실재하지 않는다고 주장한다. 왜냐 하면 미래는 아직 오지 않았고, 과거는 이미 지나갔으며 현재는 머무르지 않기 때문이란다. 그럼에도 불구하고 우리의 일상은 철저히 시간의 지배를 받고 운영된다. 오히려 시간에의 예속이라고 할 만큼 우리의 행위와 사유들은 시간에 의해 기획 통제되고 있는 것이다.

(중략) 하지만 자신에게 주어진 시간의 통제로부터 벗어나려는 노고, 시간에의 역전, 혹은 시간의 넘나듦은 우리 모두가 또한 꿈꾸는 바가 아닐까.

한승원의 「그러나 다 그러는 것만은 아니다」에서는 이러한 시간의 문제를 깊이 있게 천착한다. 퇴색되고 소멸되어가는 시간의 횡

포로부터 맞서기, 시간의 역전 혹은 시간의 넘나듦을 꿈꾸는 농현의 시간을 작가는 역설의 미학으로 형상화해내고 있다. (중략)

농현, 동하는 정서를 표현하기 위해 한 음으로 하여금 그 위쪽과 아래쪽 혹은 양옆으로 넘나들도록 하는 가야금이나 거문고의 연주법을 이르는 말이다. 한 현을 뜯으면서 그 현을 흔들어 한 소리로 하여금 수평으로 동시에 수직으로 넘나들게 하는, 대칭과 비대칭의 울음을 일어나게 하는 농현은 연주법이면서, 작가에게는 한편으로 그만이 터득한 새로운 소설작법일 수도 있을 터이다. 혹은 시간 속에서 모든 것이 점차 낡아지는, 흉물스러워지고 힘이 빠지고 제 구실을 하지 못한다는 것을 발견한 어느 늙은, 그럼에도 불구하고 문학청년의 뜨거운 열정과 대가의 완숙한 문장을 가진 어느 소설가의 삶에 대한 깨달음일지도 모른다.

그러한 농현에 대한 깨달음은 농현의 시간에 대한 역설적 깨달음이기도 하다. 즉 리쾨르가 '시간 이야기'에서 역설한 바와 같이 농현의 시간은 미래도, 과거도, 한 점에 국한된 현재도, 또한 흘러가는 현재도 아닌 변증법적으로 확장된 현재시간일 것이다. 그것은 '부처 속에 중생이 있고 중생 속에 부처가 있으며, 갓난아기 속에 자기를 낳아준 아비 어미가 있고, 그 아비 어미를 낳아준 할애비 할메가 있고, 그 갓난아기 속에 장차의 아비 어미 할애비 할메가 있고, 더 먼 장래의 흙 한 줌이 들어 있다'는 깨달음에 다름 아니다.

이러한 농현의 시간에 대한 역설적 깨달음을 완결된 미적 구조로 완성해놓은 것이 바로 이 작품이다. 그는 한과 생명의 바다를 배경으로 민초들의 열정적인 삶을 드러내는 일로 일관해왔으며, 이제는 남녘의 끝 해산(海山) 한 자락에 토굴을 지어 은거하면서 새로운 문학적 세계를 개척하고 있다.

이 작품은 그간 그가 추구해왔던 끓어넘치는 생명력을 배경으로 하면서도 그만의 독특한 미적 인식을 섬세하게 형상화해냈다는 점에서 그 동안의 작품들과는 또 다른 면모를 보여준다. 즉 작가가 미적 대상을 바라보고 인식하는 미의식의 작품에 투사되고 있으며, 작중 인물이 현실과 자신의 예술적 이상 사이에서 갈등하면서 예술가로서의 새로운 자아 인식에 도달한다는 점에서 이 작품은 하나의 예술가 소설이라고도 불러도 좋은 듯하다. 이제하의 「비원」, 이문열의 「들소」「금시조」「시인」, 박상우의 「샤갈의 마을에 내리는 눈」 등 예술가 소설이 빈약한 우리 문단에서 한승원의 이 작품은 그런 점에서 더욱 값진 것이다.

이 작품은 60년을 넘어선 상처투성이 감나무에 자아를 투사하곤 하던 작가인 화자에게 마을의 한 노인, 김명윤이 들어서면서 서사의 발단이 이루어진다. (중략)

김명윤이 이장환에 대해 발끈하게 된 것은 이장환이 김명윤의 구십 넘은 늙은 노모의 알몸 사진을 찍었기 때문이다. 다 말라비틀어진 노모의 알몸 사진을 이장환이 찍었다는 것을 김명윤은 용납할 수 없었던 것이다. 하지만 이장환은 그것이 순수하고도 고귀한 예술 행위였음을 고백한다. 그는 드넓고 울창한 갈대밭 속으로 노모를 모시고 가서 열다섯 먹은 젊은 처자와 함께 옥색 치마저고리를 갈아입는 모습을 먼 발치에서 찍었노라고 항변한다. 여기서 중재를 요청받은 화자는 고민한다. 김명윤의 손상된 자존심과 불효에 대한 상실감도 문제이지만 이장환의 순수한 예술혼도 무시할 수 없는 것이었다.

그런데 화자의 의식은 이장환의 예술혼 쪽으로 마음이 기울어진다. 이장환은 비록 시골 사진관을 운영해오던 인물이지만 나름의 미적 자의식을 갖추고 있다. 그는 카메라를 들이대기는 해도 찍지는 않으며, 찍더라도 현상만 하고 인화는 하지 않는다. 그것이 다 부질없음을 깨달았기 때문이다.

"다 부질없는 짓이야. 찍을 때 노렸던 것하고 뽑아낸 다음에 나온 것하고가 너무 달라. (중략) 나는 사진 찍을 거리를 찾아댕기는 것, 그것을 찾아갖고 찍는 순간 머릿속에 떠오른 그것이 황홀하고 즐거울 뿐이어."

실제의 사물과 렌즈를 통과한 투사체의 차이, 즉 실제의 사실과 사실효과의 어긋남에 대해 그는 이미 깨닫고 있었던 것이다. 기표와 기의, 현상과 본질이 결코 일치할 수 없는, 이제는 더 이상 사실성(reality)을 추구할 수도, 얻어낼 수도 없게 된 이 시대 예술가들의 왜소한 초상을 그에게서 발견하게 되는 셈이다. 그래서 그는 "오로라 현상을 찍어내대끼, 사람들 머릿속에 떠댕기는 생각이나 황홀한 기억, 슬픈 추억들도 찍어내는 것이 나왔으면은 좋겠어. 현실보다는 기억이나 추억이 훨씬 안 아름다운가?"라고 토로하기도 하는 인물이다.

그런 이장환이었기에 화자는 김명윤의 말을 곧이곧대로 받아들이지 않는다. 모든 사태를 김명윤보다는 이장환의 편에서 이해하고 수용하려 한다. "키를 훨씬 넘게 자란 갈대숲, 메추라기 새끼들같은 갈꽃들이 늦가을의 양광에 젖어 수런거리는 갈대숲 속에서 옷을 갈아입고 있는 노모와 앳된 여자의 모습은 얼마나 곱고 아름다우면서도 슬플 것인가" 하면서 화자 자신도 그 촬영 현장에 함께 갔으면 하는 안타까움을 느끼기도 한다. 과거의 시간과 미래의 시간이 현재에 병치되고 용해되어 있는 농현의 시간을 구현해낸 그 사진 속 상황을 떠올리면서 화자의 의식의 초점은 김명윤이 아니라 이장환에게 전이되고 있다. 화자 또한 이장환이 추구한 농현의 시간을 경험하고 그것의 역설적 아름다움에 매료되기를 꿈꾸게 되는 것이다.

더욱이 문제인 것은 구십을 넘긴 김명윤의 노모의 태도이다. 사죄하러 온 이장환에게 노모는 사진을 절대 없애서는 안 된다고 거듭 손사래를 친다. 사진을 찍으면서 "늙은 몸뚱이가 아직 쓸모가 있다고 생각한게 환장하게 좋드라이. 그냥 춤을 덩실덩실 췄어야" 하는 노모의 발화는 서사의 결말을 감동으로 이끌어 올린다. (중략)

이장환은 그런 노모에게 큰절을 올린 후 노모의 가슴에 얼굴을 묻은 채 아이처럼 엉엉 울고 만다. 화자는 이를 보면서 시간 속에서 모든 것들이 낡아지고 흉물스러워지며 파괴되고 소멸되어가지만 '다 그러는 것만은 아니'라는 역설적인 깨달음에 도달한다.

때문에 이 작품은 역설의 수사로 구조화되어 있다. 대립항들이 대립을 넘어서 교섭함으로써 그 대립의 의미 자질을 무화시키는 수사가 작품 구조의 핵을 이룬다. '부처 속의 중생, 중생 속의 부처', '불을 품은 물', '갓난아기 속의 할애비 할메', 사진 속의 구십 넘은 노모의 '다 찌그러진 몸뗑이'와 열다섯 처자의 '참깨꽃같이 피어난 몸뗑이', 육십 넘은 재래종 감나무의 상처 아문 자리에서 돋아난 새로운 가지, 농현의 수직 수평의 넘나듦 등이 다 역설의 수사를 일구어낸다. 이와 같은 세계에 대한 역설적 접근이야말로 작가 한승원이 그러한 궁극의 깨달음에 도달한 만큼의 완숙에 이르렀음을 함의하는 것이고, 그것이 '그러나 다 그러는 것만은 아니다'라는 작품의 역설적 주제로 귀결되는 셈이다.

이러한 농현의 시간에 대한 역설적 깨달음이 작가 한승원의 문학세계의 섬세한 선회의 근거가 될 듯싶다. 자연친화적인 충일한 생명에 천착하는 그만의 독특한 문학세계의 기조는 변하지 않았지만 그 대상과의 거리의 변화가 문제일 것이다. 즉 그간의 그의 작품들이 충만한 생명의 역동적 길항작용과 밀착되어 있었던 반면, 이 작품에서는 그것들의 거리가 멀어져 있다. 그 역동적 상황을 망원렌즈로 들여다보는 만큼의 거리로 물러나 있는 셈이다. 즉 이장환 영감이 김명윤의 노모와 15살 처자를 촬영하는 만큼의 거리를 이 작품은 견지해내고 있다. 이를테면 사건을 충동하는 중심인물이 이장환 영감이나 김명윤 영감이며, 화자는 관찰자에 머물러 있는 것에서도 확인할 수 있는 부분이다. 그것을 관조의 거리라고 해야 할 것이다. 그러한 관조의 거리가 이 작품을 내면 탐색, 혹은 섬세한 내면 묘사의 서사로 이끌어가게 하는 힘으로 작용한다. 그리고 그 거리가 아름다움을 인식해낼 수 있는 미적 거리(aesthetic distance)를 창조해내면서 이 작품을 아름다움에 관한 소설, 즉 한 편의 예술가 소설로서 구현해내고 있다고 할 수 있을 것이다.

—『2003 올해의 문제소설』 중 김춘섭의 「농현(弄絃)의 미학, 역설의 미학」

전문(453~459쪽에서)

한승원의 소설쓰는 법

꽁트, 단편소설, 중편소설
장편소설은 각기 어떻게 다른가

각 소설들의 차이점을 사냥꾼의 사냥에 비유하여 설명해보자.

공기총으로 참새나 메추라기 따위를 사냥하는 것을 '꽁트'라고 할 수 있을 터이다. 작은 엽총으로 꿩, 토끼, 비둘기, 멧돼지 새끼, 고라니 새끼 따위를 사냥하는 것을 '단편소설'이라 할 수 있을 터이고, 좀 더 큰 엽총으로 어미 멧돼지나 노루나 사슴을 사냥하는 것을 '중편소설'이라 할 수 있을 터이고, 더욱 큰 엽총으로 호랑이나 곰이나 얼룩말, 코끼리 따위를 사냥하는 것을 '장편소설'이라 할 수 있을 터이다.

안타까운 것은 공기총을 들고 호랑이 사냥을 하겠다고 덤벼드는 것이다. 더욱 안타까운 것은 쌍발 엽총을 가지고 참새나 메추라기를 잡으러 다니는 것이다. 더더욱 안타까운 것은 로켓포를 가지고 고라니 새끼, 노루 새끼를 잡으러 다니는 일이다.

작가는 사냥감에 알맞은 엽총을 사용할 줄 알아야 한다.

꽁트는 어떤 소설인가

꽁트는 짧은 소설이다. 손바닥에 쓸 수 있는 짧은 소설이나 A4 용지 한두 장에 담을 수 있는 분량의 소설을 말한다. 200자 원고지로는 5장쯤에서 20장쯤의 길이이다.

꽁트에는 반드시 촌철살인 같은 반전이 있어야 한다. 반전을 위하여 작가는 미리 앞부분에 들통나지 않게 복선을 깔아두어야 한다. 반전은 꽁트의 생명이다. 반전이 없는 꽁트는 꽁트로서 자격이 없다.

할아버지가 밤낚시를 갔는데 고기들이 미친 듯이 입질을 했다. 황홀해진 채 아흔 아홉마리째를 잡고, 옆구리가 결리어 허리를 펴고 구럭 안을 들여다보니 단 한 마리밖에 없었다. 깜짝 놀라 사방을 두리번거리니, 뱃전 아래서 도깨비가 히히히 웃으며 말했다. '한창 신나게 잡아 올렸지?' 알고 보니, 할아버지가 한 마리를 잡아 구럭에 넣으면 도깨비가 슬쩍 가져다가 낚시에 꿰어주고 또 잡아 올려 넣으면 가져가다 낚시에 꿰어주곤 하기를 아흔여덟 번이나 한 것이다. 우롱당한 것이 분하여, '너 이 자식 나한테 죽어봐라' 하고 주먹을 부르쥐고 덤비자, 도깨비가 달아나면서 말했다. '너무 화내지 마라. 한 마리나 아흔아홉 마리나 그것이 그것이니라.

— 한승원의 이야기 시 「나의 할아버지 이야기」 전문

도둑질에 달통한 아버지와 아들이 한 부잣집으로 도둑질을 하러 갔다. 창고 문을 열고 안으로 들어갔다. 거기에는 진기한 보물들이 가득 쌓여 있었다. 아들이 그것에 정신이 팔려 있는 동안 아버지는 문 밖으로 나와서 창고 문을 닫고 자물쇠를 채우고 집으로 돌아가버렸다.

아들은 기가 막혔다. 아버지가 나를 붙잡혀 죽게 하려는 것이다. 이럴 수가 있는가. 그러나 기막혀하고 분해하고만 있을 수 없었다. 아들은 살아나갈 궁리를 했다.

"찍찍" 하고 쥐의 소리를 내기도 하고, 문짝을 긁기도 했다. 그 소리를 들은 주인이 호롱불을 들고 창고 문을 열었다. 순간 아들은 호롱불을 손으로 쳐버리고 달났다. 그러다가 캄캄한 마당 한가운데에서 빨랫돌에 걸려 넘어졌다. 바로 그 옆에는 깊은 우물이 있었다. 그는 순간적인 기지를 발휘했다. 그 빨랫돌을 들어 우물에 던졌고 풍덩 소리가 났다.

"도둑이 우물에 빠졌다!"

주인이 소리쳤고 집안사람들이 모두 불을 밝히고 우물에 빠진 도둑을 잡기 위하여 몰려갔다. 그 틈을 이용하여 담을 넘어 집으로 돌아간 아들은 아버지에게 울분을 쏟아냈다.

아버지는 웃으면서 말했다.

"너는 이 아비보다 훨씬 훌륭한 창조적인 도둑이 되었다!"

— 강희맹의 「도둑의 교훈」 전문

10포인트 활자로 A4용지 10장 내외(200자 원고지로 70장 내외)쯤 되는 길이라면 단편소설이라 할 수 있다. 물론 그 배쯤의 길이라 할지라도 단편소설이 될 수 있다.

단편소설의 맛은 단순 인물, 단순 구성, 단순 주제에 있다. 많은 인물이 등장하지 않아야 한다. 등장인물이 두세 사람 정도면 적당하다. 물론 네 사람이 등장할지라도 무방하다.

작가는 자기의 단편소설에 등장시킨 많은 인물들을 모두 제대로 형상화시켜야 하는 부담이 있다. 처음 소설을 쓰는 신인작가는 가능하면 인물을 적게 등장시키는 것이 그 인물들을 제대로 형상화시키는 데 유리하다. 해마다 각 신문사에서 주최하는 신춘문예는 대개 단편소설을 모집한다. 그 길이는 대략 200자 원고지 80장 내외이다.

김동리의 「무녀도」 「황토기」, 황순원의 「소나기」, 김동인의 「감자」, 이청준의 「눈길」들이 단편소설에 속한다. 앞에서 살펴본 한승원의 「그러나 다 그러는 것만은 아니다」도 단편소설이다.

중편소설은 어떤 소설인가

200자 원고지로 250장에서 500장쯤 길이의 소설을 중편소설이라고 할 수 있다. A4용지로는 25~60장의 길이가 된다.

단편소설에 비하여 길이가 두 배 이상 긴 만큼 작품의 무게도 무거워야 한다. 인물은 단편소설처럼 두 사람이나 세 사람을 등장시킬 수도 있고, 다섯 사람 혹은 그 이상을 등장시킬 수도 있다. 물론 작가는 그 등장인물들을 모두 형상화시키지 않으면 안 된다.

중편소설은 단편소설과 장편소설 중간에 위치한 소설이라 할 수 있다. 이승우의 「나는 아주 오래 살 것이다」, 한승원의 「폐촌」이 이에 속한다.

장편소설은 어떤 소설인가

장편소설은 대개 책이 한 권 될 수 있는 길이의 소설이다. 200자 원고지로는 천 장 내외일 수도 있고, 2천~3천 장일 수도 있다. 이런 경우 두세 권짜리 장편소설이 된다.

톨스토이의 『전쟁과 평화』, 도스토옙스키의 『죄와 벌』, 앙드레 지드의 『전원교향곡』 『배덕자』, 로렌스의 『어머니와 아들』, 존 스타인벡의 『분노는 포도처럼』, 이청준의 『당신들의 천국』, 김훈의 『칼의 노래』 『남한산성』, 김주영의 『홍어』, 조정래의 『태백산맥』, 한승원의 『추사』 『다산』 들이 다 장편소설이다.

소재를 역사에서 가져왔을 경우 그것을 역사소설이라고 말한다.

등장인물은 그 수가 얼마든지 많을 수 있다. 물론 작가는 그 인물들을 모두 완벽하게 형상화시켜야 한다.

소설다운 소설은 장편소설이라고 할 수 있다. 단편소설과 중편소설은 그 나름의 의미와 가치를 지니고 있지만, 소설문학의 본령은 장편소설에 있다. 작가가 단편소설, 중편소설만 쓰고 장편소설을 쓰지 못했다면 좋은 작가라고 말할 수 없다.

서구의 문학이 발달한 나라에서는 장편소설을 다섯 편 이상 발표하지 않은 작가는 좋은 작가로 평가하지 않는다. 단편소설, 중편소설을 중시하던 우리나라도 이제 차츰 장편소설을 중시하는 쪽으로 나아가고 있다.

당신도 한 편의 장편소설을 써서 대박을 터뜨릴 수 있다

성장소설 혹은 개안소설에 대하여

헤르만 헤세의 『데미안』은 성장소설이다. 어린 시절을 경유하여 어른이 된 사람이면 누구든지 성장소설 한 편씩을 쓸 수 있다. 성장소설은 개안소설이다. 그것은 새로운 세상에 조금씩 눈을 떠가면서 놀라움과 절망과 방황을 서술해가는 소설이다. 김주영의 『홍어』와 한승원의 『물보라』「해산 가는 길」도 성장소설이다.

성장소설은 어린아이의 눈으로 세상을 보고, 그것을 어른이 된 나의 시각으로 해석해가는 것이므로 신비하고 아름다우면서도 철학적이라는 장점을 가지고 있다.

먼 바다에서 달려온 가로줄 무늬의 파도들이 토막토막 썰리는 연도(蓮島) 개오지 연안의 모래톱을 밟아가면서 해선은 오른쪽 아래의 송곳니를 왼손 엄지와 검지 끝으로 잡아 흔들었다. 오른손보다는 왼손이 더 잘 들었다.

　토요일 한낮이었다.

　선생님에게서 동화를 잘 쓴다는 칭찬을 들었지만 즐거운 줄 몰랐다. 아버지 몰래 오른쪽 아래 송곳니를 뽑아야 하는 숙제가 앞에 놓여 있었다. 해가 중천에 떠 있었으므로 오종종해진 그의 그림자가 발에 거듭 밟혔다. 그림자는 그가 하는 일마다 흉내를 내고 참견을 하고 잘난체하는 친구였다. 바보 같은 자식, 네가 혼자서 송곳니를 뽑을 수 있을 것 같으냐? 하고 친구가 그를 쳐다보며 비아냥거렸다. 그래, 내기하자, 하고 그가 말했다. 그것 뽑지 못해서 덧니가 나가지고 입술을 젖히고 올라가 코를 꿰버리면 어쩔래? 그것은 영락없이 코끼리의 상아같이 되고, 멧돼지나 드라큘라의 송곳니같이 될 것이다, 하고 친구가 키드득거렸다. 친구는 악마 취미를 가지고 있다. 이 자식아, 기분 나쁘게 어디다가 비교하고 있어? 친구의 머리를 짓밟았다. (중략)

　떡니 둘은 돌아가신 할머니가 실로 묶어서 뽑아주었고, 아랫니 둘은 아버지가 뽑아주었다. 술에 취한 아버지는 그의 뒤통수를 오른손바닥으로 받치고 왼손 엄지 끝으로 근들거리는 이빨을 사정없이 눌러서 안쪽으로 쓰러뜨린 다음 뽑아 내주었다. 우악스러운 아버지의 그 행위가 겁나서 나머지 이빨들은 모두 혼자서 뽑았다.

　그런데 송곳니는 다른 이빨들과 달리 쉽게 뽑히지 않았다. 뿌리

　　　　　　　　　　　　　　한승원의 소설쓰는 법

가 깊었다. 얼마 동안 흔들어대다가 깜박 잊고 하루나 이틀 쯤 지나서 다시 흔들면 이놈이 그 사이에 생니처럼 단단하게 굳어 있었다. 송곳니가 그를 깔보고 있었다. 친구가 그의 송곳니보고 더 깊이 뿌리를 내려버리라고 심술을 부리는지도 모른다. 이 자식, 누가 이기는가 보자, 하며 그림자의 머리통을 힘껏 짓이기듯이 밟아주며 송곳니를 흔들어댔다. 오늘 오후와 일요일인 내일 하루 내내 흔들어대 가지고 저녁 무렵까지는 결판을 내야 한다. 아버지 모르게.

송곳니 갈 때가 되었다는 사실을 알게 되면 아버지는 또 강제로 그를 부둥켜안은 다음 입을 벌리게 하고 엄지손가락 끝으로 그놈을 눌러 쓰러뜨린 다음 뽑으려 들 것이다. (중략) 아버지는 이해할 수 없는, 무지막지한 데가 있는 어른이다.

동전의 양면처럼 모양새를 달리 하고 있는 두 개의 세계가 있다. 아버지가 가지고 있는 두 얼굴이 그것들을 설명해준다. 여느 때 입을 굳게 다문 채 굼뜨고 시르죽은 몸짓으로 새우 양식장 일을 하는 무표정한 얼굴이 그 하나이고, 알 수 없는 이유로 말미암아 슬퍼져서 소주를 들이켜고 아들인 그를 끌어안은 채 히들거리거나 낄낄거리기도 하고 한숨을 내쉬며 같은 이야기를 거듭 해주기도 하는 얼굴이 다른 하나이다. 앞의 얼굴이 절벽처럼 차갑고 딱딱하고 거무칙칙하고 막막하다면, 뒤의 얼굴은 넉넉하고 부드럽게 풀어지고 늘어진 채 볼그족족하게 화기가 돈다.

"자, 봐라, 이놈아, 아부지 돈 많다이. 어저께 멋을 산다고 했냐? 그것 살 돈 다 주께 말해라."

웃음 사라지고 없는 앞의 얼굴이 소금기 어린 조약돌밭의 해초 비린내를 가지고 있다면, 취기로 말미암아 웃음이 헤퍼진 뒤의 얼굴은 구역질나게 하는 썩은 소주 냄새와 발 고린내와 잘못 곰삭은 바지락 젓갈 냄새를 가지고 있다.

알맞게 발효된 메주로 담근 된장은 향기롭고 잘 곰삭은 바지락 젓갈은 고소하지만, 그렇지 않은 된장과 젓갈은 시궁창 냄새가 나지 않는가.

그 두 세계는 파도의 기복처럼 반복된다. 한 개의 주체가 두 얼굴을 보여주는 것이므로, 화기 도는 분위기를 연출한다 해서 좋아할 일도 아니고, 분위기가 차가워지고 굳어 있다 해서 불안해할 일도 아니다. 시르죽은 채 차가운 분위기를 만들고 있을 때 아버지는 아들에게 당장 어떤 위해를 가하지 않고 발목에 쇠고랑줄 찬 노예처럼 묵묵히 일만 한다. 그러나 술에 취하여 화기 도는 분위기를 연출했을 때 해선은 조심해야 한다. 아버지는 스스로의 내부에서 끓어오르는 용암 같은 울분이나 격정으로 말미암아 어느 한 순간에 미친 돌풍 몰아치는 구시월 바다의 변덕스러운 험악한 날씨처럼 돌변하기 일쑤이다.

아버지는 아들에게 매질을 하고 싶으면 언제든지 한다. 아들을 강하게 키우려고 그런다는 이유로써 포장을 한 채. (중략)

아버지의 웃음 헤퍼진 얼굴을 대할 때 해선은 온몸에 소름이 돋곤 한다. 도저히 이해할 수 없는 아버지다. 아들에게 매질을 하고나서는 자기가 때린 자리를 찾아 어루만져주고 두 손바닥으로 감싸주고, 끌어안고 그의 볼과 이마와 목에 얼굴을 비비고 눈물을 흘리

한승원의 소설쓰는 법

면서 울곤 한다. 눈물 젖은 볼과 콧등이 해선의 이마와 눈과 목과 귀에 닿을 때 해선은 진저리를 치곤 한다. 그렇게 후회하고 짠해할 거면서 때리기는 왜 때린단 말인가. 때려 상처난 부위를 쓰다듬어 주며 짠해하는 아버지와 악마처럼 이를 갈며 때리는 아버지는 전혀 다른 존재다.

두들겨맞은 자리는 멍이 들어 있기 일쑤이다. 해선은 멍든 곳을 감추어야 한다. 체육 시간에 이런저런 핑계를 대며 옷을 벗지 않아야 하고 수영도 삼가야 한다. 상처를 감추면서 해선은, 개자식 쓰팔 놈, 죽어라, 양식장에 빠져 뒈져버려라, 하며 아버지를 경멸하고 증오하고 저주한다.

그 상처를 어루만지면서 아버지는 말한다. 어린 너를 이렇게 때리다니, 이 애비 미쳤다이. 무자비한 나쁜 놈이다이. 천벌을 받아 마땅하다이. 이 나쁜 아부지는 죽어야 한다. 죽어서 지옥에 떨어져야 한다이.

— 한승원의 『물보라』 9~14쪽에서

장편소설다운 장편소설에 대하여

여기에서 나는 장편소설다운 전통적인 장편소설을 말하려고 한다. 장편소설은 장편소설다운 구성을 한 것이어야 하고, 문장도 탄력을 가지고 있어야 하며, 인물 설정도 확실해야 하고, 읽는 쾌미도 있어야 한다.

동서양을 막론하고 문학사에 남아 있는 모든 소설들은 모두 이러한 장편소설들이다. 도스토엡스키의 『죄와 벌』 『카라마조프네 형제들』, 카뮈의 『페스트』, 존 스타인벡의 『분노는 포도처럼』, 헤르만 헷세의 『싯다르타』, 로맹가리의 『하늘의 뿌리』 등이 그것이다.

요즘 뜻있는 신문사나 잡지사들이 많은 액수의 현상금(원고료)을 걸고 장편소설을 모집한다. 그것은 한국 소설문학의 진흥을 위하여 아주 바람직한 일이다. 좋은 장편소설을 쓸 수 있는 능력이 있기는 하지만 용기를 내어 도전해보지 못한 작가나 작가 지망생들에게 도전의 기회를 주려는 것이다. 『아내가 결혼했다』는 그 결과 얻어낸 성과이다. 이 소설은 소설적인 재미와 무게를 동시에 가진 작품으로 평가되고 있다.

나의 졸작 소설 『멍텅구리배』를 예로 들어 인물, 구성, 문장, 소설적인 장치 등에 대하여 살펴보자.

첫째, 나는 먼저 200자 원고지 천 장쯤의 비교적 짧은 장편소설을 쓰기로 작정했다. 그 까닭은 요즘의 독자들이 천 장이 훌쩍 넘어가는 장편소설을 읽기 힘들어하기 때문이다.

둘째, 섬과 섬 사이의 물 흐름 빠른 곳에 서 있는 무동력의 새우잡이 배, 속칭 원시적인 '멍텅구리 배' 안에서 일어난 사건을 다루기로 했다.

다른 동력선이 이끌어야만 이동할 수 있는 배를 배경으로 삼았고, 그 배 안에서 생활하는 남자들만의 세계에서 일어날 수 있는 사건을 구성했다. 갇혀 있는 사람들의 일상에서는 권력의 구조가 노골적으로 특이하게 나타나고, 극지적인 심리가 작용하게 된다는 것에 착안했다.

셋째, 힘으로 다스리려 하는 근육질의 선장(①)과 경험 많고 노회한 연장자(②)와 도회에서 무슨 죄인가를 짓고 피해 들어온 반항아(③)와 섬약하고 지적인 앳된 최하급 심부름꾼 남자 화장(④)과 통통선으로 새우를 항구로 실어나르는 선주(⑤)와 그가 배에 싣고 다니는 창녀(⑥)가 등장인물의 전부이다.

사람은 아니지만 사람 못지않은 행동을 하여 독자를 긴장시키는 생명체 하나를 설정했다. 배 안에 들어와 있는 쥐 한 마리이다. 그 쥐는 배의 밑바닥을 갉는다. 화장은 그 쥐를 잡기 위해 갖은 술수를 쓰지만 쥐는 잡히지 않는다. 나는 그 쥐에게 인격을 부여했다. 뱃사람들은 쥐를 영물로 취급한다.

넷째, 근육질인 선장은 심심하면 도회에서 죄를 짓고 들어온 청년을 상대로 격투를 벌인다. 그들은 마치 김동리의 「황토기」에서 두 장사가 힘겨루기를 하듯이 목숨을 걸고 싸움질을 하는 것이다. 또한 그들은 힘으로 상대를 제압하려고 멀리 떨어진 섬까지 헤엄쳐 갔다오기 시합을 벌이기도 한다.

다섯째, 선장은 밀수선과 결탁하여 물품을 배 밑에 숨겨 한탕하려고 하고, 도회에서 들어온 청년은 그것을 고발하려고 한다. 선장과 그 청년은 사투를 벌이는데 간교한 선장은 사술을 써서 그를 죽여 수장시켜버리고 헤엄을 치다가 익사한 것으로 꾸민다.

섬약한 심부름꾼 화장은 그것을 밝히기 위해 사투를 벌인다.

"이 배는 현재의 시간 속에 멍청스럽게 정박한 채 미래를 과거 속으로 흘려보내는 것처럼 보이지만, 사실은 낮이고 밤이고 계속해서 미래를 향해 나아가고 있는 거야."

지창수의 악마가 송강철을 향해, 박 선장하고 맞대거리를 하려 하지 않고 왜 딴소리만 하고 있는 거야, 하고 투덜거렸다.

별들이 수런거렸다. 그 별들 속에서 잉잉거리는 벌들의 소리가 들려오는 듯싶었다. 풍물치는 소리도 들려오는 듯싶었다.

송강철은 선장실 벽에 등을 기대고 앉은 채 말을 했다. 지창수는 눈을 감았다. 노곤했고, 잠이 몰려오고 있었다.

"이 멍텅구리배에 탄 채 보면, 먼 바다에서 달려왔다가 뱃전을 때리고 지나가는 파도들은 자기들의 의지에 따라 그러는 것이 아닌 거야. 이 멍텅구리배가 끌어당겼다가 뒤로 걷어 밀어낸 거야. 그러니까 적어도 이 멍텅구리배의 항진은 무한 시공인 대우주로의 항진이다."

이 부분에서 지창수는 송강철과 생각을 달리했다. 멍텅구리배는 자기의 현재만을 열심히 살려고 몸부림칠 뿐이라고 그는 생각했다. 이 멍텅구리배에게는 미래가 없다. 이 배의 미래는 소멸, 말하자면 가뭇없이 사라지는 결과가 있을 뿐이다. 땀 뻘뻘 흘리면서 아내를 애무하고 사정을 한 결과로 아들딸을 낳고, 그 아내와 자식들을 위해 돈을 벌어다가 바치느라고 몸의 진액이 빠져 깡말라진 늙은 남자 김개동처럼 흘러가는 시간을 따라 자꾸 허름해져가는 배. 시간은 소금기 어린 나무토막을 환장하게 좋아하는 '쏘'라는 벌레가 되어 멍텅구리배의 몸을 밑바닥에서부터 야금야금 갉아먹고 있다. 멍텅구리배는, 좀이 파먹어서 올이 풀리는 스웨터처럼 구멍이 숭숭 뚫려도 얼굴 한 번 찌푸리지 않는 죽어 있는 배인 것이다.

(중략)

한승원의 소설쓰는 법

지창수는 선원실로 내려가서 좀 자두고 싶었다. 그렇지만 송강철이 말을 이었으므로 몸을 일으키지 않았다.

"살아 있는 것들은 말이야."

송강철은 근엄하게 말하고 있었다.

"살아 있는 것들은 살아 숨쉬고 있는 몫을 하느라고 이 멍텅구리 배처럼 열심히 그물을 던져 포획한다. 선주 윤명중, 박호동 선장, 영자 김개동, 지창수, 송강철, 지금 휴가 나가 있는 최성교란 놈…… 어느 누구 할 것 없이 다들 세상 한복판에다가 자기 나름의 그물을 던져서 무엇인가를 포획해 먹으면서 살고 있는 거라고."

지창수는 자기에게 넉넉하게 대해주는 송강철이 좋았다. 그렇지만 세상을 한사코 철학적으로 해석하려 하고 이렇게 저렇게 정의 내리곤 하는 것이 역겹고 부담스러웠다. 송강철은 자기가 해석하고 정의 내린 생각 속에 모든 것을 가두려 들었다. 자기 자신마저도 가두려 했다. 이념에다가 자기를 대입하여 가둔 채 살고 있었다.

사람들은 자기 아닌 타자를 가축처럼 감금하여 사육하고, 자기를 또한 감금해놓지 않고는 살지 못하는 동물인지도 모른다. 선원들이 이 멍텅구리배 안에 감금되어 있는 이유는 무엇일까. 돈이다. 아니 반드시 돈만은 아닐 것이다……. 이런 생각 속에서도 지창수는 쏟아지는 잠을 어쩔 수 없었다.

"송가 아저씨, 저 졸리네요. 내려가서 조끔 자야겠는데요."

지창수는 용기를 내어 말하며 몸을 일으켰다.

"그래 좀 자두자."

송강철도 따라 일어났다.

지창수의 '자야겠는데요'는 미래와 운명을 향해 소극적인데 비하여, 송강철의 '자두자'는 말은 적극적이었다. 그래, 너 적극적으로 잘해봐라 하고, 그의 악마가 빈정거렸다.

(중략)

김개동은 선원실 맨 안쪽에 누워 자고 있었다. 가장 슬프게 갇혀 사는 사람이 김개동일 터였다. 김개동은 노예선 같은 젓새우잡이배 위에서 죽음을 무릅쓰고 번 돈을 서울로 보내주곤 했다. 그보다 두 살 아래인 아내가 서울에서 아들딸을 키우고 가르치고 있었다. 김개동은 아내가 자기의 가문을 이어갈 핏줄들을 위해 희생하는 것, 아들딸들이 말썽 피우지 않고 훌륭하게 잘 자라주는 것들을 입이 닳게 자랑하곤 했고, 그 아내와 자식들을 보기 위해 한 달에 한 번씩 휴가를 얻어 서울에 다녀오곤 했다.

김개동이 가엾어졌다. 소금기 어린 태양 볕에 살갗을 까맣게 태우고, 거친 바람과 빠른 물살 속에서 그물 끌어올리고, 닻줄 감는 노동 속에서 김개동의 몸은 넝마가 되어가고 있었다. (중략)

아니, 김개동은 멍텅구리배처럼 살고 있다. 그 배를 탄 경력, 새우잡이에 대한 식견이 선원들 가운데서 가장 넉넉한데도 선장 노릇하기를 사양하고 영자로서 만족해하고, 젊은 박 선장에게서 퉁명스러운 반말 대접, 희롱 대접을 받으면서도 불쾌한 표정을 짓지 않는 김개동에게는 오기도 뺄도 없다. 나사 한두 개가 빠진 듯 헐렁헐렁한 그는 어른 대접을 받으려 하지 않고, 자존심도 명예도 챙기려고 하지 않고, 화투놀음을 즐기려 하지도 않고, 오직 자기 노동의 대가를 떼이지 않고 꼬박꼬박 받고, 그것을 서울의 아내와 아들딸들에게 모두 주고 싶어할 뿐이다.

김개동이 소주를 마시고 얼근해져 있을 때 지창수가, 영자 어르신은 무슨 재미로 사셔요? 하고 물은 적이 있었다. 김개동은 어색하게 웃으면서 코를 찡긋했다.

"평생 동안 이 멍텅구리배 위에서 하늘하고 맞대거리를 함스롬 사시사철 젓새우만 잡고잉, 그것으로 맛깔스런 오젓·육젓·추젓 담금스롬 살아온 사람이라, 나는 젓새우밖에는 몰라. 선실 바닥에 눠 자다보면은 머릿속에 은색 젓새우란 놈들이 한도 끝도 없이 우굴우굴하는 것이여……. 이 물굽이 저 물너울을 뚫고 이 물목 저 물목을 휘돌아서 우리 그물로 들어오는 그것들이 환히 보인단 말이여. 새우젓갈은잉 도야지 창자를 녹여뿔 정도로 소화효소가 대단한 식품 아니라고잉? 지 몸은 죽어 썩어뿌렀어도 사람이 묵는 음식을 제격제격 소화시켜주는 새우젓갈 말이여이. 그래애, 나는 그르쿨로 새우젓갈 노릇을 하는 재미로 살고 있는 것이제잉."

2박 3일의 휴가를 얻은 김개동이 선주 윤명중의 쾌속선을 타고 가는 것을 바라보면서 최성교가 지창수에게 말했었다.

"우리 영자 참 불쌍한 사람이다. 서울집에 다니러 가기는 가도, 그 각시, 그 새끼들 셋이 다 사실은 지 각시, 지 새끼들이 아니여. 그것을 저 사람이 모르냐 하면은 속속들이 다 알고 있는 것이여. 첫 새끼는 누구 새끼고 둘째 새끼는 누구 새끼고 셋째 새끼는 누구 새끼라는 것까지. 저 사람은 호적상의 애비일 뿐인 것이여. 말하자면 물고자여. 요즘 말로 하자면 무정자증 환자라고. 성행위는 가능한데 정액 속에 정자가 없는 것이라."

"그 애비가 대관절 누구누구여? 혹시 박 선장하고 윤명중이하고 최성교가 의논 좋게 한 다리씩 끼어든 것 아닌가?"

송강철이 참견을 하자, 최성교는 무뚝뚝하게 말했다.

"아따, 가죽 대롱 모양으로 바로 뚫린 목구멍이라고 함부로 헛바람 새나오게 하지 말드라고잉."

"아니, 최가는 이 멍텅구리배 선배만 선배고 인생살이 선배는 선배 아니여? 나한테 가죽 나발을 불 때에는 세탁을 좀 야무지게 하고 불어. 안 그러면은 가마우지 부리같이 생긴 그 나발통을 콱 뭉개 버릴란께."

"아니 멋이 어짜고 어쩨야? 허허어, 이런 멍청한 산중 하룻강아지 조깐 보소이? 너 칠산 한바다 물이 얼매나 짠지 모르고 여그 들어 왔대잉!"

최성교가 주먹을 부르쥐고 몸을 일으켰다. 당장 쳐죽여버릴 태세였다. 송강철이 눈을 거슴츠레하게 뜨고 턱을 쳐들면서 최성교의 말투를 흉내내어 말했다.

"그래, 어디 니놈 분이 끓어나는 대로 한번 쳐죽여봐라. 니가 쳐죽이면은 고개 쿡 쳐박고 고분고분 죽어줄란께에."

최성교가 번개처럼 송강철의 먹살을 두 손으로 잡자마자 이마로 얼굴을 들이받아 뭉개려고 했다. 그러나 이미 송강철이 한 손바닥으로 최성교의 코와 눈과 볼을 덮어 누르고 있었다. 당황한 최성교가 방법을 달리하여 공격하려 할 즈음 둘 사이로 박 선장이 끼어들었다. 두 사람의 팔을 수도로 치기도 하고 팔과 손목을 비틀기도 하면서 떼어냈다.

최성교는 분을 참지 못하고 앙알거리면서도 먼저 상대를 놓아버렸다. 그리고 말리는 박 선장과 잠시 눈길을 맞춘 다음 말했다.

"그래 좋다. 오늘만 날이 아닌께 참는다이. 이것은 어디까지나 말리시는 우리 선장님의 체면을 봐서다잉."

— 한승원의 『명텅구리 배』 26~32쪽에서

역사소설에 대하여

역사 속 한 시대의 사건이나 인물을 선택하여 그것을 중심으로 쓴 소설을 역사소설이라고 한다.

역사소설을 쓸 때는 재미만을 추구해서는 안 된다. 그 시대, 그 인물, 그 사건을 왜 오늘 이 시점에서 이야기하는가 하는 당위성이 있어야 한다.

김훈의 『칼의 노래』는 그 좋은 예이다.

김훈은 당대의 사건들 속에 이순신이라는 개인을 살아 움직이는 존재로 표현한다. 이순신 자신의 일인칭 서술로 일관된 시점을 통해 전투 전후의 심사, 혈육의 죽음, 여인과의 통정, 정치와 권력의 무의미와 그것의 폭력성, 한 나라의 생사를 책임진 무장으로서의 고뇌, 죽음에 대한 사유, 문(文)과 무(武)의 멀고 가까움, 꼼꼼한 전투 준비와 전투 와중의 급박한 상황, 풍경과 무기, 밥과 몸에 대한 사유들이 채색된다.

이 책에서 이순신은 칼의 삼엄함과 무(武)의 단순성이 최고도로 발현된 개념적 인간으로 그려지고 있다. 극도로 통제되고 절제된 이순신의 생의 국면을 끌고 가는 김훈의 문체는 실존적 사유를 극명하게 표현해주고 있다.

『남한산성』 또한 그러하다.

이 소설은 1636년 12월 14일, 인조의 어가행렬이 청의 진격을 피해 남한산성에 들어선 이후부터 1637년 1월 3일 47일 동안 그 고립무원의 성에서 벌어진 참담했던 날들의 기록이다. 갇힌 성 안에서 벌어진 말과 말의 싸움, 삶과 죽음의 등치에 관한 참담하고 고통스러운 낱낱의 기록을 담고 있다. 쓰러진 왕조의 들판에도 대의는 꽃처럼 피어날 것이라며 결사항쟁을 고집한 척화파 김상헌, 역적이라는 말을 들을지언정 삶의 영원성은 치욕을 덮어서 위로해줄 것이라는 주화파 최명길, 그 둘 사이에서 번민을 거듭하며 결단을 미루는 임금 인조, 그리고 전시총사령관인 영의정 김류의 복심을 숨긴 좌고우면, 산성의 방어를 책임진 수어사 이시백의 '수성(守城)이 곧 출성(出城)'이라는 헌걸찬 기상은 남한산성의 아수라를 한층 비극적으로 형상화했다.

"죽어서 살 것인가, 살아서 죽을 것인가? 죽어서 아름다울 것인가, 살아서 더러울 것인가?"

김훈은 370년 전 조선 왕이 '오랑캐'의 황제에게 이마에 피가 나

　　　　　　　　　　　　　　　한승원의 소설쓰는 법

도록 땅을 찧으며 절을 올리게 만든 역사적 치욕을 정교한 프레임으로 복원하였다. 갇힌 성 안의 무기력한 인조 앞에서 벌어진 주전파와 주화파의 치명적인 다툼 그리고 꺼져가는 조국의 운명 앞에서 고통 받는 민초들의 삶이 씨줄과 날줄이 되어 무섭도록 끈질긴 질감을 보여준다.

김훈은 다만 역사 속에서 사건을 가져왔을 뿐 오늘날의 이야기를 하고 있는 것이다.

나의 졸작 역사소설 『추사』와 『다산』은 주로 신산한 유배살이를 한 인물의 절대고독을 중심으로 쓰여졌다. 개혁을 꿈꾸다가 정적들에게 정치적 희생물이 된 그들은 갇혀 사는 삶 속에서 살아남기 위하여 분투하고 분루를 삼키며 그들의 삶을 예술과 학문으로 승화시키고 있다.

다산 정약용의 사상과 철학 속에는 주자학과 천주학이 공존공생하고 있다. 다산은 어린 시절부터 주자학을 읽다가 성년이 된 다음 새로운 세계인 천주학의 여러 저서들을 읽고 하느님을 깊이 신앙했지만, 나라에서 금하고 조상의 제사를 지내지 못하게 한다는 이유로 천주학을 버리고 정학으로 돌아섰다. 그러면서도 다산은 주자학을 비판했고 천주학을 버렸다고 했지만 그 요체를 가슴에 새겨 담고 있었다. 다산의 사상과 철학을 옷감을 재단하는 가위에 비유한다면, 주자학이라는 한쪽 날 위에 천주학이라는 다른 한쪽 날을 가새질로 포개고 그 한가운데 사북으로 박혀 있다. 이렇듯 주자학과 천주학이라는 양날의 거대한 가위로써 세상을 재단하여 읽어내고 새로이 디자인한 것이다. 그것이 다산의 삶의 모양새이고 모든 저서들이다.

암흑의 역사 속에서 신산한 삶을 살며 우리에게 영원한 새 빛을 던져주고 간 다산. 다산이 남기고 간 삶의 모습과 그의 저서들은 극단의 이분법적인 갈등 속에 살고 있는 우리 시대에 근본적인 해법을 제시한다.

나는 먼저 상징적인 방법으로 정약용의 사상을 표현했다.

정약용과 이벽 앞에 두 사람의 남자가 나타났다. (중략) 햇살을 받고 있는 남자는 천주교의 하얀 사제복을 입은 서양 사람이었고, 은행나무 그늘 아래에 들어 있는 남자는 붉은 옷을 입고 상투를 조그마하게 튼 중국 사람이었다. 그들의 좌판 위에는 약병들과 청자 잔 한 개씩이 놓여 있었다.

중국인 복장을 한 사람이 "그대들을 기다리고 있었소이다. 내가 권하는 이 약을 마시면 하늘과 땅의 이치를 단박에 모두 알 수 있을 것이외다" 하고 말했고, 사제복 차림을 한 사람이 "잘 오셨소이다. 내가 권하는 이 약을 마시면 천지조화를 금방 알 수 있을 뿐만 아니라 천국에서 영생할 수 있을 것이외다" 하고 말했다. 정약용이 두 남자의 얼굴과 그들의 좌판 위에 놓인 약병을 번갈아 살피는데, 이벽이 정약용에게 귀엣말을 했다.

"정공, 나는 이 분들의 약을 무시로 마십니다. 어느 한쪽 약만 먹으면 안 되고…… 고루 섞어서 마셔야만 합니다."

"저 중국 사람이 누구이고, 저 사제 차림을 한 사람이 누군지 알 수 있겠소이까?"

이벽이 정약용의 손을 이끌고 두 사람 앞으로 나아가서 그들을 소개했다.

"이 분은 성리학의 창시자인 주자(朱子)이시고, 이 분은『천주실의』를 저술한 마테오 리치이십니다."

정약용은 끓어오르는 감개를 억누를 수 없었다. (중략) 그는 그들 두 사람의 손을 붙잡으면서 "두 성인을 이렇게 뵙게 되다니……." 하고 말하려 하는데 혀와 입술이 움직이지 않았다. 사력을 다해 말을 뱉으려 하는데 "아버님!" 하고 부르는 소리가 들렸다. 눈을 떠보니 학연과 학유가 근심스러운 얼굴로 그를 내려다보고 있었다.

— 한승원의『다산』16~19쪽에서

거대하고 영검한 산 같은 다산 정약용을 인간적으로 그렸다.

'아, 셋째 형님!'

정약용은 아직 셋째 형 약종과 화해하지 못하고 있었다. 안타깝고 한스러웠다. 중형 약전의 묘지명은 썼는데, 셋째 형 약종의 묘지명은 쓸 수 없었다. 화해하지 못한 마음으로 어떻게 그 셋째 형 약종의 살다간 역정을 서술할 수 있을 것인가. (중략) 약종과 그와의 사이는 다만 한 아버지 어머니의 피를 받았다는 의리밖에는 아무것도 없었다. 셋째 형 약종의 영혼은 그에게 말하고 있었다.

"나는 아버지 어머니에게서 몸을 받았을 뿐 영혼은 받지 않았네.
영혼은 여호와 하느님에게서 받았네."

정약용은 자기의 머리에서 정약종의 존재를 지워 없앴다. 그가
쓴 모든 글 속에서 정약종의 이름 석 자를 의식적으로 뺐다. 그것은
오직 정약용 자신만 아는 일이고 하늘나라에 간 셋째 형 정약종만
아는 일이었다. 정약종과 약용의 인연은 어쩌면 악연이었는지도 모
른다. 따지고 보면 그것은 돌아가신 어머니에게서 배운 슬픈 지혜
였다. 아니 그것은 어머니의 뜻이었다.

— 『다산』 41~42쪽에서

이벽이 관중들의 환호성에 답례하며 당에서 내려왔고, 이승훈이
군중들을 향해 말했다.

"이번에는 정약용 선비가 활을 쏘겠습니다."

정약용은 깜짝 놀랐다. 자기는 태어난 이래 아직 활을 한 번도
쏘아본 적이 없었다. (중략) 그는 아까보다 더 크고 높은 목소리로
당당하게 말했다.

"여러 존경하는 선비들, 저는 이 자리에서 천지신명과 성인들께
맹세하고 솔직하게 말하겠습니다. 저는 태어난 이래 한 번도 활과
화살을 만져본 적이 없습니다. 그런데 제 매형이신 이승훈 공이 무
인 집안의 기린아이신 이벽 선비 다음으로 왜 저를 지목하여 쏘라
고 하셨겠습니까? 그것은 '이 세상에는 저 정약용이란 선비처럼 말
로만 아는 체할 뿐, 실제 활쏘기에서는 진실로 무식한 사람도 있다.
저런 사람도 당에 올라가 활을 쏘는데 나라고 못하겠느냐' 하는 용

　　　　　　　　　　　　　　　　　　한승원의 소설쓰는 법

기와 대담함을 여러분에게 가지라는 의도임에 틀림없습니다. 그럼
시키는 대로, 결국 참담한 결과를 가져오기는 할 터이지만, 저의 활
쏘기의 무지함을 보여드리겠습니다."

(중략) 군중들이 숨을 죽인 채 호기심을 가지고 정약용이 활쏘는
것을 바라보았다. 정약용은 시위를 힘껏 당겼다. 시위에서 퉁겨진
화살이 날아가긴 했는데 그것은 여남은 걸음도 나아가지 못하고
땅에 뚝 떨어졌다.

"정말로 난생 처음인가 보구먼!"

"하하하하……."

"야아, 그럴지라도 정약용, 정말로 멋진 선비다!" 군중 속에서 이
런 말들이 터져나왔다. 정약용은 아랑곳하지 않고 두 번째, 세 번
째, 네 번째 화살을 쏘아날렸다.

군중들이 그의 참담한 실패를 보고 손뼉을 치기도 하고 발을 구
르기도 하면서 "와와!" 하고 함성을 질렀다. 이벽이 화살을 모두 명
중시켰을 때보다 더 크고 요란한 환호성과 박수소리였다.

—『다산』88~90쪽에서

나는 이 소설을 쓰기 위해 주자학과 천주교, 도교, 불교를 모두
공부해야 했다. 다산 정약용 선생을 읽어내는 일은 나에게 있어 하
나의 구도행각이었다.

『다산』은 작품의 구성을 특이하게 한 소설이다. 60년 기념 회혼일
에 혼절한 다산이 신산했던 삶을 한 대목씩 더듬는 형식으로 구성
했다. 그 한 대목 한 대목을 짧게 끊어 썼다. 가능하면 쉬운 단문을

아름답게 썼다. 다 읽은 다음에는 영화 한 편을 본 듯한 느낌이 들도록 영상미를 생각하며 썼다. 소설 첫머리에는 독자의 호기심을 불러오기 위하여 다음과 같이 썼다.

거문고는 왜 신의 악기(神琴)인가

수많은 누에고치들의 순절 때문이네,

그들의 몸을 비틀어 꼰 울음은

혼의 음악이 되고 그 음악은 빛이 되고

찬란한 빛은 새가 되어

펄펄 하늘 한복판으로 날아가네.

(神琴, 何爲神琴 數萬繭殉 其體繩哭 魂音光芒 輝煌飛鳥 翩翻翾中天)

(거문고 여섯 개의 줄은 누에고치 2만여 개의 실오라기들을 겹겹으로 비틀어 꼬아 만든 것이라고, 곡산의 한 거문고 장인이 말했다. 그 거문고의 아름답고 구슬픈 소리는 에밀레종소리처럼 죽음의 고통을 비틀어 꼬아낸 혼의 빛인데, 그것은, 이 땅의 기운이 뽕나무를 기르고, 누에가 천기를 호흡한 결과이다.地氣育桑 蠶吸天氣)

거문고 연주 음악을 들을 때마다 이 시가 떠올라 가슴이 아린다. 19년 동안이나 강진에서 유배 살이를 하신 정약용 선생이 남긴 5백여 권의 혁혁한 저서들은 하나하나가 고통을 비틀어 꼰 빛살들이고 중천으로 날아가는 깃털 찬란한 혼의 새들이므로.

이 소설을 쓰려고 자료 수집을 하다가, 다산 정약용 선생의 저서들 중에 '금서' 한 권이 있었다는 놀라운 말을 들었다. 그 금서를 '다산비결'이라고 말한다 한다.

'금서'란 말은 '숨어서 읽어야 하는 책(禁書)'이라 읽히기도 하고, '신령스러운 책(神書)'이라 읽히기도 한다.

다산은, 강진에서의 유배생활을 마치고 고향 소천의 여유당으로 돌아가며, 언행이 과묵하고 신실한 제자에게 은밀히

"아직은 때가 아니니 깊이 간직했다가 나 죽은 다음 내놓아라"

하고 말했다 한다.

바로 그 책이 '다산비결'인데, 그것은 당대의 금서로서, 호남 지방의 의식 있는 사람들 사이에서 은밀하게 필사되어 읽혔다 한다.

그 '다산비결'을 은밀하게 돌려가며 읽은 그들이, 1894(갑오)년, 임금을 싸고도는 간신배와 썩은 관료들을 징치하고 무너지는 나라와 도탄에 빠진 백성들을 구하겠다고 일어선 동학군의 접주들이 되었다는 것이다.

그 책이 과연 존재했을까. 존재했다면 어떤 무슨 책일까.

한 유력한 다산연구가에게 '다산비결'의 존재 가능성에 대하여 물으니,

"『경세유표』가 그 책이다. 그 책 이름이 원래 '방례초본(邦禮草本)'이었다. 북한의 한 학자가 '다산비결'에 관한 논문을 쓴 한 바 있다"

하고 말했고, 다른 한 연구가에게 물으니

"'다산비결'이 정말 존재했다면, 그것은 지금 전해지는 방대한 분량의 『방례초본』(후에 '경세유표'로 개명)과 약간 다른 것을 터이다.

그것의 핵심들만을 간추려 엮은 책일지도 모른다" 하고 말했고, 또 다른 연구가에게 물으니

"그것은『정감록』비결보다 더 신묘한 예언을 담은 책이었을지도 모른다, 그런데 그것은 전하지 않는다" 하고 말했다.

한데, 고향마을의 재재종제가, 종조부모가 쓰던 농 밑바닥에서 나왔다는 흘림체의 한글로 쓰인 책 한 권을 가지고 왔다. 앞부분과 뒷부분이 닳고 닳아서 많이 떨어져 나가고, 반쯤 부식된 데다 곰팡이가 핀 책이었다.

그것을 받아 펼쳐본 순간 나는, 까마득한 어린 시절 95세까지 사신 눈먼 종증조부를 떠올렸고, '아, 이것이 바로 그 문제의 '다산비결'인지도 모른다' 하고 생각했다. 어머니를 통해, 종증조부가 동학군이었다는 말을 들었기 때문이었다.

그 책 가운데 알아볼 수 있는 일부분을 요약한다면 이런 것들이었다.

……물은 배를 뜨게 하기도 하지만 배를 전복시키기도 한다. 물은 백성이고 임금은 배이다. 임금도 잘 못하면 백성들이 그를 징치하고 바꿀 수 있다.

평범한 남자이므로 죄가 없을지라도 진기한 보석을 많이 가지고 있으므로 죄인이다. 편법을 동원해서 도둑질하거나 수탈하거나 착취한 것들을 쌓아놓고 즐길 뿐, 그것을 헐벗고 굶주리는

이웃들과 나누려 하지 않은 것은 하늘의 명령을 어긴 죄인인 것이다.

작은 집에서 거친 밥을 먹고 사는 자는 깨끗하게 살면서 가진 것을 나누어 먹을 줄 알지만, 크나큰 집에서 명주옷에 차진 밥과 기름진 고기를 먹고 살면서 돈과 곡식과 보석을 많이 싸놓고 종을 부리는 사람은 인색하여 나누려 하지 않고, 비굴하여 강한 자에게 아부아첨하고, 관리들에게 상납한 대가로 이권을 더욱 많이 챙기려 하고, 약한 자의 것을 훔치거나 가로챘다.

모든 논과 밭은 경작하는 사람이 소유해야 한다. 양반이나 부자들이 가지고 있는 땅은 농사지을 수 있는 사람들에게 나누어주고, 마을사람들이 공동으로 경작하고 얻은 소득을 일한 만큼의 비율에 따라 분배해야 한다.

조선 땅에서 제일 못된 제도는 양반 제도이다. 조선 사람들이 복 받고 살아가려면 양반 무리를 없애야 한다. 양반도 상사람과 똑같이 논밭에서 농사를 짓고 살아야하고, 누에를 쳐야 하고, 닭이나 돼지나 소를 길러야 하고, 군인이 되어 바다나 국경을 지켜야 하고, 세금을 똑같이 물어야 한다. 부리던 종에게 땅을 나누어주고 살림을 차려주면서 내보내 독립시켜야 마땅하다.

백성에게는 밥이 하늘이다. 일을 하고 먹는 밥이 성스럽다. 일

하지 않고 먹는 밥은 추하다. 일이나 밥을 착취하는 벼슬아치는
도둑이다……

『경세유표』의 내용과 유사한, 한글로 쓰인 이 책이 나로 하여금
다산 정약용 선생을 전혀 새로운 시각으로 바라보게 했다.

— 『다산』 머리글에서

이제 여기에서 밝히는데 『다산』에 나오는 한시들과 『다산비결』이
란 책과 「초의에게 보내는 마지막 편지」들은 모두 다산 정약용과
추사 김정희가 쓴 것이 아니고 작가가 창작한 것이다.
작가는 독자들의 호기심을 유발하기 위해 그렇게 트릭을 쓰는 것
이다.

김훈의 『칼의 노래』에서
배워야 할 것

> 버려진 섬마다 꽃이 피었다. 꽃피는 숨에 저녁노을이 비치어, 구
> 름처럼 부풀어 오른 섬들은 바다에 결박된 사슬을 풀고 어두워지
> 는 수평선 너머로 흘러가는 듯싶었다. 뭍으로 건너온 새들이 저무
> 는 섬으로 돌아갈 때, 물 위에 깔린 노을은 수평선 쪽으로 몰려가
> 서 소멸했다. 저녁이면 먼 섬들이 박모(薄暮) 속으로 불려가고, 아침
> 에 떠오르는 해가 먼 섬부터 다시 세상에 돌려보내는 것이어서, 바
> 다에서는 늘 먼 섬이 먼저 소멸하고 먼 섬이 먼저 떠올랐다.
>
> ─『칼의 노래』 서두 부분(21쪽에서)

이 책의 서두는 장대한 서사시의 '서시'처럼 읽힌다. 그에게 동인

문학상을 수상하게 했을 뿐만 아니라, 100만 부 이상을 팔려나가게한 소설 『칼의 노래』는 이순신의 삶과 죽음을 형상화한 소설이다.

이 소설은 여느 베스트셀러 소설과 다른 데가 있다. 독자들은 전략 전문가이자 순결한 영웅 이순신의 삶을 통해 이 시대에 본받아야 할 지도자 정신을 읽어야 한다. 이것은 역사 속의 한 인물을 현시대에 복원하는 당위성이다.

이 소설은 이순신이 백의종군을 시작할 무렵부터 임진왜란 중 장렬하게 전사하기까지의 삶을 당대의 국내외적 사건 속에서 생생하게 그리고 있다. 이 소설의 구성을 살펴보면 주인공인 이순신의 일인칭 시각으로 서술했다. 일인칭 서술이 가지는 장점에다 전지적 시점을 간간이 곁들이면서, 전투 전후의 심리상태, 아들 면의 죽음, 여진이라는 여인과의 짧으면서도 슬픈 사랑, 광기어린 정치와 권력의 폭력성, 삶과 죽음의 간극에 대한 사유, 저릿한 실존, 한 나라의 존망을 걸머진 지위자로서의 고뇌 따위를 절절하게 서술하고 있다. 영웅으로 알려진 이순신이 아닌 피와 살과 무서움과 절대고독을 아파하는 인간 이순신으로 그려놓았다.

문체는 지적이고 현란하다. 어떤 곳에는 복문과 중문이 섞인 긴 문장을 쓰지만, 급박한 상황의 장면에서는 단문과 단문을 계속 연결시켜나감으로써 시적인 명쾌한 속도감과 긴장감을 더하게 한다. 『난중일기』의 짧은 문체와 닮아 있다.

「작가의 말」에서 김훈은 '눈이 녹은 뒤 충남 아산 현충사, 이순신 장군의 사당에 여러 번 갔었다. 거기에, 장군의 큰 칼이 걸려 있었다. 차가운 칼이었다. 혼자서 하루 종일 장군의 칼을 들여다보다가 저

물어서 돌아왔다. 사랑은 불가능에 대한 사랑일 뿐이라고, 그 칼은 나에게 말해주었다. 영웅이 아닌 나는 쓸쓸해서 속으로 울었다. 이 가난한 글은 그 칼의 전언에 대한 나의 응답이다' 하고 전한다.

김훈의 역사소설은 하나의 전범이다. 역사도 살아 있고, 작가의 상상력도 살아 있다. 그는 이 소설을 쓰기 위하여 당시 명나라의 사정, 일본의 사정, 국내 정치적인 사정, 전쟁 상황에 대한 문헌 자료를 철저하게 읽었음에 틀림없다.

다음에서 『칼의 노래』의 몇 문장을 살펴보면서 우리가 배워야 할 것들을 검토해보자.

첫째, 소설을 쓰려고 하는 초심자는 그의 묘사적인 서술 수법을 배워야 한다.

바다를 건너오는 바람은 늘 산맥처럼 출렁거렸다. 겨울이면, 병영 담벽에 걸어놓은 시래기가 토담에 쓸렸고, 포구에 묶인 배들은 밤새 바람에 비걱거렸다. 바람이 몰려가 버린 빈 자리에 밀물로 달려드는 파도 소리가 가득 찼다. 바람의 끝자락에 실려, 환청인가, 누에고치에서 실 풀려나오는 소리가 들리는 듯싶었다. 바다에서는 언제나 그랬다. 바람이 아니라, 파도에 실려서 수평선을 건너오는 소리 같기도 했다. 메뚜기떼가 풀섶에서 서걱대는 소리 같기도 했고, 먼 곳에서 쥐떼가 씻나락을 까먹는 소리 같기도 했다. 그 소리는 환청이라기에는 너무나 또렷했지만, 들리는가 싶으면 물소리에 묻혀버렸고 몰려가는 바람의 뒤끝에서 다시 살아났다. 달빛 스민 바다가 기름처럼 조용한 밤에도, 사각 사각 사각, 그 종잡을 수 없는 소리는 수평선 너머에서 들려왔다……

—『칼의 노래』 27쪽에서

둘째, 소설에서 갈등과 대립이 빈약하면 재미가 없고, 주제를 명쾌하게 도출해낼 수 없다. 그의 소설에서 원초적인 갈등 대립을 배워야 한다.

나는 다만 임금의 칼에 죽기는 싫었다. 나는 임금의 칼에 죽는 죽음의 무의미를 감당해낼 수 없었다. 병신년에 의병장 김덕령이 장살되었을 때 나는 내가 수긍할 수 없는 죽음의 방식을 분명히 알았다. 그때 나는 한산 통제영에 부임해 있었지만 임금이 김덕령을 때려죽인 일의 전말은 바람처럼 전군에 퍼졌다. (중략)

그해 봄에 충청도 부여에서 이몽학이 반란을 일으켰다. (중략) 그때 김덕령은 진주에서 도원수 권률의 막하에 있었다. 김덕령은 도원수의 명령에 따라 토벌군을 이끌고 진주에서 남원 운봉까지 나아갔다. 그가 부여로 입성하기 직전 이몽학은 부하의 칼에 맞아 죽고 반란군은 흩어졌다. 김덕령은 하릴없이 군사를 거두어 진주로 돌아갔다. 서울로 압송되어 간 반란 연루자들은 김덕령을 공모자로 끌어들였다.

도원수 권률은 진주로 돌아온 김덕령을 체포해서 하옥했다. 권률은 김덕령의 혐의 내용을 수사하지 않은 채 김덕령을 묶어서 서울로 보냈다. 그때 의병장 곽재우도 얽혀들어 서울로 압송되어 갔다. 임금은 강한 신하를 두려워했다. 이몽학이 처음에 의병을 가장

한승원의 소설쓰는 법

했으므로, 임금에게 의병이란 뒤숭숭한 무리들이었다. 김덕령은 의금부에서 한 달 동안 여섯 번 심문을 받았다. 부러진 정강이에 거듭 주리를 틀었다. 마지막에 그는 무릎으로 기어서 형리 앞에 나아갔다. 그는 조용했고, 그의 진술은 논리가 맞았다. 그때 임금은 말했다.

—저놈이 형장(刑杖)을 가벼이 여겨 오히려 태연하니 참으로 역적이다. 쳐 죽여라.

김덕령은 그렇게 죽었다. 임금의 사직은 끝없이 목숨을 요구하고 있었고 천하가 임금의 잠재적이 적이었다.

—『칼의 노래』 79~80쪽에서

셋째, 사람과 죽음의 원리를 꿰뚫어보는 시각을 배워야 한다.

나는 죽은 여진에게 울음 같은 성욕을 느꼈다. 세상은 칼로써 막아낼 수 없고 칼로써 헤쳐나갈 수 없는 곳이었다. 칼이 닿지 않고 화살이 미치지 못하는 저쪽에서, 세상은 뒤채이며 무너져갔고, 죽어서 돌아서는 자들 앞에서 칼은 속수무책이었다. 목숨을 벨 수는 있지만 죽음을 벨 수는 없었다. 물러간 적들은 또 올 것이고, 남쪽 물가를 내려다보는 임금의 꿈자리는 밤마다 흉흉할 것이었다.

—『칼의 노래』 124쪽에서

넷째, 한 인간의 절망과 절대고독을 읽어내는 법을 배워야 한다.

임진년 여러 포구에서 이겼을 때, 매번 적병의 숫자를 장계에 써

보낸 것이 5년이 지난 정유년에 조정에서 문제가 되었다. 전공을 허위로 보고해서 임금을 기만하고 조정을 능멸했다는 것이었다. 그것이 내가 죽어야 할 죄목의 하나였다. 견내량에서 이겼을 때부터 나는 장계에 적병의 숫자를 적지 않았다. 그날 견내량 싸움을 끝내고 한산 통제영으로 돌아와 장계를 쓸 때, 나는 그 숫자가 어느 날 나를 죽이게 되리라는 예감에 몸을 떨었다. 그날 밤 나는 종사관을 물리치고 밤새도록 혼자 장계를 썼다.

―『칼의 노래』 136~137쪽에서

다섯째, 역사소설을 쓰는 사람은 역사를 깊이 읽어야 한다. 김훈은 주인공 이순신의 적이 다만 일본군만이 아니라고 읽었다. 임금도 적이라고 읽었다.

―통제공, 그게 그리 간단치가 않소이다. 성주에도 군사들을 보냈으나 잡지 못했소. 배설이 성주에 들어온 흔적도 찾지 못했소. 배설이 달아났다 하나 본래 담력 있는 무장이었소. 따르던 장졸들도 많았던 것으로 아오. 이자가 달아나서 대체 무슨 짓을 하려는 것인지, 전하의 근심이 실로 여기에 있는 것이오.

나는 겨우 알았다. 임금은 수군통제사를 의심하고 있는 것이다. 명량 싸움의 결과가 임금은 두려운 것이다. 수영 안에 혹시라도 배설을 감추어놓고 역모의 군사라도 기르고 있는 것이나 아닌지, 그것이 임금의 조바심이었다.

―『칼의 노래』 139쪽에서

여섯째, 주인공의 인간적인 면을 얼마나 섬세하게 그리고 있는가, 그것을 배워야 한다. 아산 고향에서 죽은 아들 면에 대하여 작가 김훈은 다음과 같이 서술한다.

삼수갑산에서 임기를 마치고 고향 아산으로 돌아왔을 때 면은 옹아리를 하면서 첫돌을 넘기고 있었다. 그 아이는 돌이 지나도록 젖을 토했고 푸른 똥을 쌌다. 젖이 덜 삭았는지 똥에서도 젖냄새가 났다. 아내는 변방에서 돌아온 남편을 첫날밤보다도 더 수줍어했다. 아내의 가슴에서는 젊은 어머니의 비린 몸냄새가 났고 어린 면은 입 속이 맑아서 그랬는지 미음을 먹으면 쌀냄새가 났고 보리차를 먹으면 보리 냄새가 났다.

내가 보기에도 면은 나를 닮았다. 눈썹이 짙고 머리 숱이 많았고 이마가 넓었다. 사물을 아래서부터 위로 훑어올리며 빨아당기듯이 들여다보는 눈매까지도 나를 닮아 있었다. 그리고 그 눈매는 내 어머니의 것이기도 했다.

—『칼의 노래』 145쪽에서

일곱째, 깊은 사유에서 나온 결 곱고 섬세한 무늬의 문장을 배워야 한다.

임진년의 싸움은 힘겨웠고 정유년의 싸움은 다급했다. 모든 싸움에 대한 기억은 늘 막연하고 몽롱했다. 싸움은 싸움마다 개별적인 것이어서, 새로운 싸움을 시작할 때마다 그 싸움이 나에게는 모두 첫 번째 싸움이었다. 지금 명량 싸움에 대한 기억도 꿈속처럼 흐릿하다. 닥쳐올 싸움은 지나간 모든 싸움과 전혀 다른 낯선 싸움이었다. 싸움은 싸울수록 경험되지 않았고, 지나간 모든 싸움은 닥쳐올 모든 싸움 앞에서 무효였다.

—『칼의 노래』 167쪽에서

여덟째, 이 소설의 결말이 어떠한지를 눈여겨보아야 한다. 그것은 주제가 응고되고 결집된 곳이다.

내 시체를 이 쓰레기의 바다에 던지라고 말하고 싶었다. 졸음이 입을 막아 입은 열리지 않았다. 나는 내 자연사에 안도했다. 바람결에 화약 연기 냄새가 끼쳐왔다. 이길 수 없는 졸음 속에서, 어린 면의 젖냄새와 내 젊은날 함경도 백두산 밑의 새벽 안개 냄새와 죽은 여진의 몸 냄새가 떠올랐다. 멀리서 임금의 해소기침 소리가 들리는 듯했다. 냄새들은 화약 연기에 비벼지면서 멀어져갔다. 함대가 관음포 내항으로 들어선 모양이었다. 관음포는 보살의 포구인가. 배는 격렬하게 흔들렸고, 마지막 고비를 넘기는 싸움이 시작되고 있었다. 선창 너머로 싸움은 문득 고요해 보였다.

세상의 끝이…… 이처럼…… 가볍고…… 또…… 고요할 수 있다는 것이……, 칼로 베어지지 않는 적들을…… 이 세상에 남겨놓고…… 내가 먼저……, 관음포의 노을이…… 적들 쪽으로……

—『칼의 노래』 387~388쪽에서

한승원의 소설쓰는 법

제19강
김훈의 『남한산성』에서 배워야 할 것

문장으로 발신(發身)한 대신들의 말은 기름진 뱀과 같았고, 흐린 날의 산맥과 같았다. 말로써 말을 건드리면 말은 대가리부터 꼬리까지 빠르게 꿈틀거리며 새로운 대열을 갖추었고, 똬리 틈새로 대가리를 치켜들어 혀를 내밀었다. 혀들은 맹렬한 불꽃으로 편전의 밤을 밝혔다. 묘당(廟堂)에 쌓인 말들은 대가리와 꼬리를 서로 엇물면서 떼뱀으로 뒤엉켰고, 보이지 않는 산맥으로 치솟아 시야를 가로막고 출렁거렸다. 말들의 산맥 너머는 겨울이었는데, 임금의 시야는 그 들판에 닿을 수 없었다.

— 『남한산성』 9~10쪽에서

김훈의 문장은 시적이면서도 밀도가 짙고 정확하고 지적이다. 현란하고 속도가 빠르면서 서사(이야기)를 잘 소화시켜 소리꾼의 아니리처럼 탄력 있게 읊조려댄다.

전작으로 쓴 그의 장편소설인 『남한산성』은 1636년 12월 14일부터 1637년 1월 30일까지 47일 동안 갇힌 성 안에서 벌어진 말과 말의 싸움, 삶과 죽음의 길에 관한 고통스럽고 참담한 실존이다.

임금의 어가를 강 건너로 실어다주고도 쌀 한 됫박 못 받았다며, 앞으로 적군이 오면 실어 건네주고 몇 됫박을 받겠다고 말했다가 김상헌의 칼에 죽은 뱃사공, 벌레처럼 성으로 기어들어온 그 뱃사공의 딸 나루, 참담하게 패할 것을 알면서도 결사항쟁을 고집한 척화파 김상헌, 삶의 영원성은 치욕을 덮어서 위로해줄 것이라는 주화파 최명길, 그 둘 사이에서 번민을 거듭하며 결단을 미루는 임금 인조. 체찰사인 영의정 김류의 속마음을 숨긴 채 좌우 눈치 살피기, 산성 방어의 책임자인 수어사 이시백의 '성을 지키는 것이 곧 성을 나가는 것'이라는 생각, 대장장이 서날쇠를 비롯한 이름 없는 군병들의 벌레 같은 죽음과 살아 배기려는 몸부림, 그것들을 통해 남한산성에 웅크린 삶의 한겨울의 일을 비극적으로 형상화시켰다.

『남한산성』은 인조 임금이 '오랑캐'의 황제 칸에게 이마에 피가 나도록 절을 올렸던 치욕을 가슴 아프게 복원시키고 있다.

갈등·대립구도와 주제가 뚜렷한 이 소설의 묘사적인 서술 문장은, 세상에서 가장 잘 쓴 보석 같은 문장의 전범이라 할 만하다.

    (1) 그해 겨울은 일찍 와서 오래 머물렀다. 강들은 먼 하류까지

옥빛으로 얼어붙었고, 언 강이 터지면서 골짜기가 울렸다. 그해 눈은 메말라서 버스럭거렸다. 겨우내 가루눈이 내렸고, 눈이 걷힌 날 하늘은 찢어질 듯 팽팽했다. 그해 바람은 빠르고 날카로웠다. 습기가 빠져서 가벼운 바람은 결마다 날이 서 있었고 토막 없이 길게 이어졌다. 칼바람이 능선을 타고 올라가면 눈 덮인 봉우리에서 회오리가 일었다. 긴 바람 속에서 마른 나무들이 길게 울었다. 주린 노루들이 마을로 내려오다가 눈구덩이에 빠져서 얼어 죽었다. 새들은 돌멩이처럼 나무에서 떨어졌고, 물고기들은 강바닥의 뻘 속으로 파고들었다. 사람 피와 말 피가 눈에 스며 얼었고, 그 위에 또 눈이 내렸다. 임금은 남한산성에 있었다.

—『남한산성』 31~32쪽에서

(2) 임금은 취나물 국물을 조금씩 떠서 넘겼다. 국건더기를 입에 넣고, 임금은 취나물 잎맥을 혀로 더듬었다. 흐린 김 속에서 서북과 남도의 산맥이며 강줄기가 떠올랐다. 민촌의 간장은 맑았다. 몸속이 가물었던지 국물은 순하고 깊게 퍼졌다. 국물에서 흙냄새가 났다. 봄볕에 부푼 흙냄새 같기도 했고 젖어서 무거운 흙냄새 같기도 했고 마른 여름날의 타는 흙냄새 같기도 했다. 임금은 국물에 밥을 말았다. 살진 밥알들이 입속에서 낱낱이 씹혔다. 임금은 혀로 밥알을 한 톨씩 더듬었다.······ 사직은 흙냄새 같은 것인가. 사직은 흙냄새만도 못한 것인가······. 콧구멍에 김이 서려 임금은 훌쩍거렸다.

—『남한산성』 104~105쪽에서

(3) 김상헌은 똥국물에 시선을 박은 채 중얼거렸다. 사물은 몸에 깃들고 마음은 일에 깃든다. 마음은 몸의 터전이고 몸은 마음의 집이니, 일과 몸과 마음은 더불어 사귀며 다투지 않는다……라고 김상헌은 읽은 적이 있었다. 김상헌은 서날쇠에게서 일과 사물이 깃든 살아 있는 몸을 보는 듯했다. 글은 멀고 몸은 가깝구나……. 몸이 성 안에 갇혀 있으니 글로써 성문을 열고 나가야 할진대, 창검이 어찌 글과 다르며, 몸이 어찌 창검과 다르겠느냐……. 냄새는 선명하게 몸에 스몄다. 김상헌은 어지럼증을 느꼈다.

—『남한산성』 121~122쪽에서

(4) 밝음과 어둠이 꿰맨 자리 없이 포개지고 갈라져서 날마다 저녁이 되고 아침이 되었다. 남한산성에서 시간은 서두르지 않았고, 머뭇거리지 않았다. 군량은 시간과 더불어 말라갔으나, 시간은 성과 사소한 관련도 없는 낯선 과객으로 분지 안에 흘러 들어왔다. 저녁이 되고 아침이 되니, 아침이 되고 저녁이 되었다. 쌓인 눈이 낮에는 빛을 튕겨 냈고, 밤에는 어둠을 빨아들였다.

—『남한산성』 179쪽에서

(5) ……전하, 지금 성 안에는 말(言)먼지가 자욱하고 성 밖에는 또한 말(馬)먼지가 자욱하니 삶의 길은 어디로 뻗어 있는 것이며, 이 성이 대에 돌로 쌓는 성이옵니까, 말로 쌓은 성이옵니까. 적에게 닿는 저 하얀 들길이 비록 가까우나 한없이 멀고, 성 밖에 오직 죽음이 있다 해도 삶의 길은 성 안에서 성 밖으로 뻗어 있고 그 반대

한승원의 소설쓰는 법

는 아닐 것이며, 삶은 돌이킬 수 없고 죽음 또한 돌이킬 수 없을진 대 저 먼 길을 다 건너가야 비로소 삶의 자리에 닿을 수 있을 것이 옵니다. 그 길을 다 건너갈 때까지 전하, 옥체를 보전하시어 재세(在 世)하시옵소서. 세상에 머물러주시옵소서……

— 『남한산성』 197~198쪽에서

(6) — 우리의 길은 매한가지라는 뜻이옵니다.

최명길이 말했다.

— 제발 예판은 길, 길 하지 마시오. 길이란 땅바닥에 있는 것이 오. 가면 길이고 가지 않으면 땅바닥인 것이오.

김상헌이 목청을 높였다.

— 내 말이 그 말이오. 갈 수 없는 길은 길이 아니란 말이오.

(중략)

김상헌이 말했다.

— 전하, 명길은 전하를 앞세우고 적의 아가리 속으로 들어가려 는 자이옵니다. 죽음에도 아름다운 자리가 있을진대, 하필 적의 아 가리 속이겠나니까?

최명길의 목소리가 더욱 낮아졌다.

— 전하, 살기 위해서는 가지 못할 길이 없고, 적의 아가리 속에도 삶의 길은 있을 것이옵니다. 적이 성을 깨뜨리기 전에 성단을 내려 주소서.

— 『남한산성』 269~271쪽에서

위의 예문들을 통해 독자는 많은 것을 깨닫고 공부할 수 있을 것이다. 이 작품을 읽을 때 다음을 염두에 둔다면 소설을 공부하는 사람들에게 많은 도움이 될 것이다.

첫째는 작품 전편을 통해 달려온 갈등과 대립이다. 그리고 그 속에 들어 있는 주제이다. 둘째는 인간 삶의 참담한 실존이다.

김별아의 『미실』에서 배워야 할 것

제1회 세계문학상 당선작인 『미실』은 작가가 선택한 소재가 얼마나 중요하며, 그 소재가 소설의 재미와 무게를 어떻게 좌우하는가를 잘 보여준다. 이 소설의 소재는 오늘날 사람들의 실정에도 알맞다.

이 소설의 존재 의미가 무엇인지 살펴보자. 『미실』은 신라시대, 3대에 걸쳐 임금을 색으로 섬긴 미실이라는 여인의 일대기를 그린 소설이다. 그녀는 모계 혈통인 대원신통의 여인으로 태어나 진흥제, 진지제, 진평제를 색으로 섬기면서 신라 왕실의 권력을 장악해간 여인이다. 미실은 지소태후(진골정통)와 사도왕후(대원신통)의 권력다툼에 휘말려 사랑을 빼앗긴 후 스스로 권력이 되고자 하는 의지와 욕망에 충천해 냉혹한 여인으로 변모해가는데 그 과정이 이야기 속에 그려진다.

미실은 동륜과 금륜태자를 죽음으로 몰아가는 음모를 꾸미는 한편

첫사랑인 사다함, 남편으로 그녀에게 평생을 바친 세종전군, 미실의 목숨과 자신의 목숨을 맞바꾼 설원랑과의 사랑을 통해 운명을 뛰어넘어 본능에 충실한 여성으로서의 모습이 소설의 또 한 영역을 이루었다.

작가는 역사의 베일에 가려진 미실을 지금과는 전혀 다른 신화적 인물로 그려내면서 여러 가지로 재해석될 수 있는 풍요로운 해석의 가능성을 열어두었다. 성이 개방되고 여성의 사회활동이 남성을 압도하고 있는 오늘날 이 소설의 존재 이유는 분명하다. 미실은 자기 운명에 발목 잡혀 파멸의 길을 걷는 비운의 여인이 아니고 자기 운명을 개척해간 여인이다. 욕망과 본능에 충실하면서도 마녀나 요녀로 전락하지 않은 자유로운 혼의 여인이다. 아름다움으로 임금을 섬기며 신라시대를 살았던 여인 미실을 통해 욕망과 본능이 억압되고 왜곡된 오늘날 여성으로 살아간다는 것이 무엇인지를 확실하게 발언하고 있다.

> 그녀의 치마가 펄럭였을 때 세상은 그녀 앞에 무릎을 꿇었다. 돌이킬 수 없는 폐허처럼, 그녀는 뒤를 돌아보지 않고 끝까지 갔다. 그곳에 검붉은 아가리를 쩍 벌린 단애가 오롯이 자리함을, 발끝이 흔들리는 아슬아슬함을 모르지 않았다. 하지만 허방을 향해 한 손을 뻗을 때, 온몸과 함께 생애까지도 기우뚱거리는 순간의 아찔한 쾌감을 포기할 수 없었다. 깊은 곳으로부터 절로 몸이 젖고 영혼마저도 울울함을 떨치고 둥실 떠올랐다. 어찌 이 가벼운 비상의 충동을 멈출 수 있겠는가. 부박한 생이여, 손아귀 가득 움켜잡은 치맛자락을 놓아라. 뿌리치는 비단 천에 미끄러져 더욱 붉어진 알몸뚱이로 그녀는 간다. 끝까지 오직 아득한 끝만을 주시한 채로. — 김별아의 『미실』 첫 머리

은미희의 『비둘기 집 사람들』에서
배워야 할 것

5천만 원 현상 삼성문학상 당선작인 은미희의 『비둘기 집 사람들』을 읽으면서 열목어(熱目魚, Brachymystax lenok)에 대한 생각을 했다. 열목어는 '경골어류 청어목 극지송어과의 물고기인데, 목은 길고 측편되었으며 몸 빛깔은 은색 바탕에 눈 사이와 옆구리, 등지느러미, 가슴지느머리에 크고 작은 자홍색의 불규칙한 작은 반점들이 많이 흩어져 있다. 산란기인 4~5월이면 온몸이 짙은 홍색으로 변한다. 등지느러미 가슴지느러미 부분은 흑록색을 띤 무지개 모양의 광택을 내며 아름다운 무지개 빛의 지느머리로 변한다. 냉수성 어류로서 일생을 깨끗한 하천의 상류에서만 산다. 항상 수온이 낮은 곳을 좋아하므로 여름철에는 냉수를 찾아서 상류로 올라간다.'

열목어가 그렇게 냉수를 찾아 상류로 올라가는 것은 태어날 때부터 가지고 나온 성정 때문이다. 소라고둥, 우렁이의 나선이 시계방향으로 돌며 상승하는 것, 태풍의 눈이나 용오름이 오른쪽으로 도는 것, 나팔꽃 덩굴, 호박 덩굴의 손이 마찬가지 방향으로 감고 올라가는 것이 다 그러하다. 모든 것들은 낮은 삶으로부터 좀 더 상층에 있는 삶으로 나아가려고 꿈꾸며 발버둥친다. 그것은 우주적인 힘의 율동이다. 프로이트의 '고대의 잔재', 융의 '원초적이고 옛날부터 이어받은 유전적인 인간의 마음의 형태'도 같은 패턴이다. 플라톤의 '이데아', 노자의 '장자의 도(道)', '천하의 눈에 보이지 않는 심오한 법칙(象)'이라고 한 『주역』의 말도 마찬가지이다.

　① 누군가가 신경질적으로 대문을 두드리는 소리에 열목은 눈을 떴다. 쾅쾅쾅쾅! 쾅쾅쾅! 일정한 간격으로 가격해대는 누군가의 주먹에는 힘이 실려 있고, 그 힘에 금방이라도 대문의 경첩이 빠질 듯 삐걱거리며 요란스럽게 흔들렸다.

　② 그 시각 비둘기 여인숙은 괴괴한 정적 속에 묻혀 있었다.

①은 이 소설의 첫 단락이고 ②는 마지막 문장이다.

소설의 첫 문장과 끝 문장은 많은 의미를 내포하고 있다. 작가의 무의식 세계의 율동까지도 말해주기 마련이다. ①②를 놓고 볼 때 이 소설은 한 차례의 성행위를 폭압적으로 시작하는데, 결코 즐거움이 아닌 '신산한 삶' 같은 그것을 끝내는 것과 같은 구도이다. 따지고 보면 삶이란 것들이 다 그러하다. 모든 사냥꾼들은 힘차게 세상을 향해 나섰다가 힘을 다 쏟고 지쳐서 귀환한다.

이 소설의 여성 주인공들은 남자와의 관계맺음에 있어서 한결같이 강압에 의해 첫문을 연다. 그리고 그 행위는 사랑 행위로서가 아니고 남성 위주의 즐기기로서 채워지곤 한다. 청미는 수도 없이 많은 성 행위를 치르게 되는데 그것에 대하여 작가는 이렇게 진술하고 있다.

> 그에게 잠시 빌려준 젊음의 대가 치고는 상당한 금액이었다. 삼십만 원의 의미. 그것은 단순히 인간이 만들어낸 경제활동의 도구가 아니라 자신을 세상과 이어주는 하나의 소통로이자, 길이요, 생명줄과도 같은 의미였다. 전혀 생산적인 삶과는 거리가 먼, 사람들의 욕망받이로서의 삶을 사는 자신의 생이 스스로도 안타까웠다.
>
> ―『비둘기 집 사람들』 157쪽에서

생식기로써 남자들의 정액받이 노릇을 할 수 있다는 것이 존재이유일 뿐인 참담한 삶. 사람들은 이름을 지을 때 거기에 희망적인 의미 부여를 하기 마련이다. 청미(청어과의 물고기)는 그 이름으로 볼 때, 열목과 비슷한 의미를 가지지만, 한쪽은 젊고 다른 한쪽은 늙다는 점에서, 한쪽은 빠르고 다른 한쪽은 느리다는 점에서 대비된다. 열목이 아날로그적이라면 청미는 디지털적일 터이다.

아날로그적인 사랑은 상대를 사랑하기 때문에 상대와의 사랑행위나 그 결과물에 대하여, 그리고 상대의 삶에 대하여 책임을 진다. 그 이전에는, 상대를 사랑하기 때문에 그 상대하고는 성행위를 하지 않는(플라토닉) 인고의 사랑행위가 있었다. 상대의 육체와 영혼을 속속들이 신성하게 여기고 애무의 단계에서부터 오르가슴의 단계와 끝마무리까지를 애정을 가지고 느릿느릿 해낸다. 오르가슴까지도 함께 누리려 한다.

디지털적인 사랑은 뱉고 싶은 침을 뱉듯, 싸고 싶은 것을 싸듯이, 풀고 싶은 코를 풀어 휴지로 묻혀내어 버리듯이 치른다. 그냥 배설일 뿐이므로 거기에 사랑이라는 말은 거추장스러울 수도 있다. 그리하여 상대를 아끼고 사랑하는 마음으로 전희를 하지도 않고, 상대가 오르가슴에 이르든지 말든지 나만 쾌감 속을 떠다니다가 배설해 버리면 그만인 것이다. 더불어 사랑하는 것이 아니고 나 혼자만 즐기는 것이다. 상대가 임신을 하든지 말든지, 그것은 그쪽의 사정이다. 계약에 의해서 시원한 배설을 한 만큼의 돈을 지불하면 되는 것이고 책임을 지지 않는다.

때문에 작가들이 성행위를 진술하는 모양새에 있어서도 많은 차이가 있다. 아날로그적인 사랑을 하는 사람들의 성행위는 상대를 신성시하는 만큼 순간순간을 안타까워하고 천천히 뜨겁고 질척거리고 끈끈한 모양새가 되도록 묘사하고 진술한다.

디지털적인 사랑은 침을 뱉듯이 자동차 안에서이건 차 한 잔 배달하러 간 여관방에서이건 비디오방에서이건 화장실에서이건 막다른 골목길의 바람벽에서이건 간단히 이루어진 만큼, 침 한 번 뱉기와 같은, 특별할 것이라고는 없는, 신성할 것 없는 남근과 여근의 뻔한 접속을 구차스럽고 지루하게 묘사하거나 진술하려 하지 않는다.

소설 『비둘기 집 사람들』 속의 성은 모두 그런 디지털적인 것이다.

『비둘기 집 사람들』은 우리의 아픈 음지이다. 그 음지에 모여 사는 사람들은 비둘기 여인숙 여주인인 열목, 2호실 달방 손님 청미, 7호실 달방 손님 형만, 6호실 달방 손님 성우 등 네 사람이다.

작가는 네 명의 주인공을 한 사람씩 한 사람씩 차례로 돌아가면서 그 인물의 시각으로 진술한다. 그때마다 그 주인공의 시간이 펼쳐진다. 거꾸로 가는 시간여행처럼.

더 깊이 살펴보면, 음지인 '비둘기 여인숙'은 주인 여자 열목의 늙어가고 있는 육체와 영혼의 기구한 삶의 모습이다. 우리의 황폐해지고 오염된 자궁의 모습인, 돌아갈 곳 없는 자들이 자기 몸을 얼마 동안 담는 그 공간은 모든 신산한 삶을 사는 사람들의 슬픈 안식처이다.

부평초처럼 떠도는 사람들, 돌아가고 싶지만 돌아갈 곳이 없는 그들에게도 희망은 있다. 열목은 돈을 모아 여인숙 건물을 쓸어버리고 새로이 원룸 건물을 짓고 딸 수미를 깨끗하게 키워 시집보내는 것이고, 미성년자인 청미는 돈을 모아서 원룸 한 칸을 얻어 나가는 것이고, 형만은 버리고 온 고향과 화해하고 새로이 예전의 삶을 이어 사는 것이고, 성우는 청미와 결혼하여 어머니를 모셔다 사는 것이다.

그러나 그들의 꿈은 이루어지지 않는다.

청미와 그녀가 애인이라고 믿은 찬경과의 관계는 착취자와 착취당하는 자의 관계, 가마우지로 하여금 잡은 것을 삼키지 못하도록 목에 갈고리를 채워 고기 사냥을 시키는 주인과 가마우지의 관계이다. 결국 청미는, 찬경이 팔아넘김으로써 섬으로 끌려가 혹사당하다가 자취를 감추고, 열목의 여인숙은 남편 오석의 도박으로 말미암아 불량배들에게 넘어가고, 형만은 고향에 가지만 정착하지 못하고 새로이 떠돌게 되고, 성우는 청미를 찾아 섬으로 들어가지만 그것은 헛걸음일 뿐이다.

두 남성 인물들은 자기들끼리, 여성 인물 둘은 또 그들끼리, 서로 대비되면서 어느 한쪽은 실체이고 다른 어느 한쪽은 그림자이다.

③ 솜씨 좋은 도둑의 빵빵한 자루마냥 불룩하고도 커다란 유방. 그 무게 때문에 밑으로 축 처진 유방은 여름이면 겹쳐진 살갗에 땀띠가 솟아 참을 수 없이 따끔거리며 쓰라렸다.

— 『비둘기 집 사람들』 18쪽에서

④ 인어처럼 미끈한 다리를 가진 그녀. 아직 스물도 채 채우지 못한 청미는 가진 재산이라고는 날렵하게 빠진 제 몸뚱아리 하나밖에 없는 눈치였다. 어깻죽지까지 내려오는 스트레이트 파마머리에 엉덩이만 겨우 가린 짧은 치마를 입고…….

— 『비둘기 집 사람들』 18~19쪽에서

③은 늙은 열목을 묘사한 대목이고, ④는 앳된 청미를 묘사한 대목이다.

남성 주인공들의 경우도 그렇다. 성우는 젊고 건강하고 희망에 넘쳐 있는데, 형만은 죽음을 앞에 두고 기침에 시달리고 있고 화해되지 않을 화해를 꿈꾸고 있다. 그들은 서로에게 실체와 그림자 노룻을 하면서 형상화를 돕고 있다.

문장에는 밀도가 있고 구성이 주도 면밀하고 시각에는 무게가 실려 있다. 힘 있는 진술력이 신뢰를 가지게 한다. (중략)

⑤ 잡풀 우거진 산비탈을 헤적이며 내려오다 찔레꽃 가시에 찔려 한쪽 시신경을 다쳤다. (중략) 더 이상 세상을 담아내지 못하는 지경에 이르렀다. 그저 움푹한 공간에 어둠만이 똬리져 틀어앉게 된 자리. 김노인은 그곳에 아들을 묻었을지 모른다.

— 『비둘기 집 사람들』 75~76쪽에서

⑥ 형만은 김 노인의 말이 끝나자마자 제 앞으로 삐쳐나온 소나무 가지를 툭 분질렀다. 제 상처를 통해 흘러내리는 송진. 사람의 기억 속에도 송진같은 액이 흐르는가.

— 『비둘기 집 사람들』 136쪽에서

⑦ 혜미가 스푼 가득 설탕을 퍼올리며 말했다. 스르륵 흘러내리는 흰색의 결정들. 순백의 세상. 세상에 과연 그런 순백은 존재하는가. 형만은 치밀어 오르는 구역질을 가까스로 참아내며 한 모금 입안에 물고 있던 커피를 억지로 삼켰다.

— 『비둘기 집 사람들』 140쪽에서

⑧ 어느 삶이 통속적이고 그렇지 않은지 명확히 구분지을 수는 없지만, 하루하루 투쟁하듯이 살아가는 사람들은 때로는 통속이

생각지도 않은 큰 위안을 줄 수도 있고 그 위안의 유혹에 이끌려 어떤 이들은 대책없이 통속적 유희 속으로 빠져들었다.

— 『비둘기 집 사람들』 147쪽에서

⑨ 불 끈다. 어머니의 말에 이어 찾아온 암흑. 군남의 밤은 유달리 어두웠다.

— 『비둘기 집 사람들』 176쪽에서

무작위로 뽑아본 것들인데 이 문장들은 시의 한 대목처럼 압축되어 있기도 하다.

(이상은 『비둘기 집 사람들』에 실린 필자의 작품평 전문)

박현욱의『아내가 결혼했다』에서 배워야 할 것

제2회 세계문학상 당선작인 장편소설『아내가 결혼했다』는 작가의 시각이 신선하고 독특하고 재미있다. 신인으로서의 패기가 넘쳐난다. 이 소설은 작가의 신선한 시각이 소설 전체에 지대한 영향을 미친다는 것을 잘 보여준다.

새로 장편소설을 쓰려고 하는 신인들은 이 작품을 읽고 시각의 중요성을 깨달아야 한다.

『아내가 결혼했다』는 이중결혼을 하려는 아내와 그것을 수용할 수밖에 없는 남편의 심리를 역동적인 축구 이야기와 절묘하게 결합시켜 오늘날의 독점적 사랑과 결혼제도의 통념에 대해 문제를 제기한다.

작가는 비독점적 다자연애의 결혼관을 거침없이 소설로 끌고 들어서 일처다부의 상황을 수용하게 만드는 도발적인 서사를 만들어감으로써 일부일처제에 대한 고정관념을 깨준다.

다음 인용문들을 읽어보자.

> 섀도(shadow) 스트라이커라는 포지션이 있다 처진 스트라이커라고도 한다. 스트라이커와 공격형 미드필더의 역할을 겸하는 포지션이다. 그런 만큼 득점력과 더불어 플레이메이커로서의 창조적인 감각을 발휘할 수 있어야 한다. 가령 우리나라 국가 대표 이동국과 안정환의 투톱 시스템을 사용할 경우 위치 선정과 골 감각이 뛰어난 이동국은 전형적인 타깃형 스트라이커로, 횡적인 움직임이 좋은 탁월한 테크니션인 안정환은 그 뒤를 받쳐주는 섀도 스트라이커로 기용할 수 있을 것이다.
>
> (중략)그가 폭넓은 시야와 발군의 감각으로 찔러주는 어시스트는 탄성을 절로 자아내게 한다.

그녀와의 섹스에 대해 말하자면, 한마디로 그녀는 최고의 섀도 스트라이커였다. 그녀는 리드미컬한 움직임으로 빈 공간에 생명력을 부여하는 천재적인 플레이어메이커였고 최적의 공간은 찾아 감각적인 터치로 절묘하게 패스해주는 탁월한 어시스트였다. 그녀처럼 아름다운 플레이를 하는 여자를 일찍이 본 적이 없다. 천재적인 플레이, 헌신적인 어시스트, 그녀는 나를 최고의 스트라이커로 만들었다. 이전에 보지 못했던 새로운 세상이 펼쳐졌으며 나는 기쁨에

넘쳐 골 세리머니를 펼쳤다. 말로는 다 표현할 수 없다. 얼마나 환
상적이고 황홀한 새벽이었는지.

—『아내가 결혼했다』 26~27쪽에서

중학교 시절, 한 반의 인원은 60명이 넘었다. 체육 시간에 이런
축구를 했다. 체육 선생은 서른 명씩 두 팀으로 나누고는 축구공
두 개를 던져 주었다. 오프사이드? 있을 리 없다. 파울? 그런 거 모
른다. 당연히 프리 킥이나 페널티 킥 같은 것도 없다. 코너킥도, 스
로우 인도 없다. 모두들 공을 쫓아 열심히 뛰어다녔다. 골을 넣으려
고? 아니. 한 번이라도 공을 차보려고. 각각의 골대에서 동시에 골
이 터지기도 했고, 골대 하나에서 한꺼번에 두 골이 터지기도 했다.
스코어는? 몰라. 우리 팀이 이겼던가? 상관없어. 그저 수업이 끝나
는 것을 알리는 종소리가 조금이라도 늦게 울리기만을 바랐다.

—『아내가 결혼했다』 336~337쪽에서

코맥 매카시의 소설 『로드』에서
배워야 할 것

미국 작가 코맥 매카시의 이 소설을 읽으면서 나는 이런 생각을 했다. 한 소설가가 우주에서 빨아들인 상상력으로 쓴 한 편의 소설은 시를 향해 날아가고 시는 음악을 향해 날아간다는 사실.

한때 상의 냇물에 송어가 있었다. 송어가 호박빛 물속에 서 있는 것도 볼 수 있었다. 지느러미의 하얀 가장자리가 흐르는 물에 부드럽게 잔물결을 일으켰다. 손에 잡으면 이끼 냄새가 났다. 근육질에 윤기가 흘렀고 비트는 힘이 엄청났다. 등에는 벌레 먹은 자국 같은 문양이 있었다. 생성되어가는 세계지도였다. 지도와 미로. 되돌릴 수 없는 것. 다시는 바로잡을 수 없는 것을 그린 지도. 송어가 사는

깊은 골짜기에는 모든 것이 인간보다 오래되었으며 그들은 콧노래
로 신비를 흥얼거렸다.

2007년 퓰리처 상 수상작인 이 소설의 특징은 이러하다.

첫째, 지금 지구는 대재앙으로 인하여 죽은 세상이 되었는데, 왜
이런 상황에 직면해 있는가에 대한 설명적인 서술이 전혀 없다. 다
만 행복했던 순간을 회상하는 대목이 아주 짧게 나오곤 할 뿐이다.

둘째, 짧고 간결한 문장을 쓰고 있다. 대화도 그러하다.

셋째, 가끔 시적으로 함축된 문장들도 나온다.

넷째, 섬세하게 묘사적인 서술을 하기도 하지만 지루하지 않게 장
면을 전환한다.

다섯째, 영상미가 두드러진다. 마치 영화의 한 장면이 여러 개의
컷을 이용하여 속도감 있게 나타났다가 사라지고 다음 장면으로 바
뀌는 것처럼. 다 읽고 났을 때에는 흑백영화 한 편을 보고 난 느낌
이다.

여섯째, 중간중간에 잠언처럼 읽히는 대목들이 있다. 예를 들면
다음과 같다.

"우리가 사는 게 안 좋니?"

"아빠는 어떻게 생각하세요?"

"글쎄, 나는 그래도 우리가 아직 여기 있다는 게 중요한 것 같아.
안 좋은 일들이 많이 일어났지만 우린 아직 여기 있잖아."

제24강
팀 보울러의 장편소설 『리버보이』에서 배워야 할 것

그날 그녀는 리버보이(River-Boy)를 알아보지 못했다. 그것은 당연한 일이었다.

사건은 그 소년과는 상관없이 시작되었다. 오히려 그녀는 할아버지를 통해서, 자신이 좋아하는 수영을 통해서 자신에게 특별한 일이 일어나고 있음을 느꼈다. 그러나 그녀는 훗날 그 사건을 곰곰이 되짚어보면서, 리버보이가 항상 자신의 일부분이었다는 것을 깨달았다. 가슴에 품은 절실한 꿈처럼, 리버보이 역시 언제나 그녀의 일부이었던 것이다. 그것은 그녀 스스로도 부정할 수 없는 진실이었다.

그리고 그 꿈은, 리버보이는, 그녀의 삶 자체이기도 했다.

—『리버보이』첫 부분

강물에서 만난 환상적인 소년상과 살아 있는 신비스러운 강이 소설 속에서 잘 활용되고 있다. 그것들은 죽음을 앞둔 할아버지와 주인공 소녀 제스 사이에 다리를 놔주고 있으면서 할아버지의 아름답고 슬픈 일생을 함축해 보여주고 있다.

『리버보이』의 주인공 제스는 이제 막 열다섯 살이 됐다. 그러나 그 찬란한 시기에 생애 처음으로 소중한 사람을 잃을지도 모른다는 두려움에 휩싸이게 된 그녀. 사랑의 보호막이자 버팀목이었던 할아버지가 심장발작으로 쓰러진 뒤 불길한 예감은 점점 현실로 다가온다. 그러는 사이 가까스로 기력을 되찾은 할아버지는 미리 준비해놓았던 여행을 떠나자고 재촉하고…… 죽음을 앞둔 할아버지와 열다섯 살 손녀의 아주 특별한 이별여행은 이렇게 시작된다.

그리고 그 과정에서 마주친 한 신비로운 소년. 그 소년과의 만남으로 인해 그들의 여행은 전혀 예상치 못한 곳으로 흘러가게 된다.

—출판사 소개글에서

할아버지가 쓰러지고 돌아가시기까지의 그 며칠 동안 주인공 제스는 슬픔, 분노, 좌절, 포기 등 모든 종류의 감정을 경험하고 마침내 깨닫게 된다. 결말에서 할아버지는 죽고, 그의 시신은 화장을 시킨다. 그리고 제스는 그 유골을 가지고 강으로 간다. 거기에서 흘려보내려는 것이다. 마지막 장면에서 할아버지의 유골과 강과 제스와 리버보이는 한데 어우러진다.

물길이 아래로 곤두박질치는 곳에 도착하자 예전에 리버보이가 그랬던 것처럼 그곳에 두 다리를 디디고 서서 몸을 똑바로 곧추세웠다

다리를 스치며 아래로 곧장 추락하는 물살을 느끼면서, 제스는 할아버지의 영혼이 이 마법의 공간을 떠돌지 않고 이제는 그녀 안에, 엄마와 아빠 안에, 알프레드 할아버지 안에, 그리고 할아버지를 아는 모든 사람들 안에 머물러 있음을 깨달았다.

그러나 리버보이의 영혼은 오직 그녀 안에만 있었다.

그녀는 팔을 들어 마지막으로 항아리를 기울였다. 마지막 유골이 공기 속으로 흩어지고, 동시에 물거품 이는 강물 속으로 사라졌다. 그 모습을 보니 눈물이 나기 시작했다. 그녀는 항아리를 물속에 던져버렸다.

그리고 곧 자신도 폭포 아래로 뛰어들었다.

'안녕, 리버보이.'

얼굴을 간질이는 산들바람을 느끼며, 물속을 따라 떠내려가면서 그녀는 마지막으로 다시 한 번 리버보이의 얼굴과 마주했다.

—『리버보이』끝 부분

이 소설 『리버보이』를 확실하게 이해하려면 이것을 알아야 한다. 바로 리버보이는 이 소설 속에서 무엇일까 하는 것이다.

리버보이는 할아버지의 영혼과 주인공 제스의 영혼과 강물의 영혼을 한데 어우러지게 하는 것이다. 그것은 할아버지가 꿈꾸었던 것이고 제스가 공감·공명·공유하는 것이고, 제스 속에 흐르는 강물의 뜻 혹은 우주의 뜻이다.

한승원의 소설쓰는 법

나는 신춘문예 당선 소설
「목선」을 이렇게 썼다

1967년 9월 어느 날, 나는 스님처럼 머리를 하얗게 깎아버리고 나를 나의 내면에 가두었다. 나로 하여금 이 소설 한 편에만 매달리도록 회초리질을 했다. 소설을 위하여 나를 내 속에 감금한 첫 번째 사건이었을 터이다.

산골 초등학교 초임교사인 데다 스물여덟의 나이로 신혼이던 나는 외부의 힘에 질질 끌려다니고 있었다. 학부모들이 불러내어 닭 잡아주고 술 사주고 밥 사주고, 동료 교사들이 숙직실로 끌어내는 대로 끌려가서 닭과 술내기 바둑 두고 장기 두고 화투치고, 술에 푹 젖어 살고, 젊은 아내와 깨 쏟아지는 사랑 놀음을 하고……. 나를 잃어버린 채 표류하고 있었다. 소설에 대한 생각은 물론 어디론가 가버리고 없었다.

그러던 중에 문득 자각을 한 나는 머리를 깎아버리고 숙직실 출입을 하지 않고 학부모들의 유혹을 뿌리치고 소설쓰기에만 몰입한 것이었다. 신참 초임교사가 머리를 하얗게 깎아버렸으니 그때 그 학교의 교장 교감과 동료 교사들이 나를 얼마나 미워했을 것인가.

무엇을 소재로 쓸 것이며, 어떤 배경으로 이야기를 펼쳐야 할까

신춘문예에 응모할 소설쓰기에서 가장 중요한 것은 참신한 소재 구하기에 있다. 특이하고 새로운 소재를 구해 썼을 경우, 그 신인작가의 시각을 일단 신뢰하게 된다.

고등학교를 졸업한 열아홉 살 되던 해부터 3년 동안 섬인 고향 마을에서 김 양식을 한 경험을 바탕으로 바다 사람들의 삶을 형상화시키기로 작정했다. 이 땅은 삼면이 바다로 둘러싸여 있음에도 불구하고 바다나 어촌 이야기를 소설 공간으로 끌어올리는 작가는 예나 이제나 희귀했다. 나는 그 희귀한 이야기를 선택하기로 했다.

처음부터 나는 소설의 제목을 '목선'이라고 정했다. 그것은 정공법이다. 이 소설의 배경인 우주적인 자궁으로서의 바다와 '목선'이란 제목은 소재와 주제를 모두 함축한다.

한승원의 소설쓰는 법

유치환 선생의 「상선」이라는 시를 읽는 순간 가슴이 찌르르 저렸었다. 그 시의 첫줄은 이것이었다.

'영어로 배의 대명사는 He가 아니고 She이다.'

영어권에 사는 사람들의 정서로는, 목선이 남성성을 가진 존재가 아니고 여성성을 가진 존재이다. 그것을 읽는 순간, 나의 가슴이 찌르르 저린 것은 내 속에 들어 있는 어떤 것이 불붙고 있다는 뜻이었다. 그것을 소설작법에서는 '동기'라고 말한다.

목선에서 여성성을 발견하고 나자, 그것이 생명을 가진 것으로서 내게 다가왔고, '여인＝목선'이란 현실적인 등식이 만들어졌다. 거기까지 생각이 미친 데에는 다음의 이야기가 도움이 되었다.

· 강나루에서 처녀 뱃사공이 손님들을 실어 나르는데 그녀의 배에 오른 한 선비가 음험한 농을 걸었다.

"내가 네 배(船＝腹)를 탔으니까 이제 너는 내 각시다."

처녀 뱃사공은 얼굴이 새빨개졌다. 그의 말을 못들은 체하고 배를 저었고, 마침내 맞은편 나루에 이르렀다. 선비가 배에서 내리자 처녀 뱃사공이 선비를 향해 "내 새끼야 잘 가거라" 하고 말했다.

선비가 화를 벌컥 내며 처녀 뱃사공을 향해 "이런 못된 년!" 하고 말하자 처녀 뱃사공이 볼멘소리를 했다.

"손님께서는 제 배 안에 오래 들어 있다가 빠져나가지 않았습니까?"

나는 처음부터 '소설은 무엇보다 재미있어야 한다'는 생각을 가지고 있었다. 재미있지 않다면 내 이야기를 누가 읽어줄 것인가. 이야기를 재미있게 하려면 등장인물들 사이에 갈등 대립이 치열하게 일어나야 한다. 갈등 대립이 치열해야 이야기와 서술하는 문장 하나하나에 탄력이 생기게 되는 법이다.

가령 김동리의 「황토기」에는 운명적으로 만난 두 장사가 피투성이가 되도록 서로를 치고받으며 싸운다. 그들 사이에 여자가 끼어 있고 삼각관계가 형성되면서 비극이 일어난다. 대개의 모든 좋은 소설들은 그와 같은 구도로 짜여 있다. 나의 소설 「목선」에서 대립 갈등이 일어나게 하기 위하여 세 인물을 등장시켰다.

등장인물들을 어떻게 설정하고 이야기의 틀을 어떻게 짤 것인가

나는 문예창작학과 김동리 선생에게서 단편소설의 주요인물은 절대로 많지 않아야 한다고 배웠다. 단순한 주제, 단순한 인물, 단순한 구성이어야 한다. 나는 그 가르침대로 했다.

석주, 태수, 양산댁 세 사람으로 설정했다.

석주란 남자주인공과 태수란 남자가 양산댁이란 여자를 서로 차지하려고 싸움을 벌이도록 구성했다. 물론 그 세 인물 모두 생명력이 왕성한 사람들로 설정했다. 어촌 사람들은 출렁거리는 마녀 같은 바다처럼 생명력이 왕성한 사람들이다.

양산댁은 새로 지은 목선 한 척을 가지고 있다. 머슴살이를 하고 있는 석주와 왕년에 씨름 선수였던 태수는 목선이 없으므로 그녀의 새 목선을 차지하려고 한다. 여기에 '목선=여인'이란 등식이 성립된다.

석주는 결혼에 실패한 적이 있다. 군대에 갔다가 오자 아내가 외간 남자와 도망치고 없었다. 그녀는 그의 소유였던 목선마저 팔아 버리고 달아났다.

석주는 필사적으로 목선을 하나 구해야 하고 그 목선으로 오징어잡이를 하여 돈을 벌어 어떤 여자인가를 맞아들여 가정을 꾸려야 한다. 그는 봄 여름 가을 세 철 동안 그녀의 목선을 빌려 쓰는 조건으로 겨울 동안 양산댁네 김 머슴살이를 한다. 그런데 봄이 되자 양산댁이 자기의 목선을 태수에게 빌려주기로 마음을 바꾸어버린 것이다.

주된 이야기는 석주가 목선을 차지하려고 싸움을 벌이고 그것을 쟁취하는 것을 중심으로 펼치기로 작정했다.

서두를 어떻게 쓸 것인가

단편소설은 서두를 잘 써야 한다. 특히 첫 문장을 잘 써야 한다. 첫 문장에서부터 독자를 사로잡지 않으면 안 된다. 서두에서 사건이

315

보여야 한다. 나는 서두를 이렇게 썼다.

> 봄부터 가을까지 채취선을 빌려다 쓰기로 하고, 지난해 겨울 동
> 안 양산댁네 김 채취 머슴을 산 석주는 어처구니가 없었다.

결말은 어떻게 쓸 것인가

결말은 서두와 똑같이 중요하다. 주제는 숨은 그림처럼 결말 속
에 들어 있어야 한다. 그리고 결말은 길고 아름다운 여운을 남겨야
한다. 인상적인 결말이 되도록 해야 한다.

나는 이 소설의 결말을 어떻게 맺을 것인가를 놓고 고민했다.

그 고민에 잠겨 있을 무렵 한 40대 초반 남자가 자살한 사건이
일어났다. 그 남자는 사법고시를 여섯 번 보았지만 번번이 낙방했는
데, 일곱 번째 보아 합격했다. 합격하는 날까지 그는 신산한 삶을 살
아야 했다. 굶기도 하고, 여름철에는 엉덩이가 짓무르도록 공부를
하고 겨울이면 잉크가 얼어터지는 냉방에서 이불을 뒤집어쓰고 책
을 팠다. 한데 합격통지서를 받아든 날 밤 홀연히 자살을 해버렸다.
왜 그랬을까.

그것에 대하여 정신분석학자들이 '허무' 때문일 것이라고 말했다.
평생 동안 어떤 것을 얻으려고 분투하다가 그것을 막상 성취하고 나
자 세상이 너무 하잘것없고 허무하여 자살해버린 것이라는 논리였다.

한승원의 소설쓰는 법

공감할 수 있는 논리였지만 나는 그의 자살에 동의할 수 없었다. 그것은 슬프고 무서운 일이었다. 허무에서 한 걸음 더 나아가는 것, 그 허무를 극복하는 생명력이 없다면 이 세상은 암흑으로 가득 차게 될 것이다.

나는 한때 카뮈의 실존철학에 빠진 적이 있었다. 그의 철학을 가장 잘 말해주는 것이 '시시포의 신화'이다.

시시포는 바위 덩이를 산꼭대기로 굴리고 올라간다. 정상에 올려놓은 바위가 산 아래로 굴러 떨어진다. 그는 절망하지 않고 다시 산 아래로 내려가서 그것을 굴리고 올라간다. 그렇지만 그것을 정상에 올려놓자 또다시 굴러 떨어진다. 그는 절망하지 않고 산 아래로 가서 그것을 새로이 굴리고 올라간다. 그의 작업은 이 천지우주가 존재하는 한 계속된다. 그것이 인간의 어찌할 수 없는 실존이며 운명이다.

절망하지 않는 삶, 허무를 극복하는 생명력을 암시하는 것으로 소설을 끝맺기로 작정했다.

주인공 석주가 태수를 물 속에 처박아버린 다음 양산댁마저 물 속에 처박으려고 하자 양산댁은 "배 가져가시오. 그런디 나는 그 배 없이 어떻게 살 것이오?" 하고 말한다. 목선과 더불어 자기까지 가져가라는 것이다. 배와 여인을 한꺼번에 모두 얻고 난 그 순간(결말 부분)을 나는 이렇게 썼다.

먼바다에는 한가로운 잔물결의 이랑들이 햇빛을 받아 금빛 고깃비늘처럼 반짝거리고, 그 반짝거림 속에 오징어잡이 배들이 장난감처럼 조그맣게 보였다.

문장을 어떻게 쓸 것인가

단편소설은 문장을 섬세하고 밀도 있게 써야 하고 한 장면 한 장면을 그림 그리듯이 형상화시켜야 한다. 나는 소설을 다 써놓은 다음 문장을 수없이 다듬고 또 다듬었다.

건방진 생각이었는지 모르지만, 소설을 봉투에 넣어 들고 우체국으로 가서 발송하며 이 소설이 틀림없이 당선될 것이라고 확신했다. 내가 쓴 「목선」은 단편소설 쓰기의 정답 같은 소설일 터이므로.

사족(蛇足)

지금 생각하니, 1968년 신춘문예 당선작 「목선」은 나의 문학 일생을 운명지은 작품이다. 이 소설을 쓸 수 있었던 것은 내가 20대 초반 3년 동안 고기잡이 김 양식을 하면서 황막한 야만의 파도와 싸우는 신산한 삶을 산 덕분이다. 때문에 나는 바다를 서정적이고 시적인 것이 아닌 산문적인 바다, 삶의 아픈 현장으로서의 바다로 인식할 수 있었다.

한반도의 모든 작가들이 도시 감각의 소설이나 농촌 소설을 쓸 때 나는 유일하게 어촌 소설 혹은 바다 소설을 썼는데 그 시작은 「목선」에서부터였다. 그것을 시작으로 내 삶은 부챗살처럼 펼쳐져왔다. 다시 읽어보니 내 인생 모두가 소설 「목선」과 바다 속에 다 들어 있다.

한승원의 소설쓰는 법

자본주의 사회에서는 '소설가'도 하나의 상품이다

자본주의 사회에서는 창녀와 소설가가 모두 상품이다.

창녀는 자기 고객들에게 질 좋은 상품이 되기 위하여 열심히 몸 관리를 한다. 목욕을 부지런히 깨끗하게 하고 피부에 향유를 바르고 그 피부를 탄력 있게 하려고 과일과 야채를 먹는다. 몸매를 늘씬하게 유지하기 위하여 적당한 운동을 한다. 입 냄새가 나지 않게 하려고 치과에서 치료를 받는다. 고급 화장품으로 화장을 하고 머리칼을 세련되고 아름답고 그윽하게 가꾼다. 성형외과에 가서 얼굴을 예쁘게 고치고 계절에 알맞은 개성적인 옷을 입는다. 요란하지 않은 귀고리를 걸고 반지도 끼고 목걸이도 한다.

고객을 불러들일 방에는 오디오를 설치하고, 클래식 음악이나 팝송

시디를 들여놓는다. 침대를 가릴 수 있는 커튼을 늘어뜨리고 고급스런 요와 이불을 준비해놓고 꽃을 꽂고, 미술 작품을 벽에 걸어야 한다.

고객의 성정과 정서에 따라 문학 이야기, 미술 이야기, 음악 이야기, 축구 이야기, 야구 이야기, 농구 이야기를 속삭일 수 있도록 독서도 하고 취미활동도 해야 한다. 몸뚱이를 이용하여 신분상승을 노리는 창녀는 정서적으로 지적으로 고객을 뇌쇄시킬 수 있어야 한다.

한 번 자기의 몸을 안아본 고객이 자기를 늘 그리워할 수 있도록 해야 한다. 다른 여자에게 가지 않도록 하기 위하여 그녀만의 향기로운 성적인 테크닉을 가지고 있어야 한다. 그 테크닉이 매너리즘에 빠지지 않게 하고 진실성 있고 순수해 보이게 최선을 다해야 한다.

고객이 오르가슴에 이르도록 연출할 뿐만 아니라 고객이 성적으로 그녀를 제압한 제왕이 되도록 연기도 능숙하게 해야 한다. 침대 안에 들어온 고객으로 하여금 성적인 열등감을 맞보게 하거나 그녀를 제압하는 데 실패하게 해서는 절대로 안 된다. 소설가도 창녀와 같다. 당신은 고객인 독자를 위해 성심을 다해 책을 읽어야 하고 열정적으로 소설을 써야 한다. 독자가 당신의 책을 읽는 한 시간을 위하여 작가인 당신은 젖 먹던 힘까지 모두 쏟아부어야 한다.

나는 소설가를 잡식성 동물이라고 규정한다. 소설가는 남의 소설만 읽어서는 독자를 만족시킬 수 있는 소설을 쓸 수 없다. 몸을 파는 창녀가 몸뚱이 하나만으로 창녀 행위를 하지 않고 자기의 온 인생, 온 운명을 던져서 미친 듯이 고객을 위해 사랑행위를 하듯이 소설가는 먼저 책 읽기에 미쳐야 하고 소설거리를 하나 붙잡으면 그 소설을 미친 듯이 써내야 한다.

한승원의 소설쓰는 법

한국문학 작품들과 세계문학 작품들을 읽어야 한다. 시를 읽어야 한다. 방계 예술인 미술과 음악과 영화와 연극을 보아야 한다. 동양 철학과 서양철학을 읽어야 하고, 세계사와 한국사를 읽어야 하고, 인간심리학, 동물심리학, 식물심리학, 미생물학, 천문학을 읽어야 하고, 경찰관들의 수사에 대하여 공부해야 하고, 보석에 관한 서적을 탐독해야 한다. 불경, 기독교 성경, 이슬람 경전, 힌두교 경전을 읽어야 하고, 불교의 선(禪)에 대하여 알아야 하고, 무속(巫俗)에 대하여 공부해야 한다. 한국의 신화는 물론 그리스 신화를 공부해야 한다.

다산 정약용 선생, 추사 김정희 선생은 타의에 의해 갇혀 살면서 그 답답한 삶과 자기의 절대고독을 글쓰기와 글씨 쓰기로써 풀고 승화시켰다. 뜻 있는 작가는 자기를 스스로 유배 보낸다. 그 유배지는 자기가 마련한 작가실이다. 작가는 그 유배지에서 자기를 양생(養生)해야 한다. 작가는 세상과 자기에게서 유배당할지라도 외롭지 않은 기이한 사람이다. 그것은 그가 자기 소설 속에 설정한 인물들과 함께 살기 때문이다.

소설거리를 붙잡으면 거기에 알맞은 자료를 넉넉하게 수집하고 나서 미친 듯이 몰입해야 한다. 불도저처럼 밀고 나아가야 한다. 나는 젊은 시절부터 내 작가실 바람벽에 '狂氣(광기)'라는 두 글자를 흰 종이에 써서 붙여놓고 글을 썼다.

소설쓰기에 미쳐버리지 않고 어떻게 좋은 소설을 쓸 수 있겠는가.

내가, 소설가가 되어 한국 소설문학의 판도를 바꾸고 대박을 터뜨릴 꿈을 꾸는 당신에게 할 수 있는 말은 이것이다.

"소설 쓰는 일에 미쳐버려라."

절망하면서 쓰고
희망을 가지고 고쳐야 한다

나는 여러 천재 작가들에게서 이런 말을 들었다.

"나는 이 소설 하룻밤 사이에 썼어."

"이 단편소설 마감 날짜를 일주일 앞두고 썼습니다. 한번 휘갈겨 쓴 다음 단 한 줄도 고쳐보지 않고 제출했는데 당선되었어요."

그런데 그 말들은 거짓말이다. 그들은 왜 거짓말을 하는가.

옛날에 시를 잘 짓는다고 소문난 선비가 한 명 있었다. 그는 자신을 찾아온 벗이나 후배들에게 새로 쓴 시를 내보이면서 이렇게 말하곤 했다.

"이거, 간밤에 영감이 떠올라서 잠깐 써본 것인데, 한번 읽어보게."

한승원의 소설쓰는 법

그 시를 읽고 난 그의 벗이나 후배들은 한결같이 감탄을 금치 못했다.

"이건 사람이 쓴 게 아니야, 신선이나 귀신이 쓴 것이지."

그만큼 그 선비가 골라 쓴 말(시어)이나, 사물을 바라보는 섬세하고 정교한 눈, 또 그 시에서 노래하고 있는 세계의 아름답고 고움은 남달랐던 것이다.

한 후배가 매우 궁금히 여기며 그에게 물었다.

"선생님께서는 이렇게 적절한 말들만 골라서 표현하기 위해 얼마나 심사숙고하셨습니까? 아주 많은 시간 동안 명상을 하셨겠지요? 도대체 몇 번이나 고쳐 쓰고 다듬고 하십니까?"

그 말에 선비는 고개를 회회 저으면서 당당하고 거연하게 말했다.

"천만에! 나는 시문을 지으면서 이미 쓴 것을 고쳐 쓰거나, 그 가운데서 어느 부분을 잘라내는 등의 다듬는 일은 전혀 해본 적이 없어. 나는 처음에 한 번 휘갈겨 써놓으면, 그것으로 끝이거든. 그리고는 깨끗이 잊어버리지."

"네에! 아하!"

후배는 경솔한 질문을 던졌다는 생각에 금세 얼굴이 빨개졌다.

얼마 후, 선비가 소변을 보기 위하여 잠시 자리를 떴다. 그때 후배는 뜻밖에도 기막힌 것 하나를 발견하였다. 선비가 깔고 앉았던 방석의 한 귀퉁이 밑에서 뾰조롬히 비어져나온 희끗한 것……. 그것은 선비가 시를 쓸 때 사용하는 종이였다. 후배는 얼른 방석을 들춰보았다. 순간 하늘의 해가 하나 더 떠오르는 것처럼 눈앞이 한층 밝아지는 것을 느낄 수 있었다. 후배는 이번에야말로 진정 감동 어린 목소리로 "아하!" 하고 탄성을 질렀다. 그 방석 밑에는 '간밤에 잠깐 썼다'고 하며 선비가 자랑스럽게 내보였던 시의 초고와 그것을 세 번 네 번 새까맣게 고쳐 쓴 종이가 수북하게 쌓여 있었던 것이다.

그런데 시 잘 짓는다고 소문난 그 선비는 왜 그런 거짓말을 하곤 했을까? 그 이유는 간단하다. 글을 쓰는 사람들은 대개 자신의 천재성을 노골적으로 자랑하고 싶어하기 때문이다.

—『한승원의 글쓰기교실』 중「글을 잘 쓰는 천재들의 거짓말은 믿지 말라」에서

독자가 그 작가를 천재적이라고 생각한다면 그의 작품을 신비롭게 봐주는 것이다. '신비로움'이라는 프리미엄은 대단한 것이다. 모든 천재들은 자기의 천재성을 관리하는 수완도 천재적인 것이다.

한 소설가는 머리에 모니터 하나가 들어 있어 거기에서 모든 문장의 수정, 가필, 추고 과정을 거쳐 손으로 전달되기 때문에 한 번 쓴 문장은 고치지 않는다고 소문나 있다. 어떤 문장이든지 마침표를 찍으면 완결되는 것이다. 때문에 한 번 쓰고 나면 고치지 않는다.

그럴지라도 그가 쓴 문장들은 모두 밀도도 높고 제대로 형상화된 명문장들뿐이다. 물론 그는 문장 하나가 제대로 풀리지 않으면 꼬박 밤을 새운다. 문장 하나하나를 완성시키는 데 얼마나 치열한 고통이 이어질 것인가.

그런데 나 한승원은 그 소설가처럼 쓰지 못한다. 나는 소설거리가 떠오르면, 써나가는 과정에서 몇몇 문장과 사건 진행이 덜 매끄러울지라도 절망하면서 일사천리로 써간다. 한달음에 써나가는 리듬을 잃지 않기 위해서이다. 200자 원고지로 100장쯤(A4용지 12장쯤)의

단편소설인 경우 나는 일주일이나 열흘 사이에 초고를 완성시킨다.

그리고 한 이틀쯤 쉬었다가 그 초고를 수정·가필하여 추고해나간다. 초고를 쓸 때보다 그 과정이 더 지난하고 고통스럽다. 이때는 한 문장에 들어가는 낱말 하나하나와 형상화의 정확성, 문장의 밀도, 그 문장들의 전체 줄거리와의 관계, 이야기의 긴장도, 도출해낼 주제에 대하여 고민해야 하기 때문에 순간순간 절망하면서 지우기도 하고 새로 써서 첨부하기도 한다. 그러나 희망을 가지고 고쳐나간다. 그리하여 두 번째의 원고가 만들어진다. 그렇지만 이것도 완성된 것은 아니다.

그것을 한 2~3일쯤 묵혀두었다가 다시 고쳐나간다. 적어도 대여섯 번쯤은 수정·가필·추고의 과정을 거쳐야 원고다운 원고가 만들어진다.

소설을 써온 지 50년 가까이 되었지만 나는 아직도 그 어떤 소설이든지 한 번에 써내질 못한다. 천 장쯤의 장편소설인 경우는 초고를 4개월쯤 걸려 써내고 그것을 5개월에 걸쳐 고친다. 그것을 묵혀두었다가 두 달쯤 더 고치고, 그것도 못 미더워 한 달쯤 묵혀두었다가 다시 두 달쯤 더 고치고, 그런 다음 며칠 쉬었다가 최종적으로 한 번 더 읽어보고 나서 출판사에 넘긴다.

게다가 나이 60이 넘으면서는 스스로 나의 낡아진 감수성에 대한 못 미더움 때문에 대여섯 번의 수정·가필·추고의 과정으로는 되지 않는다. 고향 바닷가에 토굴을 마련하고 글쓰기에 몰두한 이래로는 최소한 열 번 이상을 수정 가필하고 추고한다.

청탁 받은 모든 에세이나 칼럼 한 편도 모두 그런 과정을 거친다.

『연꽃바다』「물보라」『멍텅구리 배』『초의』『추사』『다산』『키조개』들은 모두 최소한 열 번쯤의 추고과정을 거쳐 출판사로 넘겨진 것들이다.

이렇게 말한다면 나보고 둔한 노력형의 작가라고 말할지 모르지만 그것은 그렇지 않다. 헤밍웨이는『누구를 위하여 좋은 울리나』의 끝 부분만 열세 번이나 고쳤다는 일화가 있다. 그도 그의 소설을 절망하면서 쓰고 희망을 가지고 고쳤던 것이다.

세상에는 두 유형의 작가가 있다. 한 유형은 한 문장 한 문장을 완성시켜나가는 작가이고, 다른 한 유형은 일사천리로 쓰고 수없이 많은 추고과정을 거쳐 작품을 완성시키는 작가이다. 어느 작가의 방법이 좋다고 말할 수 없다.

한 문장씩 완성시켜나가는 작가의 경우, 어느 한 문장에서 막히면 리듬이 끊겨 작품을 얼마 동안 중단하게 되는 단점이 있다. 때문에 그런 작가는 대개 과작을 한다.

소재가 떠오르면 일사천리로 써낸 다음 수없이 많은 추고과정을 거쳐 완성시키는 작가의 경우, 어느 한 곳에서 막혀 작품을 중단하는 폐단은 없다. 이런 작가는 다작을 한다.

이제 소설을 쓰려 하는 초심자들에게 나는 '일사천리로 쓰고 수없이 많이 고쳐나가는' 방법을 권한다. 지금은 컴퓨터 워드프로세서로 소설 쓰기 작업을 하는 까닭에 이 방법이 이롭다.

여기에서 소설 초심자들에게 알려주고 싶은 '최고의 비법'이 하나 있다. 하늘을 잡고 뙈기를 칠 정도의 기발한 장편소설 한 편을 쓰고 그것을 열 몇 번 고쳐서 어디에 응모하여 당선되거나 발표한 다음에 기자들이 물으면, 당신의 천재성을 한껏 드러내기 위하여 이렇게 말하시라.

"나 그것 한 달 만에 휘갈겨 써버린 거예요. 줄곧 엎드려 쓰는 일이 하도 지긋지긋해서 한 번 쓰고 나서는 다시 들여다보지도 않았어요."

『한승원의 소설쓰는 법』에 인용된 작품들의 출처

- 「나의 할아버지 이야기」, 한승원 지음
- 『다산』, 한승원 지음, 랜덤하우스
- 「님의 침묵」, 한용운 지음
- 「키조개」, 한승원 지음, 문이당
- 「나는 아주 오래 살 것이다」, 이승우 지음, 문이당
- 『해변의 길손』, 「미망하는 새」, 한승원 지음, 문이당
- 「오월의 반딧불이」, 한승원 지음
- 「고추밭에 서 있는 여자」, 한승원 지음
- 『이 세상을 다녀가는 것 가운데 바람 아닌 것이 있으랴』, 「고난 속에 나를 묶어두는 것도 나이고 꺼내는 것도 나이고」, 한승원 지음, 황금나침반
- 『핑퐁』, 박민규 지음, 창비
- 『소설작법』, 김동리 지음
- 『초의』, 한승원 지음, 김영사
- 『추사』, 한승원 지음, 열림원
- 『희랍인 조르바』, 니코스 카잔차키스 지음, 청목
- 『푸른 사과가 있는 국도』, 배수아 지음
- 『새의 선물』, 은희경 지음, 문학동네
- 『여수의 사랑』, 한강 지음, 문학과지성사
- 『새들은 페루에 가서 죽다』, 로맹가리 지음, 문학동네
- 『개도둑』, 임철우 지음
- 『꽃 지고 강물 흘러』, 「들꽃 씨앗 하나」, 이청준 지음, 문이당
- 『사랑』, 한승원 지음, 문이당
- 『포구』, 한승원 지음, 문학동네
- 『해일』, 「그 바다 끓며 넘치며」, 한승원 지음
- 『허무의 바다에 외로운 등불 하나』, 「고려인심과 그물 이야기」, 한승원 지음, 고려원
- 「진달래꽃」, 김소월 지음
- 『아리랑별곡』, 「해신의 늪」, 한승원 지음, 문이당
- 『내 고향 남쪽바다』, 「새끼무당」, 한승원 지음, 청아
- 「밤이면」, 김춘수 지음
- 『목선』, 「어머니」, 한승원 지음, 문이당
- 『검은댕기두루미』, 「검은댕기두루미」, 한승원 지음, 문이당
- 『검은댕기두루미』, 「바늘」, 한승원 지음, 문이당
- 『누이와 늑대』, 「누이와 늑대」, 한승원 지음, 문이당
- 「메밀꽃 필 무렵」, 이효석 지음
- 「추일서정」, 김광균 지음
- 「고독」, 조병화 지음
- 「새」, 한승원 지음
- 「수필」, 피천득 지음
- 「중국인 거리」, 오정희 지음
- 「개에 관한 이야기」, 한승원 지음
- 「그 색시 서럽다」, 김영랑 지음
- 「바다는」, 한승원 지음
- 『해변의 길손』, 한승원 지음, 문이당
- 『잠수거미』, 「그러나 다 그러는 것만은 아니다」, 한승원 지음, 문이당
- 『2003 올해의 문제소설』, 「농현(弄絃)의 미학, 역설의 미학」, 김춘섭 지음, 푸른사상
- 『물보라』, 한승원 지음, 문이당
- 『멍텅구리 배』, 한승원 지음, 문이당
- 『천년학』, 「소리의 빛」, 이청준 지음, 열림원
- 『천년학』, 「선학동 나그네」, 이청준 지음, 열림원
- 『칼의 노래』, 김훈 지음, 생각의 나무
- 『남한산성』, 김훈 지음, 학고재
- 『미실』, 김별아 지음, 문이당
- 『비둘기 집 사람들』, 은미희 지음, 문학사상사
- 『아내가 결혼했다』, 박현욱 지음, 문이당
- 『로드』, 코맥 매카시 지음, 정영목 옮김, 문학동네
- 『리버보이』, 팀 보울러 지음, 정해영 옮김, 다산책방
- 『한승원의 글쓰기교실』, 「글을 잘 쓰는 천재들의 거짓말은 믿지 말라」, 한승원 지음, 문학사상사

이 책에 인용된 몇몇 작품은 저작권자와의 연락이 닿지 않아서 게재 허락을 받지 못했습니다.
이후 연락을 주시면, 다시 허락을 받고 별도의 절차를 밟도록 하겠습니다.